Sepé Tiaraju

CIP-BRASIL. CATALOGAÇÃO NA PUBLICAÇÃO
SINDICATO NACIONAL DOS EDITORES DE LIVROS, RJ

C451s   13. ed.
Cheuiche, Alcy, 1940-
    Sepé Tiaraju : romance dos sete povos das missões / Alcy Cheuiche. – 13. ed. – Porto Alegre [RS] : AGE, 2025.
    185 p. ; 14x21 cm.

    ISBN 978-65-5863-185-9
    ISBN E-BOOK 978-85-8343-057-5

    1. Sepé Tiaraju, m. 1756 – Ficção. 2. Brasil – História – Reduções jesuíticas, 1754-1756 – Ficção. 3. Ficção brasileira. I. Título

    23-82520   CDD: 869.3
                              CDU: 82-311.6(81)

Meri Gleice Rodrigues de Souza – Bibliotecária – CRB-7/6439

Alcy Cheuiche

Sepé Tiaraju

Romance dos Sete Povos
das Missões

13.ª
edição

PORTO ALEGRE, 2025

© Alcy Cheuiche, 1975

Capa:
Marco Cena

Diagramação:
Nathalia Real

Supervisão editorial:
Paulo Flávio Ledur

Editoração eletrônica:
Ledur Serviços Editoriais Ltda.

Reservados todos os direitos de publicação à
LEDUR SERVIÇOS EDITORIAIS LTDA.
editoraage@editoraage.com.br
Rua Valparaíso, 285 – Bairro Jardim Botânico
90690-300 – Porto Alegre, RS, Brasil
Fone: (51) 3223-9385 | Whats: (51) 99151-0311
vendas@editoraage.com.br
www.editoraage.com.br

Impresso no Brasil / Printed in Brazil

Dedico este livro a todas as minorias raciais que nesta e noutras regiões do globo lutam por sua dignidade e sobrevivência.

SUMÁRIO

Prefácio histórico 9

Livro Primeiro:
A GÊNESE DE UM JESUÍTA 15

Livro Segundo:
AS MISSÕES DO RIO URUGUAI 59

Livro Terceiro:
O TRATADO DE MADRID 111

Epílogo 181

Posfácio 185

PREFÁCIO HISTÓRICO*

Marcar novo encontro com Sepé Tiaraju como herói principal de um livro de Alcy Cheuiche, do romance tão atraente que o leitor tem em mãos, foi uma alegria inesperada para o autor da *República Comunista Cristã dos Guaranis*. Eu havia encontrado e amado José Tiaraju, dito Sepé, como personagem histórico bem vivo e real, nos tempos em que pesquisava as peripécias do último período da célebre experiência das missões guaranis.

A figura de Sepé é tratada aqui pelo escritor brasileiro com a liberdade que convém ao romancista. Inserida na trama do relato, ela aparece despida de muitos detalhes desnecessários ao romance em si. Mas a imagem recriada pelo autor personifica, sem dúvida, todo o povo guarani e seu extraordinário destino. O sucessor de Sepé, Nicolau Nhenguiru, o *Imperador* da lenda, não teve um papel histórico menor, mas foi Sepé quem o animou para a resistência. E foi ele o primeiro a pagar esse preço com a própria vida.

O pano de fundo histórico do *Romance dos Sete Povos das Missões* dá à aventura de Sepé Tiaraju e de seu original companheiro jesuíta um relevo ainda mais comovente. Por essa razão, o leitor apreciará que Alcy Cheuiche tenha desejado apresentar-lhe, através de mim, estas notas históricas como prefácio do livro. Trata-se aqui, mesmo apresentada rapidamente e com elementos fragmentários, de uma visão geral dos fatos históricos onde está inserido o romance.

Com a simpatia profunda pelos guaranis que nos invade após a leitura desta obra, minhas notas poderão incitar ainda mais o leitor a procurar aprofundar seus conhecimentos sobre uma experiência que suscitou, desde o século XVIII, o mais vivo interesse da Europa erudita, principalmente de filósofos como Voltaire, Montesquieu e d'Alembert. O sacrifício de Sepé Tiaraju e de seus companheiros se encontra valorizado quando nós o situamos no quadro e no prolongamento de uma experiência social única na história.

---

* Título do original em francês: *Préface Historique*.

O romance faz alusão aos terríveis atentados sofridos pelos guaranis durante as duas ou três primeiras décadas de instalação das comunidades cristãs até 1641, data da vitória decisiva de Mbororé sobre os escravagistas. Essas comunidades já eram prósperas e bem organizadas. Muitas contavam de 6.000 a 10.000 almas. Além das dezenas de milhares de vítimas mortas ou vendidas, muitos indígenas pereceram quando das migrações maciças de 1631 e 1638-39, impostas pela necessidade de abandonar as áreas mais expostas. A passagem das quedas do Iguaçu foi mortal para muitos deles. No total, uma trintena de *reduções* foram destruídas nesse primeiro período. Essa é a abertura do drama do qual Sepé simboliza a trágica conclusão cento e cinquenta anos depois.

Não se deve ainda ignorar ou esquecer, entre esses dois períodos sombrios, o grande século de felicidade, de prosperidade e de paz, de harmonia social extraordinária, de fervor religioso inigualável desde a comunidade cristã de Jerusalém.

As trinta e três populosas cidades da República dos Guaranis estavam construídas e equipadas segundo um urbanismo de vanguarda para a época. Sem emulação malsã, porque a riqueza material era excluída, a vida social era intensa e os lazeres prolongados graças a uma jornada de trabalho que não ultrapassava oito horas por dia. Quantos aspectos originais e de sucesso na instrução das crianças, obrigatória para meninos e meninas, com orientação profissional em agricultura, artesanato, indústria, comércio, administração da justiça! O espírito geral pode ser exemplificado por uma carta escrita pelo cabildo de São Luís Gonzaga logo após a expulsão dos jesuítas e que diz, entre outras coisas: "Nós queremos fazer ver que não gostamos do costume espanhol de cada um por si, em lugar do nosso de ajudar-se mutuamente".

Amor pelos guaranis? Preocupação de justiça e verdade? Alcy Cheuiche, romancista bom conhecedor de História, torna-se abertamente historiador para indicar com precisão as cláusulas do Tratado de Limites, assinado em Madrid em 13 de janeiro de 1750, que condenava a população dos Sete Povos das Missões, mais de trinta mil pessoas, a abandonar, no espaço de um ano, suas casas, suas terras, suas oficinas e suas igrejas magníficas. A deportação e a expoliação eram ainda mais revoltantes quando o próprio rei de Espanha havia garantido a autonomia de todo o território guarani, ligado diretamente à Coroa mediante um imposto anual, e quando os guaranis tinham salvo a autoridade do rei em Assunção durante os distúrbios da Comuna.

Acrescentemos somente algumas informações úteis ou interessantes aos dados tão valiosos do romancista.

A guerra guaranítica só se desencadeou verdadeiramente quatro anos após a assinatura do tratado, ou seja, em abril de 1754, porque os jesuítas, orientadores espirituais dos guaranis, conseguiram obter um primeiro adiamento, depois um segundo, e porque os chefes militares espanhóis e portugueses não se entenderam sobre a condução das operações.

"O território que pretendeis invadir pertence a Deus e a São Miguel!"

É José Tiaraju, corregedor de São Miguel Arcanjo, que, em fevereiro de 1753, assim fala aos comissários espanhóis e portugueses interceptados em Santa Tecla. Sepé surgira bruscamente, liderando uma tropa para barrar--lhes a passagem. Os comissários estão acompanhados do Pe. Altamirano, delegado pessoal do Geral da Companhia de Jesus. Esse personagem, infiltrado mais tarde em São Borja, incita padres e guaranis a executarem as ordens do rei. É nesse momento que Sepé toma a liderança da resistência. Com os homens de São Miguel ele marcha sobre São Borja. Altamirano foge, acusado de ser um português disfarçado. Nessa mesma ocasião, vê-se o Pe. Balda tomar o partido dos guaranis e apoiar Sepé Tiaraju. Esse jesuíta, simpático personagem do romance, é também real e histórico.

Uma carta de Sepé, assinada pelos corregedores dos Sete Povos, é endereçada ao governador de Buenos Aires: "O que nós possuímos é o fruto de nossas fadigas... Nós não somos somente os Sete Povos da margem esquerda, mas doze outras reduções estão decididas a se sacrificarem conosco." Afirmação ousada, sabe-o o governador. O ataque é lançado.

Passemos sobre essas operações, os sucessos e os fracassos que se alternam. Em 14 de novembro de 1754, um armistício é assinado em boa forma e jurado sobre o Evangelho pelo General Comes Freire de Andrade e pelos caciques de São Luís e Santo Ângelo. Sepé não aparece na cerimônia.

Os guaranis aproveitam o ano de trégua para aperfeiçoar seu armamento. Fabricam até canhões de madeira dura de urundi e de bambu gigante cercados de couro de touro. Cerca de cinquenta prisioneiros feitos pelos portugueses antes do armistício declararam que existiam quinze canhões em São Miguel. Outras armas eram ali fabricadas depois de muito tempo.

Os invasores voltarão com um exército relativamente pouco numeroso, mas superiormente armado para a época: três regimentos espanhóis e alguns milhares de soldados portugueses.

Para os guaranis, no entanto, o essencial faltou durante o armistício: a mobilização efetiva, moral e militar, das vinte e seis outras reduções. Os jesuítas dedicaram todos os seus esforços a fim de tranquilizá-los, de mantê-los afastados do drama. Sua influência é ainda imensa. Sem eles, sem sua competência e devotamento, a república não teria sido criada. Por essa razão, uma defesa eficaz vai ser impedida, uma defesa vitoriosa que era absolutamente possível. A confiança de Sepé Tiaraju era justificada.

O território da república se prestava admiravelmente a uma resistência sem fim por sua configuração, suas florestas, os grandes pântanos do oeste paraguaio. Além disso, segundo relatório oficial do Pe. D'Aguilar, Superior-Geral, e dos contemporâneos bem informados, os guaranis estavam preparados para derrotar então não importa qual exército colonial. Durante mais de um século, ninguém mais ousara atacá-los.

Os jesuítas, atraídos para uma armadilha diabólica, ali sucumbirão. Defensores da liberdade e dos direitos dos guaranis ou servidores leais e submissos de um império espanhol construído sobre a servidão dos índios? A conciliação tinha sido sempre difícil. Com o Tratado de Madrid, ela se torna quase impossível.

A fim de apaziguar as ganâncias e as acusações, os padres tinham minimizado seu sucesso. Logo após a guerra guaranítica, o Rei Fernando VI pretendia ter sido enganado por certos escritos dos padres. Ele havia tomado as reduções por *pobres aldeias*. Mas, por exemplo, na *aldeia* de São Miguel, governada pelo Cacique José Tiaraju, a catedral foi avaliada em um milhão de pesos pelo engenheiro-chefe das tropas espanholas. Um candelabro de prata maciça com trinta ramificações guarnecidas de ouro estava suspenso ao teto da nave por uma corrente também de prata.

Preferindo a ruína da República Guarani à da própria Companhia de Jesus, seus altos responsáveis conseguirão a ruína de uma e de outra. Pombal e todos os adversários dos jesuítas serão tranquilizados por sua submissão rápida e integral a um tratado imoral e contrário aos direitos humanos. A verdadeira escolha não estava entre a existência da Companhia de Jesus ou da República Guarani.

No momento mais duro, alguns padres vão fazer causa comum com os guaranis atacados. Alguns deles, no entanto, só ficarão com suas ovelhas sob ameaça de morte. Onze jesuítas, entre eles o Pe. Balda, terão a honra de ser colocados em uma lista negra de traidores enviada a Madrid. Os outros obedecerão às ordens estritas enviadas de Roma pelo Geral da Companhia, Visconti. Antes da retomada das hostilidades, o provincial do Paraguai renunciará oficialmente aos Sete Povos e garantirá que os jesuítas estão prontos a abandonar sem hesitação as outras reduções.

A capacidade pessoal do corregedor de São Miguel nos parece ter sido talvez ainda mais real do que no romance. Esta opinião não quer contestar de forma alguma a segurança da intuição do romancista evocando, como já disse, o destino de um povo na pessoa do chefe guarani. A *Relazione breve,* publicada na Suíça, em Lugano, desde 1759, fala dos "talentos do bravo chefe Sepé Tiaraju": ataques-surpresa, reagrupamentos rápidos sobre nova linha após uma retirada, tática dos campos queimados, todo um corpo de cavalaria feito prisioneiro. A autoridade de Sepé se impõe assim, pouco a pouco, sem título oficial, por seu único mérito. Seu sucessor, Nicolau Nhenguiru, seguirá sua trilha e morrerá, por sua vez, valentemente na sangrenta Batalha de Caiboaté, com 1.200 companheiros. Isso não impedirá as milícias guaranis de se reagruparem para uma resistência de seis semanas antes da retirada sugerida pelos jesuítas que lhes ficaram fiéis. As reduções de Entre-Rios mais próximas forneceram alguns contingentes. Enfim, todo o exército remanescente passará para a margem direita do Uruguai a fim de beneficiar-se da proteção do rio.

Através de muitos episódios o trágico epílogo se fecha e vai conduzir, em poucas dezenas de anos, à destruição sistemática do povo cristão e indígena o mais inocente, o mais pacífico e o mais próspero, condenado unicamente a morrer como povo livre, porque sua existência em si, inofensiva e feliz, representava a condenação viva e irrefutável de todo o sistema colonial.

A República Guarani revive pois com *Sepé Tiaraju – Romance dos Sete Povos das Missões,* por inspiração de um escritor brasileiro que dedica sua obra a todas as minorias raciais, lutando, como ela lutou, por sua dignidade e sobrevivência.

Com sua graça infantil, a República Guarani viverá por muito tempo ainda, interpelando cristãos e comunistas, muito cristã para os comunistas da época burguesa, muito comunista para os cristãos burgueses.

CLOVIS LUGON,
Sion, Suíça.

Livro Primeiro

A GÊNESE DE UM JESUÍTA

CAPÍTULO I

Estou velho. Há quase dois anos não bato mais o sino da Capela Maior. Meu braço esquerdo pende do meu ombro como a cauda de um animal ferido. Enxergo pouco, muito pouco, mas só para fora. Para dentro, como uma compensação do Senhor Todo-Poderoso, cada vez enxergo mais e melhor. Reduzi ao mínimo as leituras. Ninguém fala comigo sem motivo. Adotei finalmente a meditação. Nas noites frias, aconchegado contra o fogão de pedra da cozinha, eu ouvia os cochichos. Enquanto o gordo Irmão Vicente trabalhava nas panelas, eu ouvia os cochichos. Ninguém reclamou quando deixei de comer à mesa. Servem-me neste mesmo canto, um pouco antes do *Setter* vermelho, o cão do Padre Provincial. Minhas meditações começaram quando cheguei neste canto. Nos primeiros dias, eu ainda escutava os cochichos, e eles me feriam como agulhas. Agora, meu pensamento voa livre e ágil. Como voavam, há setenta anos, as gaivotas de Amsterdã, minha terra natal.

Até onde chega minha memória, eu vejo um céu nublado, recortado por uma casa esguia de três pavimentos. Aos lados da casa, que seria a nossa, outras casas iguais. À frente dela, um canal de águas barrentas que se bifurca junto da primeira ponte de pedra, e do outro lado do canal, um edifício compacto com portal de ferro e janelas gradeadas. Uma carroça de quatro rodas, tirada por dois formidáveis cavalos normandos, está estacionada à porta de nossa casa. O cocheiro louro e retaco despeja seu vozeirão contra dois magros ajudantes que suam sob os móveis grandes e maciços. Das janelas vizinhas, rostos curiosos observam a cena. Estou sentado num banco de pedra que gela minhas nádegas, ao lado de Heidi, a irmã mais velha, que segura com força minha mão.

Minha irmã Heidi era estrábica e alta demais para sua idade. Não me recordo se já era assim no meu primeiro dia. Só me lembro que ela segurava minha mão com muita força e falava depressa, sem olhar para mim. Meu pai, eu o vejo perfeitamente. Alto, um pouco curvado, um barrete cor de gema enterrado até os olhos, o cabelo já grisalho subindo pelas orelhas, o cachimbo apagado no canto da boca e um caminhar gingado, cauteloso, como quem tem medo de pisar em cobra. Não me lembro da roupa que vestia, mas, seguramente, estava com seu velho gibão de caça, forrado com pelego de carneiro.

O sino de um barco cargueiro tilintou fortemente às minhas costas, e eu devo ter gritado, pois meu pai me olhou pela primeira vez. Desde a primeira vez eu lembro seu olhar de censura, penetrante, azul e frio. Uma mulher de sorriso amplo, busto forte e roupa cheirando à recém-lavada, tomou-me nos braços e me embalou com palavras meigas. Sei que era minha mãe, mas não consigo recordá-la antes desse dia. Logo que nos viu, meu pai dirigiu-se a nós e arrancou-me dos braços de minha mãe, sentando-me outra vez no banco ao lado de Heidi.

– Queres fabricar outro maricas? – Disse ele com ódio na voz. – Larga o menino, Ellen, e vem trabalhar. Já cansei de te dizer que os filhos machos quem vai educar sou eu.

Essa frase, repetida muitas vezes nos próximos dez anos, pode dar uma medida do que foi minha infância. Soube mais tarde quem era o *outro maricas*. Chamava-se Vincent e era o irmão mais moço de minha mãe. Quando meu pai viajava, ele vinha visitar-nos e declamava poesias com voz terna e quente. Lembro-me de suas mãos esguias desenhando palavras no ar morno da sala de visitas, enquanto o fogo crepitava na lareira e lágrimas corriam dos olhos de minha mãe. Uma noite, a última em que o vi, meu pai chegou em casa de improviso e jogou tio Vincent escada abaixo com um coro de impropérios que só ouvi igual anos mais tarde quando fui marinheiro.

Mas, voltemos ao meu primeiro dia. A memória empurra-me para frente como o vento enfuna as velas de um navio. Preciso controlá-la para contar tudo desde o início, como quem tira, um a um, os livros empoeirados de uma prateleira antiga.

Passado o primeiro susto, comecei a olhar com curiosidade os barcos que cruzavam pelo canal. Eram embarcações longas e estreitas, com uma casinhola plantada na popa e tendo como único colorido algumas roupas íntimas que secavam ao vento. No demais, eram escuras e feias, desdobrando, ao vapor que subia da água, suas velas remendadas. Voltando os olhos para a nossa casa, surpreendi-me ao ver minha cama suspensa no ar por uma corda que passava ao alto do telhado por um braço de ferro e embaixo era puxada pelos dois ajudantes. Quando a cama chegou à altura da janela do terceiro andar, meu pai estendeu os braços e puxou-a para dentro, auxiliado pelo musculoso cocheiro. A manobra foi repetida várias vezes com os outros móveis, pois, como vim a saber mais tarde, as escadas estreitas demais não lhes permitiriam a passagem. Naquele momento, porém, na minha imaginação de criança, parecia-me que a janela era a boca de um monstro que ia devorando, uma a uma, todas as nossas coisas. Tentei dizer a Heidi o que sentia, mas nesse instante ouvi um barulho terrível que me fez gritar pela segunda vez. Uma mesa de mogno maciço despencara da janela, esmagando na queda o maior dos cavalos e um dos ajudantes. No instante seguinte, surgida não se sabe de onde, formou-se uma pequena multidão em frente de nossa casa. Minha mãe venceu a barreira de curiosos à força de gritos e cotoveladas e pegou-me nos braços, molhando meu rosto com suas lágrimas. O ajudante não estava morto, mas tivera as duas pernas esmagadas e seus gritos lancinantes doíam nos meus ouvidos, ainda mais por minha mãe me estar tapando os olhos para não enxergar a cena.

Quantas vezes, anos depois, eu procurei, como o *inhandu,* avestruz do pampa, esconder a cabeça sob as asas para não ver as cenas de sangue. Talvez meu pai tivesse razão na brutalidade de sua filosofia. Ele nunca me escondeu as misérias do mundo. Ao contrário, sempre procurou mostrá--las da maneira mais crua, para que eu soubesse, como dizia ele, viver entre as aves de rapina. Naquela manhã, no entanto, ele estava ocupado demais para impedir que minha mãe *fabricasse outro maricas.* Sua voz autoritária, auxiliada por um látego que retirara da boleia da carroça, fez debandar rapidamente a multidão de desocupados, escória social então pululante em Amsterdã, evitando que a curiosidade servisse como motivo ao roubo dos nossos pertences espalhados pela calçada.

Atraída pela figura viril do marido e talvez temerosa de que algo lhe acontecesse, minha mãe distraiu-se e me desvendou os olhos. O ajudante do cocheiro já tinha sido levado à casa do cirurgião, antigo médico da marinha, cego de um olho numa famosa batalha contra os corsários da Bretanha. Nesse tempo, eu não sabia disso, mas a figura do Dr. Axel van Bruegel iria ter importância maior na minha vida, como contarei mais tarde. A verdade é que o cirurgião cortou as duas pernas magras do ajudante e mandou enterrá-las no cemitério da Colina Verde. Alguns anos depois, meu pai fez questão de contar-me que o cadáver estava completo, pois o infeliz, que desde então se arrastava numa prancha com rodas e vivia de caridade pública, afogara-se no canal, do outro lado do presídio.

Mais feliz foi um dos enormes cavalos castanhos, também atingido no acidente. Seu corpo estrebuchava no meio da rua, quando minha mãe me desvendou os olhos. Suas patas dianteiras, como garras, tentavam firmar-se nas pedras irregulares do calçamento, mas ele voltava a cair, vertendo sangue por uma artéria do pescoço. Depois de manter os curiosos à distância, meu pai conferenciou com o cocheiro, entrou na nossa casa e de lá voltou com um mosquete de cano longo e frio. Sei que era frio porque tentei tirá-lo da parede, quando tinha oito anos de idade, para vingar mais uma surra que levara de Gillis, o filho mais velho do padeiro. Foi a primeira vez que minha mãe me bateu e foi também a primeira vez que meu pai me pegou no colo, em frente da lareira, e me deu um gole de rum que me queimou a garganta. Meu pai encostou o cano do mosquete na têmpora do cavalo e eu escutei somente o estampido e senti o cheiro acre da pólvora, porque minha mãe voltara a me cobrir os olhos.

No dia 10 de fevereiro de 1756, quando as tropas espanholas e portuguesas dizimaram nossos índios nas coxilhas do Caiboaté, foi por lembrar-me da morte nobre do cavalo castanho e da vida miserável do ajudante mutilado que minha voz gelou na garganta ao tentar impedir que Nicolau Nhenguiru estourasse os miolos de seu irmão mais moço. O jovem guarani jazia a nossos pés com duas pernas quebradas por um tiro de canhão. Sem dar um grito, apenas gemendo baixinho, ele suplicou com um olhar terrível que não o deixassem sofrer. Nicolau tirou a garrucha do cinto, num gesto que me pareceu interminável, e me disse:

— Não posso permitir que ele seja feito prisioneiro ou viva como um aleijado. É melhor que morra como um guerreiro. Dê-lhe a bênção, *Cheruba*, meu pai, e que Jesus me perdoe.

Meu Deus Todo-Poderoso, como é difícil viver entre aves de rapina! Difícil também está ficando impedir que a memória galope no tempo e me embaralhe as recordações. Amsterdã, meu pai, minha mãe, minha infância. São Miguel, Nicolau Nhenguiru, meu menino Sepé, minha velhice. O longe e o perto se sobrepõem numa mente já tão velha e gasta, que a missão que me propus de contar a Verdade parece cair sobre minha cabeça como a mesa de mogno caiu sobre o homem e o cavalo, no meu primeiro dia. Se desperdiço as folhas de papel que me são raras com meus garranchos de velho teimoso é para que a vida dele não se apague na memória dos homens. Ele que foi meu menino de olhos negros e inquisidores quando descobríamos juntos as plantas, os animais e os homens da Redução de São Miguel. Ele que se confessava comigo, os olhos nos olhos, sob o sol a pino, porque queria seus pecados perdoados sem o manto protetor dos cochichos e da obscuridade.

O meu José Tiaraju, o meu Sepé de alma angustiada e músculos de aço que afastava dos olhos as mechas de cabelo negro com um gesto de donzela que contrastava com seu porte altivo de cacique guarani. Como não voar no tempo sobre as asas das gaivotas da infância e pousar de chofre no pampa verde das margens do rio Uruguai, deixando para trás e para frente a dor e a infelicidade? Por que falar de mortes e agonias e não contar somente as histórias dos anos fecundos de colheita de almas e de *caami*, a preciosa erva-mate? Se procuro contar minha vida é porque nela brotou e se confundiu a vida dele. Mas, para desgraça minha, a pena que fixa o tempo passado parece segura pela mão de meu pai, brutal e terreno, e não pelas mãos brancas e esguias de meu tio Vincent, que desenhavam poesias e faziam brotar lágrimas de sensibilidade nos olhos verdes de minha mãe. Produto da infância e, talvez por isso, eu volte sempre a ela para traçar a minha Verdade, desvendando a origem de todos os impulsos, coragens e covardias da vida que vem depois. Até onde minha influência de guia espiritual moldou um pouco de meu pai, de tio Vincent, de minha mãe, talvez de mim mesmo, na cabeça do indiozinho guarani que debulhava suas sementes de angústia sentado numa pedra nas coxilhas de São Miguel? Será que a minha influência nos seus verdes anos não foi responsável pelo seu gesto final? Serei eu que, na minha fraqueza, enxerguei nele a força para empunhar o látego de meu pai? Vãs perguntas que o tempo já começa a cobrir com a poeira do esquecimento. É preciso, no entanto, que eu volte a mim para chegarmos a ele. E a única prova de que o erro foi meu chegará muito em breve. A morte que já me esfria os ossos nas noites de inverno só nos reunirá um dia se Deus Todo-Poderoso, em sua infinita misericórdia, consentir em me dar o seu perdão.

Voltemos, enquanto isso, a Amsterdã, no tempo em que também eu era menino. As gaivotas continuaram a voar, inquietas e estridentes, até os meus quinze anos. Nesse dia, às cinco horas da manhã, meu pai me acordou com um safanão no ombro:

— Hoje é o dia do teu aniversário – disse ele com voz cheia de ironia – e eu quero ser o primeiro a te dar um presente. Veste uma roupa que te deixe com jeito de homem e desce para a cozinha. Sai devagar para não acordar ninguém. O resto é comigo.

Poucos minutos depois, montados em dois cavalos de crinas salpicadas de geada, atravessamos a cidade dormida e penetramos nos campos às margens do rio. Meu pai vestia o gibão de caça e sua aparência externa era a de costume. Naquele momento, porém, sua aparência interna tinha algo de mais brando, de mais humano, ao descrever a paisagem com palavras duras, mas que escondiam uma vaga emoção. Percorridas dez milhas em direção ao sul, junto a um salgueiro que molhava suas ramas nas águas barrentas do rio, ele juntou as rédeas contra o peito e acariciou, num gesto breve, o pescoço fumegante da montaria.

— Estás vendo o moinho do outro lado? Perguntou ele enquanto batia o cachimbo contra o arção de sela. O grande com uma asa quebrada? Foi ali que eu nasci. Nasci e fui criado. Mas tua avó era muito diferente da tua mãe. Mulher de marinheiro. Marinheiro, tu sabes o que é? Não como esses maricas de água doce que cruzam o canal nessas imundícies que chamam de barcos. Marinheiro de verdade. Marinheiro do mar como foi o meu pai e o meu avô. Marinheiro como eu fui e ainda seria se não fosse por aquele corno de caolho do van Bruegel. Quando o Príncipe De Nassau conquistou o Brasil, meu avô estava a seu lado. Ele lutou em Guararapes e espetou na sua espada muitos índios e portugueses antes de morrer. Estupidez maior da ignorância não houve nem haverá. O Príncipe foi como um pai para aqueles filhos da puta de nativos. Meu avô, muitas vezes, lhe disse a verdade, mas ele não quis escutar. Não adianta levar a cultura da Holanda para essas feras! O melhor é riscar-lhes o lombo a chicote, para que conheçam e respeitem a nossa força. O Príncipe escutou? Uma merda! Nassau era um maricas intelectual que só pensava em fazer pontes e educar o povo. O resultado é que fomos expulsos como cães sarnosos e meu avô acabou morrendo pela mão de um maricas. Mas morreu como um homem. Minha avó e minha mãe nunca esqueceram isso. Sabes? Junto daquela árvore eu aprendi a nadar...

Cruzamos o rio uns cem passos abaixo do moinho e meu pai apeou-se diante de uma casa de pedra esverdeada pelo musgo, sob os latidos insistentes de um cão pastor. Um homenzarrão espadaúdo e louro, com os cabelos sujos caindo em cachos sobre os ombros, abriu a porta e avançou para meu pai, mostrando num sorriso largo os dentes grandes e amarelos como os de um cavalo.

– Jan, meu querido bastardo de irmão! Pensei que o teu recado era uma brincadeira, mas assim mesmo mandei tirar um barril de cerveja da adega. Entra e traz a tua cria. O Pieter cuidará dos cavalos.

Entramos para uma sala ampla, cujo teto abobadado dava uma leve impressão de capela. Uma imensa lareira ocupava a parede fronteira à porta. Tio Eric levou-nos até o fogo para tirarmos as botas encharcadas e aquecermos as mãos. Sobre o braseiro, retirado dos enormes toros de madeira que ardiam com ruído, um menino de uns dez anos assava um cabrito inteiro, girando lentamente a manivela do espeto. A gordura chiava sobre as brasas, desprendendo um aroma de escancarar o apetite. Meu pai e tio Eric trocavam palavrões e murros sobre os ombros, capazes de derrubar um touro. Passadas as primeiras demonstrações de afeto, sentamo-nos diante da lareira e os homens encheram dois grandes canecos de cerveja e acenderam seus cachimbos.

– Então esse é o teu Michael... – disse tio Eric olhando-me com ar zombeteiro. – Subnutrido, não parece? Só pode ser culpa daquela cidade de merda. Por isso eu vou criando os meus filhotes por aqui mesmo. O ar de Amsterdã parece que afina o sangue das crianças.

Para minha surpresa, meu pai procurou me defender:

– Depende da criação – disse ele olhando-me nos olhos. – Filho meu cresce macho em qualquer parte. Já te contei como o Michael queria matar o filho do padeiro? Ellen, na sua burrice, bateu nele, mas eu cheguei a tempo. Filho de macho só pode ser macho. Mesmo que saiba ler e escrever...

– Então ele sabe? Mas isso é coisa pra padre! – disse tio Eric batendo nas minhas costas com a mão espalmada, o que me fez reprimir um grito de dor.

– Ellen quis ensinar para ele e eu não impedi. Afinal, nós vivemos na cidade e tudo está muito mudado. De qualquer jeito, hoje ele está fazendo quinze anos e já chega de bobagens de livros. Conseguiste uma égua no cio? O garanhão eu sei que está aí, pois ouvi os relinchos desde o outro lado do rio.

Como única resposta, tio Eric esvaziou seu caneco de cerveja, limpou a boca com as costas da mão e, depois de dar um formidável arroto, caminhou em nossa frente até os fundos da casa. Fechada num curral de pedra, uma égua de pelo fulvo e ventre balofo caminhava nervosa, levantando a cauda e fixando as orelhas na direção de um relincho que vinha do estábulo, no lado sul.

— A cadela já não se aguenta mais — disse meu tio, numa risada que mostrou seus dentes de cavalo. — Acho melhor trazer o garanhão agora e comermos o cabrito depois. Apesar da idade, essas coisas ainda me abrem o apetite.

Meu pai assentiu de imediato e tio Eric encaminhou-se para o estábulo, abriu um portão de madeira e deixou passar um magnífico cavalo negro de crinas longas e cauda quase arrastando no chão. Ao ver a égua que se mantinha atenta num canto do curral, o garanhão empinou-se e correu direto a ela, procurando morder-lhe o pescoço.

Os dois homens sentaram-se na cerca de pedra e eu juntei-me a eles, os olhos fixos nos animais, sentindo que algo de novo e estranho nascia dentro de mim. Com as silhuetas em movimento, destacadas contra o sol nascente, o garanhão mordia e era mordido pela fêmea, num coro de relinchos e estalar de coices. O que mais me surpreendia era não sentir o meu costumeiro horror à violência e, ao contrário, acompanhar a cena com gozo e prazer. Quando o cavalo saltou sobre a égua, senti o olhar de meu pai que queimava na minha face e fitei-o pela primeira vez sem o medo de costume. Sua aparência tinha um quê de bestial e seus olhos brilhavam com uma luz indecifrável para a inexperiência dos meus quinze anos. Ele pareceu gostar da minha atitude e passou-me a mão no cabelo com um gesto de carinho deslocado e desabitual que me encheu de repugnância. Voltando a olhar os animais, senti que existia entre o garanhão negro e meu pai uma semelhança de atitudes, de força, de animalidade que se tornou ainda mais patente depois de passado o acesso sexual. O cavalo caminhou direto ao portão de onde saíra, roçou a cabeça contra a madeira, e eu estava seguro de que tinha fome. A mesma fome que fazia levantar meu pai nas tardes de domingo para devorar o que encontrasse nos armários da cozinha.

Numa noite fria do mês de agosto, muitos anos depois, foi por essa experiência de infância que eu descobri que Sepé Tiaraju conhecera sua primeira mulher. No silêncio da casa paroquial, somente quebrado por uma ou outra rajada de vento sul que se enfiava pelas frestas da janela, um súbito pressentimento me fez levantar da cama. Com a desculpa de verificar as cobertas do meu rapaz, fui até sua cela, constatei que sua cama estava arrumada e, com o coração aos pulos, saí a procurá-lo pela casa. Quando o encontrei, ele devorava uma costela de carneiro, encostado no fogão de pedra da cozinha. Com um único olhar, confirmei minha desconfiança. Sua atitude era, horrivelmente, a mesma do garanhão e de meu pai. Ao me ver no umbral da porta, interrompeu o gesto de levar a carne à boca e desviou seus olhos dos meus. Sem dizer uma palavra, voltei-lhe as costas e fui para minha cela. Não seria necessário fazer-lhe perguntas. Aos dezesseis anos, o menino que eu criara longe do pecado, cedera ao impulso do sexo pela primeira vez. No dia seguinte, não o vi durante toda a manhã, mas estava seguro de que ele estaria, ao meio-dia, no local que escolhera como seu confessionário. De fato, ele lá me esperava, sentado numa pedra sobre a coxilha varrida pelo vento sul. Depois que me sentei a seu lado, afastou o cabelo do rosto com seu gesto costumeiro, fez o sinal da cruz com mão nervosa e, os olhos pregados nos meus, contou-me sua aventura da noite. Sentindo que havia mais emoção do que arrependimento em sua voz, recusei-lhe a comunhão que desejava. Pobres de nós pecadores para julgar os pecados dos outros e principalmente dos entes que amamos! Ao negar o perdão a Sepé, talvez eu tenha cedido a um desejo de vingança. Vingança contra meu pai, contra o garanhão negro, contra minha situação de eunuco espiritual. A verdade é que o rapaz desapareceu da redução por quarenta dias e quarenta noites, fazendo, durante sua ausência, meus pobres ossos tiritarem de frio e de arrependimento.

Mas aquela manhã na fazenda de tio Eric ainda me reservava outras surpresas. Meu pai, esmerado educador da violência, tinha muitas coisas para ensinar. Coisas simples, como torcer o pescoço de uma galinha, vendo os olhos esbugalhados do pobre animal anunciarem a morte que vinha após uma agonia de saltos e um espalhar de penas. Meu pai e tio Eric estavam a beber desde o amanhecer e seus rostos avermelhados pelo álcool ainda surgem nítidos e bestiais na minha mente quando me levaram à prova final. Sobre uma mesa de granito, nos fundos da casa, um porco gordo e salpicado de lama era mantido seguro por dois empregados que misturavam seus gritos e palavrões aos berros impotentes do animal. Tio Eric destacou da cinta uma faca de lâmina estreita e, depois de experimentar-lhe o fio numa calosidade da mão, passou-a a meu pai. O velho dilatou as narinas como um cão farejando a caça e comentou:

— Bicho lindo, mano Eric. Vai te dar pelo menos quatro barris de banha. E virando-se para mim: Dizem que o porco é o animal que mais se parece ao homem. Enterra a faca no pescoço dele com a ponta nesta direção. Se tens pena dessa imundície, procura acertar o coração no primeiro golpe. Esses bastardos gritam muito antes de morrer.

Segurei a faca com a mão trêmula e encostei sua ponta no local indicado pelo dedo de meu pai. Ele afastou a mão para o lado, e eu fiquei a olhar seus dedos nodosos de unhas grossas e sujas, sentindo que o suor me descia pelos olhos e uma contração me apertava o estômago.

— Como é, vai ou não vai, seu maricas? Bafejou meu pai junto a meu ouvido, exalando um forte cheiro de tabaco e de bebida.

Num acesso de raiva impotente, enterrei a faca no pescoço do porco até o cabo e retirei-a junto com uma golfada de sangue que me molhou as mãos e salpicou o rosto. O animal berrava e roncava ainda, quando joguei longe a faca e corri em direção ao rio com um coro de risadas a me morder os calcanhares.

Difícil definir o que se passava dentro de mim quando cheguei ao rio. Lembro que estava ajoelhado no chão, lavando as mãos na água gelada e esfregando-as com lodo, quando vi o pequeno barco atolado na margem. O barco estava quase repleto de água e não tinha remos. Enquanto esfregava as mãos no lodo e procurava enxergar meu rosto nas águas do rio para ver se algo havia mudado, nasceu-me a ideia que me obcecou pelos próximos meses. Fugir. Viajar para bem longe de meu pai e de suas mãos de dedos nodosos e unhas sujas que me empurravam para o abismo da violência. Por um momento, imaginei-me retirando a água do barquinho, entrando nele e remando com as mãos em direção ao mar...

Nada fiz, porém, naquele dia que pudesse delatar a decisão tomada. Sentindo uma imensa sensação de alívio, voltei à fazenda de cabeça erguida e pedi a meu pai que me desse de beber. O velho olhou-me com uma expressão mista de surpresa e orgulho e arrastou-me para junto da lareira, onde tio Eric já espetava um pernil inteiro do porco que eu matara. Comi e bebi junto com eles até que o álcool me subiu à cabeça e me jogou de borco sobre um pelego, onde dormi por muitas horas. Quando meu pai me acordou, o sol descambava no horizonte por detrás dos cavalos já selados e prontos para a partida. Depois da despedida, onde meu pai e tio Eric trocaram mais alguns sopapos e palavrões, montamos e seguimos ao trote, atravessando o rio um pouco abaixo do barquinho atolado. Com a cabeça dolorida e a língua pastosa, olhei o símbolo da minha decisão de liberdade como um prisioneiro deve olhar a rua ensolarada através das barras de ferro. E, novamente, a imaginação me fez retirar a água do barquinho e remar, sempre para frente, até o mar e a libertação.

Naquela noite, deitado na cama e ouvindo, abafada pela parede, uma discussão terrível de meus pais a respeito dos acontecimentos do dia, um novo personagem entrou no meu barquinho. O Dr. Axel van Bruegel, com seu único olho e uma medonha cicatriz na face esquerda, parecia me indicar o caminho do mar, onde um veleiro de três mastros se aprontava para partir do porto de Amsterdã.

CAPÍTULO II

Levei pouca coisa para o veleiro. A velha mochila de pele de cabra não pesava nada nos meus ombros magros quando escapuli pela janela da cozinha. Esperara tanto por aquele momento que a emoção maior se esgotou na espera. Pensei muito se deixaria ou não uma carta para mamãe. Cheguei a escrever parte dela, as lágrimas a me queimar os olhos. Depois, com medo de que meu pai a encontrasse antes da partida, desisti da ideia, queimando o papel na chama de uma vela.

Não necessito concentrar meu pensamento para lembrar cada detalhe das horas que vieram depois. Margeando as paredes, caminhei rapidamente até o porto, sem olhar uma única vez para trás. A noite era estrelada e o vento leve que soprava para o litoral dava indício seguro de que partiríamos antes do alvorecer. Chegando ao cais, parei um momento para respirar e orientar-me melhor. O cheiro familiar que emanava do porto penetrou-me as narinas. Ao reiniciar a marcha, pisei num cachorro adormecido que saiu ganindo rua abaixo. Não sei qual de nós ficou mais assustado, pois tive de conter-me para não gritar.

O Dr. van Bruegel prometera esperar-me numa taverna próxima ao embarcadouro, onde me recomendaria a um amigo seu, um tal de Ben Ami, timoneiro e prático de medicina. A taverna chamava-se La Mouette e pertencia a um francês velho e coxo que todos diziam ser um pirata aposentado. Meu pai frequentara esse lugar até o dia em que brigou com o francês e deu-lhe uma surra de chicote. Lembro-me muito bem daquele dia porque tinha ido até La Mouette chamar meu pai com urgência para dizer-lhe que Heidi quebrara uma perna. O velho jogava baralho com alguns marinheiros e devia estar ganhando, pois todos reclamaram quando ele levantou-se da mesa e saiu junto comigo. Antes de chegarmos à porta, o francês perguntou-lhe se não ia pagar o que bebera. Meu pai disse-lhe que estava com pressa e pagaria depois. O velho pirata não gostou da resposta e retrucou com um palavrão, incompreensível para mim. Meu pai fitou-o com seus olhos miúdos e frios, tirou o chicote que levava à cinta e bateu no infeliz até vê-lo no chão, ensanguentado e berrando por socorro. No fundo da sala, os marinheiros continuavam a jogar cartas como se nada estivesse acontecendo. Desesperado, agarrei-me às pernas de meu pai e disse-lhe gaguejando:

– Vamos pra casa. Heidi está doendo muito. Por favor...

Tudo isso me veio à cabeça enquanto caminhava para a taverna ao encontro do Dr. van Bruegel e de meu futuro protetor. A cena do velho coxo contorcendo-se a cada chicotada dava-me a justa medida do castigo que me esperava se fosse apanhado por meu pai.

Um arrepio percorreu-me a espinha quando cheguei à taverna. Seria cedo demais? Seria tarde demais? As portas estavam trancadas e por baixo delas não havia luz. Tomado de pânico, corri até o embarcadouro, tentando encontrar o navio no lugar onde estava ancorado na véspera. O veleiro havia zarpado. Meu sonho desmoronou com tanta rapidez que me embotou a mente. O mais lógico seria correr para casa e meter-me na cama antes que alguém acordasse. Em lugar disso, sentei-me no chão e comecei a chorar. Assim eu era quando menino e assim continuei pelo tempo a fora. Chorando e sofrendo a cada impacto mas não podendo voltar atrás.

A noite já empalidecia no nascente quando a mão pesada segurou-me pelo ombro e levantou-me com incrível facilidade:

– Está aqui o franguinho, doutor. Pela cara dele, parece que desistiu de ser marinheiro.

O homem que me levantara era corpulento mas não muito alto e, já no primeiro golpe de vista, agradou-me sua fisionomia franca e aberta, revelada pelo lampião do Dr. van Bruegel.

– O que houve, Michael? – Perguntou-me o médico com sua voz anasalada. – Procuramos você por toda parte. Se não quer mais viajar, pode dizê-lo francamente. Ainda é noite e você poderia...

– Não! Não, doutor. Eu quero sim. Só que não tem mais viagem nem para mim nem para o seu amigo. O barco já foi embora.

O homem que me levantara pelo ombro botou as mãos nas cadeiras e deu uma sonora gargalhada:

– Foi embora?! Acha que aqueles pobres bebedores de rum podem velejar sem o velho Ben Ami? Morreriam encravados no primeiro rochedo ou estourariam de escorbuto se aguentassem um pouco mais. Firme os olhos, meu jovem grumete, e já verá que seu precioso veleiro só aproveitou o primeiro vento da madrugada para desentocar deste cais imundo.

Tremendo de frio e de emoção, fixei o olhar na direção indicada e percebi, recortado contra o nascente, o vulto do veleiro fugitivo. Foi tal a minha alegria que senti vontade de saltar ao pescoço do timoneiro, que continuava a rir, mostrando seus dentes pequenos e amarelos sob o bigode manchado de nicotina.

– Muito bem, disse o Dr. van Bruegel, depois de olhar para os lados e certificar-se de que estávamos a sós. – Agora acho melhor vocês partirem. Dentro de meia hora será dia claro e notarão tua falta. Michael, contei a Ben Ami a razão da tua fuga e do meu apoio. Gostaria, porém, de acrescentar mais alguma coisa.

O médico colocou ambas as mãos nos meus ombros e fitou-me intensamente com seu único olho:

– Não penses nunca, menino, que te ajudei a fugir de casa somente pela inimizade que me liga a teu pai. Desde tua primeira visita, tenho vivido um tremendo drama de consciência. Se concordei com o teu pedido foi na esperança de que esta oportunidade te leve para o caminho do bem e da justiça. A experiência será dura, mas tenho certeza que voltarás um homem. Que Deus te abençoe.

Ainda agora, quando escrevo estas linhas com a mão trêmula da velhice, tenho de acreditar, na minha humildade, que a mão da Providência Divina guiou o Dr. van Bruegel para levar-me ao encontro do meu destino. Sem ele e sua coragem de acreditar num menino de dezesseis anos, libertando-o para a vida e depois para o serviço de Deus, nunca eu teria trilhado os caminhos da jovem América e participado da Grande Missão. Sem ele, eu não teria conhecido Sepé Tiaraju e seu povo de homens rudes e francos que comungavam de nossas mãos o pão de seus trigais e o vinho de suas vinhas, plantados por gente livre da escravidão e do pecado. Há muito tempo que a terra de Amsterdã cobre os despojos do Dr. van Bruegel. Minhas preces, porém, continuam a acompanhar sua alma, onde quer que o Senhor Todo-Poderoso, na sua infinita misericórdia, a tenha conduzido.

CAPÍTULO III

O Gravenhagen era um navio mercante de três mastros, com 150 pés de comprimento por 40 pés de largura, flancos bojudos e proa aguda como uma lâmina. Fora construído nos estaleiros de Amsterdã para o comércio com as Índias Ocidentais, fazendo há dois lustros o penoso tráfego entre o Continente e a Colônia do Suriname. Embora deslocasse 280 toneladas, todo o seu espaço útil era ocupado por seis grandes porões, usualmente atulhados de mercadorias. Manufaturados, fazendas, utensílios para lavoura, grandes moinhos desmontados, nas viagens para a América. Pau-brasil, cana-de-açúcar, tabaco, café, fardos de algodão e minérios, na volta do Suriname ao Continente. Sua tripulação se compunha de 68 homens, os quais, com exceção do capitão, do imediato e do timoneiro, dormiam sob a ponte em apertados catres de apenas 2 pés de largura, onde só podiam se acomodar de lado. Mesmo assim, o veleiro era moderno e seguro para a época, sendo um dos orgulhos da marinha mercante holandesa.

No dia 27 de março de 1720, pouco depois de recolher de um batel o veterano timoneiro e um rapazola magro e assustado, o Gravenhagen concluiu os aprestos habituais, levantou ferro e balançou-se, airosamente, como uma gaivota que vai alçar voo.

A manhã era fria e a névoa desprendia-se da água como uma fumaça tênue de fim de incêndio. Após jogar minha mochila em sua estreita cabine e apresentar-me, rapidamente, ao capitão, Ben Ami se acomodara junto à imensa roda do timão e berrava ordens aos marujos com sua voz poderosa e irônica:

— Todos apostos! Peguem nos braços e bolinas! Deem volta aos cabos! Vamos, corja de bebedores de rum! Chega de alimentar prostitutas! Depois do rio é o mar!

Os marinheiros, acostumados ao rude tratamento do timoneiro cuja habilidade muitas vezes os livrara de arrecifes traiçoeiros e tempestades em alto-mar, moviam-se com destreza em meio do cordame e da confusão de panos que estalavam ao vento.

Passado o primeiro instante de aturdimento, quando me sentara como um cão medroso junto às pernas de Ben Ami, levantei-me para contemplar extasiado a espuma dançando junto à proa aguda do veleiro que abria caminho a seus bojudos flancos. O velho marujo notou o prazer que se estampava no meu rosto e piscou-me um olho com cumplicidade:

– Melhor que uma mulher experiente no meio das pernas, melhor do que um bom cavalo à brida solta, melhor do que rum aquecido com canela... Sei lá! Melhor do que qualquer coisa deste mundo de Jeová é sentir um barco nas mãos, macio de governo, vivo como um... Essa vela não, seu aborto de um leproso! A outra primeiro, senão o tumor vem a furo! Quando o velho Ben Ami é o timoneiro, não se bordeja a terra. Vamos cingir o vento!

Abraçado ao mastro às costas de Ben Ami, girei o corpo com cuidado, flexionando as pernas para não escorregar, e contemplei Amsterdã, que desaparecia no horizonte. Foi a última vez que vi minha terra natal, meio encoberta pela névoa e pela bandeira que esvoaçava no mastro da mezena. A brisa do rio penetrava em meus pulmões, meus olhos se enevoavam, enquanto as gaivotas esvoaçando em redor de nossas cabeças enchiam o ar com seus gritos assustados. As gaivotas de Amsterdã. As últimas gaivotas da minha infância.

Em verdade, bem cedo aprendi que a infância acabara para sempre. Mesmo com a proteção constante e os preciosos ensinamentos de Ben Ami, minha vida a bordo foi igual à de qualquer marujo. Dezoito horas de trabalho por dia, quando o vento era favorável e o tempo bom. Nenhum descanso, nenhum momento de sono, quando a borrasca sacudia o barco como uma pinça estalando uma avelã. Comida apenas suficiente para não morrer de fome. Carne de cavalo salgada, alguma manteiga e bolachas duras como seixos que logo se tornavam ninhos de vermes parecidos a grãos de arroz. Peixe só se comia quando o navio dormitava nalguma calmaria e nós encontrávamos tempo e disposição para pescar. Para manter o moral a bordo, o capitão mandava distribuir uma magra ração de rum, que era acompanhada, a cada domingo, de um bom canecão de cerveja. Para evitar o escorbuto, doença que já destruíra tripulações inteiras nas longas travessias, distribuía-se, de dois em dois dias, um limão ou laranja a cada tripulante. As laranjas apodreceram na primeira semana e alguns marinheiros só comiam os limões sob a ameaça de serem postos a ferros.

Nesse e noutros pontos, a disciplina era mantida a qualquer preço. O menor deslize era castigado com um número variável de chicotadas que partiam certeiras dos braços cabeludos do imediato para o lombo do pobre infeliz. Aliás, a figura repugnante desse homem, com sua testa incrivelmente estreita, nariz largo com narinas grandes como tocas de raposa, alto como uma araucária e de voz fina como uma mulher, muitas vezes povoou meus curtos momentos de sono com os mais incríveis pesadelos. Depois de cada sessão de açoite que éramos obrigados a assistir para guardar o exemplo, eu caía em enorme depressão e somente as conversas com Ben Ami me faziam voltar a acreditar no acerto da fuga.

Nossas conversas se davam, em geral, nas noites de bom tempo, nas maravilhosas noites pesadas de estrelas ou prateadas de lua, quando o mar era imóvel e Ben Ami sustinha o leme suavemente como quem embala uma criança. Homem sensível e cheio de mundo interior, o velho sabia dosar seus ensinamentos de navegação e astronomia com conceitos de filosofia e religião que brotavam de seus lábios em frases simples e coloridas. Marinheiro desde os quinze anos, há mais de quarenta trilhava os mares conhecidos e pouco conhecidos, recolhendo em cada porto um retalho de filosofia de viver. Acho que essa seria a melhor definição de Ben Ami. Um homem apaixonado pela vida, com uma paixão consciente por todas as suas facetas e contrastes. Já ele mesmo um contraste na rara comunhão de um caráter de ferro e de uma alma de pensador ateniense. Ben Ami era judeu e numa época em que os judeus eram escorraçados de país em país como lebres assustadas, o velho mantinha o orgulho da raça e a plena consciência de suas virtudes e defeitos.

O velho. Já faz tantos anos... Hoje eu teria idade de sobra para ser pai de Ben Ami. Idade demais para conseguir descrever o seu caráter, como um velho pintor que tentasse fixar na tela o ruído do vento, o cheiro da maresia, o balançar de um veleiro sob a noite quente da passagem do equador.

– Estamos há quarenta e três dias no mar. Venho te observando, Michael, e acho que já pegaste o jeito de filhote de marujo. Há mais de uma semana não derramas uma gota de rum ao levá-lo pelo convés. Manejas a tralha e a ampulheta com mão segura e não erras mais nos cálculos da velocidade do navio. Já sabes bandar um ferimento e identificar no céu algumas constelações. Sabes? Um velho mestre, ao ver o progresso de um discípulo, é como o pai que renasce na cor dos olhos de seu filho.

— Sei que vou levar anos para ser um bom marinheiro – balbuciei, sentindo os olhos úmidos e o peito inflado de orgulho.

— Sem dúvida – respondeu-me o timoneiro, enxugando o suor da testa e repuxando os cabelos grisalhos amarrados às costas como um rabo de cavalo. Platão não descreveu sua sociedade perfeita aos dezesseis anos e nenhuma árvore já deu frutos maduros com 43 dias de plantio. Mas tu tens o que costumo chamar de matéria-prima humana. Tens vocação para a vida. Se não te acovardares, virás a ser um homem. Poucos nasceram assim.

Tentei achar uma resposta, mas calei-me. Nada havia a contestar quando Ben Ami filosofava no meio da noite, e o casco do navio fazia nascer pequenos raios de luz nas águas negras, como refletindo o brilho das estrelas que vez por outra despencavam do céu.

De outra feita, o velho marujo bebera sua ração de rum a pequenos sorvos, e eu lhe trouxe a minha, que ele aceitou com fingida relutância. Por momentos fiquei a contemplá-lo a corrigir o rumo do barco pela bússola à sua frente e pelo movimento das constelações. Finalmente, com medo de que ele me mandasse dormir, arrisquei uma pergunta que me comichava desde o primeiro dia:

— Por que o senhor se chama Ben Ami? *Ami* quer dizer *amigo*, não é?

O velho olhou-me com curiosidade e bebericou seu rum antes de responder:

— Não. Ben Ami ou Benjamin quer dizer *filho do meu povo*, como se chamava em hebreu o filho querido de Jacó.

— Hebreu? Que língua é essa?

— Uma língua muito antiga. A língua de um povo muito antigo que Jeová elegeu para perambular há mais de mil e setecentos anos pelo mundo. Um povo teimoso que bateu na face do Cristo pela mão do judeu errante e ouviu dos lábios do Messias: *Tu viverás até que eu volte*.

— Jesus Cristo era o verdadeiro Messias? Lembro de minha mãe contar a história do judeu errante que retorna de cem em cem anos e dizer que os judeus não são cristãos porque ainda esperam o Messias.

Ben Ami contemplou, longamente, as mãos poderosas que mantinham o leme e quando recomeçou a falar, sua voz vinha impregnada de profunda reflexão:

— "O Messias chegará e o cordeiro sentará ao lado do leão e as lanças se transformarão em arados", assim rezam as velhas escrituras e nenhum ou-

tro Messias, ou enviado, que é o sentido do termo, conseguiu chegar tão perto da profecia como o Nazareno.
– Ele conseguiu sentar o cordeiro ao lado do leão? – Perguntei com olhar incrédulo.
– Ele levou o cordeiro de sua fé ao pé do leão de Roma e fez ajoelhar-se junto à sua cruz de mártir plebeu as castas mais poderosas da terra. Beijou a boca dos leprosos e deu luz aos olhos dos cegos. Caminhou sobre as águas e transformou-as em vinho e... e se pudesse estar hoje aqui talvez quisesse transformar suco de limão azedo num pouco de rum para a garganta seca deste pobre timoneiro.
– O senhor quer mais rum? Se quiser eu posso ir até a cabine do Capitão e...
Ben Ami olhou-me severamente e cortou a frase com um gesto brusco e definitivo:
– Não! Nunca entres sozinho na cabine do capitão e muito menos para roubar. Aceitei a tua ração de rum como oferecimento de um amigo, mas roubar não se rouba nem por um amigo. Se for preciso lutar por uma gota de rum, abrir o ventre do capitão numa luta honesta, então estou de acordo. É mais justo estuprar uma mulher do que violá-la durante o sono.
Trêmulo de vergonha, balbuciei uma desculpa e tentei levantar-me para ir embora. Ben Ami pregou-me ao banco com um olhar cheio de ternura:
– Gosto de ti, Michael. Sei que não és ladrão. Perdoa as rabugices deste velho marujo filho duma cadela e senta para me ajudar a conversar. Dentro de uma hora findará meu turno e então iremos dormir o sono dos justos.
Uma outra noite, já a dois dias da embocadura do rio Suriname, Ben Ami falou-me das estrelas:
– Sabes, meu jovem grumete, quando vejo uma noite como esta, creio que somente abandonei o ventre da minha mãe para contemplar as estrelas. Elas têm sido a minha bússola, o meu farol, a minha poesia. Às vezes imagino que o futuro trará grandes vasos estelares e os nossos bisnetos navegarão pelo céu e visitarão a lua e as estrelas...
– Imagino o seu bisneto dando ordens no vaso estelar: "Arria essa vela, filho de um cão, senão vamos abalroar a Ursa Maior!"
Ben Ami riu gostosamente, mostrando os dentes pequenos e amarelos sob o basto bigode.

— Gosto de ti, Michael. Em verdade, começo a gostar de ti como de um verdadeiro filho.

Precioso e querido mestre Ben Ami. Em pouco mais de dois meses soubeste levar tanta luz e amor ao meu coração de adolescente, que até hoje teus ensinamentos ainda sobrenadam nos destroços da minha velhice. Talvez por eles, meu velho amigo, é que eu tenha a coragem de soprar na poeira do tempo para contar a história de Sepé Tiaraju. Muitas vezes me pergunto onde andará tua alma de livre-pensador depois que teu corpo foi jogado ao Rio da Prata amortalhado numa rede e com uma bala de 36 amarrada aos pés. Felizmente, para o meu bem e para o bem de todos os que cruzaram pelo teu caminho, o Senhor Todo-Poderoso ainda te conservava vivo e puro naquela manhã de sol de 11 de junho de 1720, em que o Gravenhagen penetrou, pela tua mão experiente, nas águas tropicais do rio Suriname.

CAPÍTULO IV

Paramaribo, a capital da Guiana Holandesa, ficava à margem esquerda do rio Suriname, a cerca de seis léguas de sua embocadura. A imagem que guardo dela é de um vilarejo de ruas pretensiosamente largas, com suas casas de madeira cobertas com telhas, quase todas com um pequeno alpendre, onde se reunia a família para catar a brisa nas noites abafadas. As casas dos negros e nativos eram simples palhoças cobertas com ramos de palmeira, com paredes de pau a pique quase sempre barreadas para refrescar o interior. O porto modesto regurgitava de pequenas embarcações cuja carga passava dos braços suados dos negros para pequenos carros de altas rodas de madeira, em geral tirados por dois búfalos de pelo escuro e grandes chifres arqueados para trás. Os senhores abastados da colônia desfilavam suas roupagens europeias, trazendo sempre à cabeça enormes chapéus de copa alta. Muitas vezes vinham acompanhados por uma dama e por um escravo, que os protegia do calor com um grande guarda-sol colorido.

– Olá! Olá! A postos para largar ferro! – gritou o timoneiro quando o Gravenhagen se aproximou do porto. – Agora, espécie de ratos sem rabo! Amaina... Ferra tudo!

A esta ordem, todas as velas foram arriadas e o navio deslizou suavemente até a poucas braças do ancoradouro. O Capitão, figura insignificante mesmo enfiado em seu elegante dolmã azul com botões dourados, saltou para um batel e dirigiu-se à terra para preencher as formalidades de praxe. Um grupo de marinheiros veteranos acenava freneticamente para algumas mulheres postadas no cais, gritando-lhes frases obscenas. Os mais jovens da tripulação haviam trocado de roupa e exibiam uma excitação palpável nas vozes estridentes e nos gestos desnecessários. Depois de setenta e seis dias no mar, somente um louco não exultaria em voltar à terra.

Olhei minhas roupas velhas e sujas e concluí com desânimo que não teria coragem de sair do navio vestido daquela maneira. Ben Ami veio mais uma vez em meu auxílio:

– Vamos descer em cinco minutos, entornar uns dois canecos de bom vinho e comprar para ti um vestuário completo de marinheiro. Esta noite vamos cear com uma família amiga e quero apresentar-lhes um Michael bem-vestido e de cara limpa.

– Mas... e o dinheiro?

– Tu me indenizarás com a primeira soldada que receberes. Um homem que trabalha merece crédito, meu jovem grumete.

Naquela noite, depois de tomar um demorado banho numa tina de madeira na melhor hospedaria do porto, vesti minhas calças brancas, minha camisa nova de riscado e ajeitei na cabeça o gorro azul, puxando-o um pouco sobre a orelha, como vira fazer os marujos veteranos. Concluídos os preparativos, apresentei-me a Ben Ami, que derrubava caneco sobre caneco de vinho tinto na taverna da hospedaria. O velho olhou-me de alto a baixo e notei que seus olhos castanhos, já meio embaciados pelo álcool, sorriam de satisfação:

– Estás ótimo, Michael. Olhando para teu orgulho, lembrei-me do dia em que também vesti minha primeira roupa de marinheiro. Foi em Reikjavik, quando... quando coisa nenhuma! Hoje nada de histórias de velho sarnento tagarela. Vamos viver nossa própria história! Na pequena aldeia de Savannah vai haver um casamento. Se pararmos de beber como cabritos desmamados, teremos tempo para a abordagem. Toma um copo de vinho para dar cor a essas orelhas brancas, e ao ataque!

A aldeia de Savannah, exclusivamente habitada por judeus, começava a deitar raízes à margem direita do rio Suriname, não muito distante de Paramaribo. Seus poucos moradores, barbudos e ordeiros, tentavam o sonho tantas vezes fracassado de fixação dessa raça errante. Ao abrigo das perseguições do Continente, isolados como ilhéus no amanho da terra e no culto de sua religião milenar, os judeus de Savannah foram algumas das pessoas mais honestas e dignas que encontrei no meu caminho.

Logo que o barco de vela romana que alugáramos em Paramaribo encostou no exíguo embarcadouro, um homem de longas barbas brancas, com um pequeno solidéu plantado no cocuruto da cabeça calva e vestindo uma longa sotaina negra, tomou Ben Ami nos braços demoradamente, trocando com ele palavras doces numa língua completamente incompreensível para mim. Depois dessa recepção inicial, o timoneiro foi passando de mão em mão, de sorriso em sorriso, até a sinagoga, modesta construção de madeira toda iluminada por fieiras de lanternas coloridas.

Pairava no ar um agradável cheiro de carne assada que me escancarou o apetite saturado da intragável comida do Gravenhagen. Ben Ami pareceu sentir a mesma coisa, pois encontrou tempo para me cutucar e cochichar ao ouvido:

— Esta noite vamos desejar ter a pança maior do que uma baleia. Pelo menos não vai nos faltar o apetite dum tubarão.

À porta da sinagoga, o timoneiro retirou-me o gorro da cabeça, ajeitou sobre meus cabelos em desalinho um belo solidéu negro, bordado com fios de prata, e colocou sobre sua própria cabeça um outro, mais velho e modesto.

— Como é a primeira vez que vais entrar numa sinagoga, tens o direito de usar o solidéu de meu pai. Tomara que essa cerimônia não demore muito, senão vais acabar mordendo as barbas do rabino. Fica em silêncio e imita o que os outros fizerem. Agora vamos.

O interior do templo estava todo decorado com flores silvestres, que exibiam suas cores variegadas sob a luz de grossas velas de sebo. A população da aldeia acomodou-se nos toscos bancos, de frente para um estrado de três degraus sobre o qual se elevava um pálio de pano vermelho sustentado por quatro colunas feitas de troncos de palmeira. O velho rabino que nos recebera no ancoradouro postou-se sob o pálio, vestindo agora sobre a batina negra um vistoso xale branco bordado de ouro. Uma mulher idosa acomodou-se junto ao órgão colocado ao lado esquerdo do altar e começou a tocar uma música suave. Meus olhos gulosos contemplavam cada detalhe do estranho ambiente e ao embalo da música senti uma profunda sensação de paz. Do lado direito do pálio, havia uma esquisita estrutura de madeira que me despertou a curiosidade. Puxando Ben Ami pela camisa, perguntei-lhe baixinho:

— O que significa aquele enorme candelabro de sete braços?

— É a representação das sete velas que foram acesas na guerra dos Macabeus. Agora fica quieto e ajeita esse solidéu, que está quase caindo.

A música aumentou de volume e todas as cabeças se voltaram para a entrada do templo. Um jovem de rosto risonho, vestindo roupa escura e com um chapéu de copa redonda enterrado até as orelhas, entrava pelo corredor principal acompanhado de uma senhora de aspecto bonachão. Atrás deles dois outros casais distribuíam sorrisos à esquerda e à direita.

— Levanta — sussurrou-me Ben Ami. — É o noivo com a mãe e seus padrinhos.

O cortejo encaminhou-se para o altar, onde o noivo separou-se um pouco dos demais e, depois de lutar com os dedos trêmulos, conseguiu tirar do bolso um grande lenço quadriculado que levou ao rosto lustroso de suor. Ouviram-se alguns risos logo abafados pelo órgão, que acelerara o ritmo novamente. Virei-me para a entrada da sinagoga, e meu coração começou a bater fortemente. Uma moça de longos cabelos negros, feições delicadas e tímidas, toda vestida de branco e dando o braço a um velho sisudo de grande nariz aquilino, passou ao lado de meu banco desprendendo um leve perfume de jasmim. À frente do altar, o rapaz suado recebeu a noiva, cobriu-lhe o rosto com um véu e juntos subiram os três degraus, colocando-se sob o dossel. O rabino começou a cantar com voz trêmula e monótona, acompanhado pela música do órgão. Meus olhos não se desprendiam da figura esguia da noiva e fiquei a contemplá-la, embevecido, até o fim da cerimônia, quando o noivo quebrou com o pé esquerdo alguma coisa que estava enrolada numa toalha branca e beijou ternamente sua jovem mulher.

Naquela noite, naquela noite estrelada e quente dos confins do mundo, comi, bebi e dancei como um adulto, exultante de felicidade no meio daquele povo que comemorava o primeiro casamento celebrado na aldeia de Savannah. O casamento de Judith, a moça de cabelos negros e olhos de gazela, que por um momento foi o meu primeiro e único amor.

Apesar dos protestos generalizados, Ben Ami decidiu que deveríamos voltar a Paramaribo ainda antes do amanhecer. O Gravenhagen não tinha sido descarregado e o velho temia que a tripulação embriagada cometesse algum furto durante sua ausência. Voltamos, assim, para o veleiro, cujo perfil familiar recortado contra a noite deu-me a sensação de estar voltando ao lar. Ben Ami realizou uma inspeção sumária dos porões e retirou-se para sua cabine. Excitado demais para dormir, fiquei a contemplar as escassas luzes de Paramaribo e a escutar os ruídos da noite tropical.

De súbito, pressenti que alguém estava às minhas costas, e deparei-me com o capitão, que me observava atentamente, meio escorado ao mastro principal.

— Boa noite, capitão – disse-lhe, cortesmente.

— Boa noite. Onde está Ben Ami?

— Foi agora mesmo dormir. O senhor precisa de alguma coisa?

— Preciso. Traga da enfermaria uma garrafa de álcool e um pouco de cânfora. Vou esperá-lo na minha cabine.

Enfermaria era um nome pomposo demais para o cubículo onde se guardavam as poções, purgativos e outras pobres medicinas da farmacopeia do navio. Ben Ami era quem manipulava aquelas drogas, e me havia ensinado um pouco de sua arte durante a viagem. Assim sendo, nada estranhei de que o capitão me pedisse os remédios, e levei-os até seu camarote.

À primeira pancada na porta, ele gritou para entrar. Por um instante lembrei da frase de Ben Ami na noite em que lhe propusera furtar um pouco de rum: *Nunca entres sozinho na cabine do capitão.*

– Entre – insistiu a voz do comandante do outro lado da porta.

Acho que não estou desobedecendo a Ben Ami, pensei para me tranquilizar; afinal, não estarei sozinho na cabine estando também ali o capitão. Decidido a livrar-me o quanto antes da missão, torci o ferrolho e entrei. Um cheiro nauseabundo de fumo, bebida e suor muitas vezes dormido invadiu-me as narinas. À tênue luz de uma lamparina, enxerguei o capitão deitado de bruços, completamente nu sobre seu catre.

– Estou com terríveis dores nas costas – disse-me ele com voz queixosa. – Mistura um pouco de álcool com cânfora nessa bacia e faz-me uma massagem.

– Nunca fiz uma massagem antes – retorqui, buscando uma saída para a situação que me era tremendamente repugnante.

– Não faz mal. Não tenho os braços tão comprimidos para fazê-la eu mesmo.

Uma sensação de náusea tomou conta de mim e pareceu-me que ia vomitar quando passei os dedos molhados pelo bálsamo nas costas nuas do capitão. Por alguns momentos ele permaneceu quieto e calado, gemendo baixinho. Depois, sua respiração foi se acelerando e ele jogou-se sobre mim, imobilizando meus braços e procurando aproximar-me de seu corpo. Seu olhar tinha uma expressão entre bestial e grotesca que me fez gritar a plenos pulmões enquanto lutava para libertar-me da pressão de seus dedos. Com um safanão, ele jogou-me sobre a cama e bateu-me várias vezes no rosto com as costas das mãos. Com a boca e o nariz cheios de sangue, eu me sentia sufocar a cada novo golpe, quando a porta da cabine escancarou-se e Ben Ami saltou como um puma sobre as costas do capitão.

Encolhido contra um canto, devorando as lágrimas e exultante pela chegada de meu protetor, vi-o a bater com seus punhos de ferro contra a cara do capitão e depois pisoteá-lo pelo chão enquanto o miserável se arrastava como um verme, berrando por socorro. Finalmente, Ben Ami suspendeu o corpo do capitão à altura da cabeça e jogou-o contra a parede da cabine. Levantei-me e procurei ver se ele estava morto, mas o velho mostrou-me o leve movimento do tórax cheio de manchas avermelhadas:

— Vaso ruim é duro de quebrar. Vamos juntar nossas coisas e sair deste monturo. Se vejo outra vez este canalha, eu lhe esmigalharei a cabeça mesmo que tenha de purgar o resto da vida nos confins do inferno! Tu estás bem?

Acenei-lhe afirmativamente com a cabeça e nos retiramos para nossa cabine. O velho começou a juntar suas coisas, na maioria livros dos mais diversos tipos e tamanhos e os foi jogando num baú de couro com tirantes de ferro. Praguejava incessantemente e parecia disposto a retornar a qualquer momento para acabar com o capitão. Guardei meus parcos pertences na sacola que pertencera a meu pai e tratei de ajudar Ben Ami a completar sua apressada mudança. Foi com imenso alívio que deixei o navio e acompanhei meu amigo até a estalagem do porto. Já com galos anunciando o amanhecer, acomodamo-nos em duas camas com duros colchões de crina e, apesar de todas as tensões passadas, não demoramos muito a adormecer.

CAPÍTULO V

O que se passou depois da noite em que Ben Ami me salvou do capitão do Gravenhagen retorna-me à recordação como simples encadeamento do primeiro pesadelo. Nem havíamos dormido um par de horas na estalagem do porto quando nosso quarto foi invadido por um grupo de soldados da guarda do Governador. Ben Ami foi facilmente dominado e amarrado com correias de couro, e eu fui espancado brutalmente ao tentar defendê-lo. Da janela do quarto, ainda o vejo seminu e altivo a caminhar pela rua poeirenta, enquadrado pelos soldados e apupado pela canalha do porto. Os gritos de assassino! assassino! doíam nos meus ouvidos como marteladas sobre metal. Tomado de total desespero, deixei-me cair de joelhos e rezei pela primeira vez em minha vida. Ignorando qualquer oração escrita, despejei ante o Criador minha torrente de mágoas e implorei-lhe que salvasse o meu bom amigo, o meu leal protetor.

Pouco a pouco, comecei a serenar. Uma profunda confiança na justiça divina foi tomando conta de mim e tive certeza que Ben Ami estava em boas mãos.

Ainda estava de joelhos e mergulhado em meus pensamentos quando senti o contato de uma mão sobre minha cabeça. Erguendo os olhos, reconheci o velho rabino de Savannah, que me contemplava com ternura.

– Bendito sejas tu, menino – disse-me ele com sua voz musical. – Bendito sejas tu por buscares em Jeová a fonte da esperança. Vem comigo. Acho melhor ficares em Savannah até que tudo se esclareça e Ben Ami seja libertado. Lá estarás entre gente amiga.

– Mas por que o estão chamando de assassino? O capitão não estava morto quando saímos do navio. Eu até vi o movimento das costelas dele...

O ancião contemplou-me com olhos tristes:

– Foi encontrado morto esta manhã. Agora vem comigo.

Levantei-me, beijei a mão do patriarca e, apanhando minha sacola, acompanhei-o passivamente. Chegando à rua, notei que o porto readquirira seu aspecto habitual. Os negros tinham voltado ao trabalho e a maioria deles estava ocupada transferindo braçadas de cana-de-açúcar dos pequenos barcos para as carretas puxadas por búfalos. Enquanto esperavam o sinal do condutor, os pobres animais tentavam mordiscar um pedaço de cana, sendo açoitados no focinho a cada tentativa. Pairava no ar o mesmo cheiro de peixe frito, misturado ao odor acre de suor e ao adocicado da cana. Olhando o céu azul cortado por uma revoada de araras coloridas, parecia-me impossível que num dia tão lindo alguém pudesse estar preso numa masmorra. E, principalmente, quando esse alguém se chamava Ben Ami e era apaixonado pela liberdade.

Durante o trajeto não troquei mais nenhuma palavra com o rabino, que fitava as águas barrentas, em profunda meditação. Chegando, porém, a Savannah, depois de engolir meio à força uma tigela de leite fresco, resolvi contar-lhe o que se passara antes da morte do capitão. O velho rabino escutou o relato com fisionomia austera, que, pouco a pouco, foi-se abrindo num largo sorriso:

– Eu sabia que Ben Ami não seria capaz de matar um homem à traição. É claro que foi alguém que entrou na cabine depois que vocês saíram.

– Como o senhor pode saber disso com tanta certeza?

– Você me disse que Ben Ami não usou nenhuma arma durante a luta, não é verdade?

– É verdade.

– Pois quando acharam o capitão, esta madrugada, ele estava com uma faca enterrada nas costas...

Uma tremenda sensação de alívio tomou conta de mim e foi somente naquela hora que consegui dar vazão às lágrimas que me queimavam os olhos. O velho rabino e sua mulher, que eu já vira tocando órgão durante o casamento de Judith, levaram-me para um pequeno quarto e me obrigaram a dormir entre limpos lençóis cheirando à alfazema.

No mesmo dia, o patriarca retornou a Paramaribo e entrevistou-se com o Governador da Colônia. Um severo inquérito foi aberto e, depois de ser interrogada toda a tripulação do Gravenhagen, descobriu-se o verdadeiro culpado. Era ele um jovem marinheiro chamado Emil, que confessou ter morto o capitão como vingança por este o haver levado a práticas homossexuais.

Ben Ami foi libertado após uma semana de cárcere e recusou-se a retomar seu posto no navio.

– Eu jurei naquela noite que nunca mais entraria nesse monturo. Antes de dobrar o cabo Braamspunt, eu já estaria tentado a rebentá-lo contra o primeiro arrecife. Esse veleiro bastardo me deve uma semana de escuridão.

Nunca cheguei a compreender ao certo por que o timoneiro transferira todo o seu ódio para o Gravenhagen. A verdade é que ele manteve a palavra. O veleiro partiu poucos dias depois e nós ficamos hospedados em Savannah até que surgisse outra oportunidade de voltar ao mar.

Muitos meses se passaram antes que isso acontecesse. Durante esse tempo, aprendi com os habitantes da colônia o amanho da terra e o trato dos animais domésticos, o que me seria de grande valia, anos mais tarde, quando vivi nas missões do rio Uruguai. Sentia-me tão feliz entre os judeus de Savannah, que já estava prestes a adotar sua religião e compartilhar para sempre daquela vida simples, quando a esquadra de Roggeween aportou em Paramaribo.

O Almirante Roggeween era o chefe de uma missão organizada por nossa Coroa para descobrir novas terras nas bandas do Oceano Pacífico. Logo que tomou conhecimento do fato, Ben Ami, que retornava de uma caçada com os índios Caraíbas, veio procurar-me nos canaviais. Parecia excitado como uma criança:

– Vamos imediatamente a Paramaribo, Michael. Ando com as mãos tremendo da nostalgia de segurar um timão. Desta vez poderemos velejar com marujos de verdade. Duvido que não sobre lugar na tripulação para um velho lobo bastardo como eu.

A fama de Ben Ami como timoneiro e prático de medicina já chegara aos ouvidos do almirante e não foi difícil nosso engajamento na tripulação de um dos veleiros. Difícil foi deixar Savannah e nossos amigos de longas barbas e estranhos ritos que tentavam realizar, às margens do Suriname, o sonho de fixação de uma raça errante. Um bom número deles se amontoava no cais no dia da partida para nos desejar um breve retorno e encher-nos as mãos com queijos, limões e outros presentes úteis para a travessia.

Que Deus perdoe este velho missionário que já no fim da vida começa a blasfemar contra princípios que os homens fizeram sagrados. Não creio, porém, que o Senhor Todo-Poderoso possa ignorar a bondade e a pureza das almas que partem sem batismo cristão. Diversos e tortuosos são às vezes os caminhos que levam ao Senhor. E quero acreditar que, se Ele me retirou da calma de Savannah e de sua gente honesta, não foi para evitar a minha perdição entre os hereges, e sim porque naqueles mesmos dias nascia em São Luís das Missões um indiozinho batizado José Tiaraju que o Senhor me destinara a acompanhar até a morte.

CAPÍTULO VI

Para relatar as peripécias da expedição Roggeween, desde que deixamos Paramaribo até o dia fatídico em que lançamos âncora junto à Ilha da Páscoa, seria necessário aumentar ainda mais a distância que me separa da razão única desta narrativa. Contarei, porém, o que se passou naquela ilha vulcânica, onde os pontos mais próximos que podem ver os habitantes são a lua e as estrelas, porque foi lá que aconteceu a tragédia que viria alterar por completo o rumo de minha vida.

Há muitos meses que navegávamos bordejando a terra quando o almirante decidiu que deveríamos penetrar mar adentro até encontrar alguma das ilhas ou mesmo um continente que se acreditava existir na região austral do Pacífico. Os dias foram se sucedendo e nada aparecia. O moral dos marujos, já abatido na terrível passagem do cabo Horn, onde vários deles morreram de frio e um dos nossos navios desapareceu para sempre, estava em seu ponto mais baixo. O oceano Pacífico só é pacífico na região dos alísios, situada entre os trópicos de Câncer e Capricórnio. No demais, não justifica absolutamente o nome. As tempestades se sucediam quase sem bonança e uma das últimas arrastara dois homens para o mar. Somente a perícia de Ben Ami e, para não ser injusto, de praticamente todo o pessoal dos dois veleiros, conseguia levar avante aquele sonho maluco. Em verdade, para navegar no imenso e desconhecido oceano Pacífico seria necessário ter conhecimento exato das correntes e dos ventos marinhos, o que era totalmente impossível em itinerários talvez percorridos pela primeira vez. Finalmente, no entardecer do dia da Páscoa de 1722 surgiu à nossa proa o vulto rochoso de uma ilha.

Naquela noite, a alegria foi geral a bordo e permitiu-se a cada marujo que dobrasse sua ração de rum. Somente Ben Ami nada bebeu e alimentou-se apenas de um estranho pão que trouxera da última escala no porto de Callao. Quando insisti para que comesse um pouco de queijo e bebesse do rum que eu distribuía à marujada, ele me explicou que estava seguindo um antigo rito da religião hebraica.

— Hoje o almirante batizou a ilha que descobrimos de Ilha da Páscoa. Esta páscoa a estou cultuando à maneira do meu povo. A palavra *páscoa* vem do hebreu *pessach,* que significa *passagem,* a passagem do mar Vermelho pelos hebreus em fuga do Egito.
— Compreendo. Mas por que comes esse estranho pão?
— Quando os hebreus deixaram o Egito, foram obrigados a fazê-lo com tanta pressa que não houve tempo para fermentar o pão que levaram. Este pão que estou comendo é o pão ázimo, sem fermento, que nos recorda o dia da libertação.
— E como os hebreus sabiam o dia exato?
Ben Ami passou-me a mão pelos cabelos, no seu gesto habitual de carinho, e respondeu:
— Nos velhos tempos, eram acendidas fogueiras do alto das montanhas para anunciar a chegada da Páscoa. E as pessoas que habitavam locais distantes comemoravam durante dois dias para não cometer engano na data.
— E isso vem de quantos anos?
— Já vem de alguns milênios. Desde que Moisés desceu do Sinai, trazendo a nova lei para os homens, e fez perambular pelo deserto uma geração de escravos até vê-la transformada em outra de homens livres.

Na manhã seguinte, chegamos à distância de um tiro de canhão da ilha vulcânica e logo constatamos a inexistência de qualquer abrigo. Grande foi assim nossa surpresa ao notar que a ilha era habitada e que seus habitantes procuravam chamar nossa atenção com sinais de fumaça. Era intensa a expectativa a bordo quando lançamos âncora frente à escarpa rochosa sobre a qual os nativos acenderam fogueiras e percebemos algumas pirogas que se dirigiam aos nossos veleiros. As pequenas embarcações eram estreitas e pareciam fazer muita água, porque, à medida que um nativo remava, outro retirava água com uma espécie de cabaça. Antes de as pirogas chegarem junto aos navios, o almirante recomendou a todos que tratassem os ilhéus da melhor maneira possível, para não assustá-los. Roggeween estava em primeiro uniforme e parecia tomado de grande emoção.

Encarapitei-me num dos mastros e fiquei a observar a cena que se desenrolava a meus pés. Um dos primeiros homens que subiu a bordo era completamente branco e se comportava de maneira solene. Cingia-lhe a cabeça raspada uma coroa de penas coloridas e suas orelhas estavam ornadas de pedaços de madeira de cor vermelha e branca, grandes como punhos.

– Deve ser algum sacerdote – sussurrou-me Ben Ami, que se esgueirara agilmente até meu posto de observação. – Seguramente vem trazer-nos as boas-vindas como figura eminente da sociedade local. Mas olhe só as orelhas dele. Incrível!

De fato, as orelhas do estranho personagem tinham sido alongadas de tal maneira que os lóbulos pendiam sobre suas costas.

À medida que os outros nativos subiam a bordo, fomos constatando que deviam pertencer a diferentes raças, pois havia os de pele escura, outros brancos como o sacerdote e mesmo alguns de pele avermelhada como seriamente tostada pelo sol. Alguns deles eram barbudos, mas todos, sem exceção, eram grandes e fortes.

A poucos metros do nosso mastro, o sacerdote aproximou-se de Roggeween e repetiu várias vezes as palavras *Miro-Miro*. O almirante tratou-o com grande consideração e, embora o diálogo fosse impossível, os gestos e presentes trocados foram significativos para ambos.

Naquela noite quase não dormi e só o fiz depois que Ben Ami prometeu levar-me à terra logo ao amanhecer. De fato, na manhã seguinte o nosso escaler foi o primeiro a tocar a costa rochosa, onde uma pequena multidão nos aguardava com evidentes sinais de simpatia. Mais uma vez constatamos a variedade de tipos humanos que habitava a ilha. Muitos deles andavam completamente nus, mas com o corpo coberto de tatuagens representando um único motivo: pássaros e indecifráveis figuras. Alguns, porém, vestiam belas capas cujo tecido lembrava casca de árvore pintada de vermelho ou ouro. Muitos traziam na cabeça cocares de penas ou curiosos chapéus de junco.

Chamei a atenção de Ben Ami para o fato de que não se viam quase mulheres naquele formigueiro masculino. O velho timoneiro piscou-me um olho malicioso:

– Eles devem estar pensando a mesma coisa olhando para este nosso bando chifrudo de marinheiros.

A população habitava em choças de junco, longas e baixas, que mais se assemelhavam a grandes pirogas viradas e com a proa contra o vento. As estranhas casas não tinham janelas e sua única abertura era tão pequena que foi preciso quase arrastar-nos para entrar em uma delas. O interior tinha como única mobília algumas esteiras de junco e pedras para fogão e para travesseiro. Os insulares que nos receberam foram pródigos em nos oferecer bananas, batatas cozidas e carne de galinha, que nos pareceu ser o único animal doméstico existente no local.

O mais impressionante de tudo, porém, foram as estátuas de pedra que percebemos logo ao desembarcar e que estavam semeadas por quase todos os locais onde passamos. Não eram elas simples imagens de tamanho vulgar, capazes de serem erguidas sem o auxílio de cordas ou de andaimes de madeira, que aliás inexistia na ilha. Eram, sim, colossos de mais de trinta pés de altura, com as cabeças ornadas de incríveis orelhas, como as do sacerdote, e grandes cilindros de pedra como espécie de coroas.

Crivei Ben Ami de perguntas e, pela primeira vez, notei que meu amigo estava tão ignorante como eu.

– O que mais me intriga – disse-lhe – é que não vejo carros, nem cavalos, nem nada que possa ter permitido o transporte desses colossos. Quem os terá posto de pé?

Ben Ami coçou a cabeça e só conseguiu divagar:

– Os conhecimentos do mundo queimaram com a biblioteca de Alexandria. Somente lá, talvez, pudéssemos encontrar a resposta certa...

Ainda estávamos a discutir sobre o estranho fenômeno, quando Behrens, um dos homens mais esclarecidos da expedição, veio chamar a atenção de Ben Ami para uma cerimônia que ocorria junto a outro grupo de ídolos. Chegando ao ponto indicado, tivemos a oportunidade única de assistir ao enterro de um habitante da Ilha da Páscoa.

Sobre uma grande pedra, ao pé dos colossos, um esqueleto jazia insepulto. Pela aparência, devia ali estar por muitos dias, talvez meses. Um grupo de sacerdotes de orelhas compridas entoava canções com voz monótona, enquanto pequena multidão os escutava em completo silêncio. Após alguns minutos, uma grande laje foi afastada por seis musculosos indígenas e o esqueleto colocado ao lado de outros que pude perceber na penumbra do túmulo coletivo. Recolocada a laje no lugar, o grupo se desfez de imediato e ficamos somente Ben Ami, Behrens e eu a trocar ideias sobre o que tínhamos visto.

– Uma coisa ao menos eu descobri – disse Behrens com um sorriso estampado em sua face sardenta: – é que nesse idioma selvagem a ilha se chama Rapanui. Quanto aos colossos, acredito que foram feitos com lascas de pedras unidas habilmente e recheadas com cascalho e barro.

Ben Ami bateu com os nós dos dedos na base de uma das estátuas e sacudiu a cabeça com ar incrédulo:

— Explicação por demais simplista, meu caro Behrens. Na minha opinião, são autênticos blocos monolíticos. Para pô-los de pé sem auxílio de madeira, só seria possível com a parede de areia, como se fazia no antigo Egito. Mas, de qualquer forma, como nas pedreiras do Alto Nilo descritas por Heródoto, seria necessário o uso de elefantes para arrastar pedras desse tamanho.

Que os selvagens adoravam suas estátuas como deuses, não havia a menor dúvida. Naquela manhã, logo ao nascer do sol, tínhamos assistido à cerimônia pagã mais impressionante que meus olhos já contemplaram. Centenas de fogueiras foram acesas ao pé dos gigantes, e todos os habitantes da ilha se prostraram ao chão e adoraram o sol nascente. Com a cabeça respeitosamente curvada, as palmas das mãos unidas, eles erguiam e baixavam os braços em movimento sincopado, guardando completo silêncio.

Lembro perfeitamente que Ben Ami colocou uma das mãos no meu ombro e sua voz me soou gravemente, carregada de emoção:

— Abra bem os olhos, meu jovem grumete, é a primeira vez que gente civilizada contempla a adoração do mais antigo dos deuses, nesta ilha de silêncio.

Se nós éramos os civilizados e eles os selvagens, o que se passou naquele dia pareceu mostrar o contrário. Como já afirmei, os habitantes da Ilha da Páscoa, embora vivendo como na idade da pedra, eram hospitaleiros e afáveis e não carregavam consigo armas ou intenções belicosas. Por simples curiosidade, tão comum nos seres primitivos, alguns deles tinham cometido pequenos furtos, como o de um chapéu que foi habilmente retirado da própria cabeça de um dos marinheiros.

O fato se deu a poucos passos do local onde Ben Ami e eu nos encontrávamos e não teria passado de uma simples brincadeira se o marinheiro não tentasse, de todas as formas, recuperar o chapéu. Sob um coro de risadas, o marujo correu atrás do ladrão, um adolescente que deveria ter no máximo a minha idade, e, não conseguindo alcançá-lo, abateu-o friamente com um tiro de pistola. O estampido ainda reboava pelas pedras da ilha quando Ben Ami jogou-se contra o assassino e desarmou-o, entre imprecações terríveis.

O gesto decidido de meu velho mestre teria talvez evitado o pior. No entanto, a aproximação de uma multidão de selvagens revoltados com o assassinato fez com que os outros marinheiros perdessem a calma e começassem a disparar suas armas. Vários nativos caíram mortos ou feridos e os outros começaram a juntar pedras e jogá-las contra nós. Entre a fumaça de pólvora e a gritaria infernal, eu contemplava o horror da cena, com os pés como que pregados no chão. Ben Ami avançara alguns passos e, numa tremenda demonstração de coragem, tentava conter os selvagens erguendo os dois braços em sinal de paz, quando uma pedra atingiu-o em uma das pernas, fazendo-o cair. Foi então que algo indescritível se passou dentro de mim. Tomado de um acesso de raiva e de desespero, corri para junto de meu amigo e arranquei-lhe a espada da cinta, enquanto ele me gritava para recuar e deixá-lo sozinho.

De pé, ao lado de Ben Ami, sentia as pedras voarem sobre minha cabeça, enquanto os marinheiros continuavam a atirar contra a multidão, que parecia engrossar cada vez mais. Nesse momento, um selvagem de incrível estatura ergueu sobre a cabeça uma enorme pedra com a intenção de jogá-la sobre Ben Ami. Num movimento instintivo, lancei o corpo para a frente e trespassei-lhe o ventre com a espada. O gigante tatuado caiu sobre mim numa golfada de sangue e, mesmo ferido de morte, ainda me teria estrangulado se dois marujos não viessem em meu socorro. Finalmente, com a chegada de reforços que redobraram o tiroteio, os nativos fugiram em completa desordem e nós aproveitamos a trégua para ganhar os escaleres e voltar aos navios.

Poucos minutos depois, deixando sobre a Ilha da Páscoa uma dúzia de mortos e lançando ao mar outro pobre infeliz que foi encontrado e assassinado a bordo, nossos veleiros se fizeram ao largo, em direção à costa do Peru.

CAPÍTULO VII

Senhor Todo-Poderoso, por que me fizeste retornar à lha do Silêncio através dessas recordações que sopram mais uma vez nas brasas do remorso? Será que todas as noites insones que flagelaram minha mente nos últimos sessenta anos ainda não me fizeram expiar o crime de um adolescente? Será que o sangue derramado para salvar um amigo manchará minhas mãos até o último dia da existência? Se minhas mãos mataram um homem, também conseguiram salvar muitas vidas e trazer ao mundo centenas de crianças. Nada disso, porém, me assegura de que um dia me reunirás com Sepé Tiaraju na morada dos eleitos. E, talvez, nem o meu menino de olhos tristes esteja agora caçando nas eternas campinas de Tupã. Para defender a terra herdada de seus avós, também ele teve de levar à morte centenas de irmãos inocentes. De inocentes que lutaram e morreram, como os nativos da Ilha da Páscoa, enfrentando a violência de homens que se chamam, uns aos outros, de civilizados.

A plena consciência do crime cometido não me assaltou por completo nos primeiros dias após a partida. Ben Ami estava com a perna direita esmagada e toda minha atenção e cuidado se voltavam para tentar minorar seu sofrimento. O próprio timoneiro me ditava as ordens para a preparação dos bálsamos e beberagens, que de quase nada lhe adiantavam. Quando a dor se tornava insuportável, a única coisa a fazer era embriagá-lo com rum até que ele conseguisse perder os sentidos. O velho era forte para a bebida e, se não fosse pela certeza do perigo que corria, suas bebedeiras forçadas me teriam feito rir como poucas vezes. Antes de tombar desacordado, ele misturava seus conhecimentos históricos de uma maneira tão incrível que fez até Moisés ser recolhido dum canal de Amsterdã e Sócrates contar anedotas obscenas numa taverna de Reikjavik.

No quarto dia de viagem, Ben Ami acordou sóbrio e mandou me chamar ao pé de seu catre. Quando cheguei a seu lado, ele retirou a coberta de sobre a perna esmagada e um cheiro pútrido invadiu-me as narinas. A perna estava incrivelmente inchada e coberta de manchas de um azul esverdeado.

Ben Ami olhou-me, demoradamente, procurando sorrir e esconder o medo que eu via pela primeira vez em seu rosto:
– Sabes o que é isto, meu jovem grumete? Isto é a antecâmara da morte. Os médicos a chamam de gangrena. Se minha perna não for cortada imediatamente, antes de dois dias estarei embriagando os peixes com este corpo encharcado de rum.
– Cortar a perna... – balbuciei, sentindo que meus olhos se enchiam de lágrimas.
– Para manejar o timão me bastarão os braços. Se Deus me deu duas pernas, é justo que venha reclamar-me uma antes de levar o corpo todo.
– Mas nós não temos médico a bordo. Somente tu serias capaz de... e tu não podes.

Ben Ami ergueu um pouco o busto e fitou-me novamente com um terrível apelo em seus olhos castanhos:
– Michael, presta bem atenção no que vou te dizer agora, porque depois estarás sozinho. No fundo do meu baú existe um pacote de couro negro. Lá encontrarás uma serra, um escalpelo e um cauterizador. Pede ao almirante que te arrume quatro homens fortes, enche-me outra vez o bucho de rum, para que eu não os esmague na hora da dor, aquece os instrumentos até ficarem em brasa e, pelos chifres de Satanás, me arranca essa perna podre do corpo! Arranca-a agora, Michael, senão o teu amigo Ben Ami apodrecerá junto com ela antes que o carro de Apolo faça mais uma volta por cima deste brigue imundo.

Voltando as costas ao timoneiro, encostei a cabeça contra a parede da cabine e comecei a chorar como uma criança. Meu corpo estava alagado de suor e minhas mãos tremiam. Mesmo assim, dirigi-me ao baú e tratei de procurar o pacote de couro negro. A simples contemplação dos instrumentos cirúrgicos já me encheu de horror. Naquele momento, parecia-me dez vezes mais fácil atravessar a barriga de um selvagem com um golpe de espada do que cortar a perna de um amigo. Mal sabia eu, porém, que estava apenas começando a pagar pelo crime de haver assassinado um homem.

Seguindo à risca as instruções de Ben Ami, subi ao convés e pedi ao almirante que me conseguisse mais rum e quatro homens fortes dispostos a tudo. Roggeween desceu até a cabine do timoneiro e, certificando-se de que nada mais havia a fazer, ofereceu-me os recursos necessários para a operação.

    Enquanto Ben Ami bebia sem cessar e contava anedotas aos quatro marujos, aqueci os instrumentos ao fogo e consegui uma corda fina para servir de garrote. Feito isso, bebi eu mesmo uma caneca de rum e, mandando os homens segurarem o velho já meio desacordado, atei-lhe fortemente o garrote a um palmo acima do joelho. Ao primeiro corte do escalpelo, o timoneiro deu um urro e acertou-me um pontapé com a perna sã que me jogou contra a parede. Os marujos ataram-lhe a perna contra o catre e amontoaram-se por cima dele, enquanto eu completava a incisão e cauterizava os vasos. Um cheiro de carne queimada invadia a cabine e os gritos de Ben Ami quase me estouravam os tímpanos. Um dos marinheiros veio ajudar-me com a serra, mas ao contemplar o osso exposto, começou a vomitar por cima do meu ombro. Finalmente, consegui serrar o osso por completo e terminei a operação envolvendo o toco com panos molhados numa solução cicatrizante. O velho estava agora imóvel e sua respiração voltara ao normal. Pedindo aos marujos que ficassem junto com ele, envolvi a perna cortada na coberta empapada de sangue e, subindo ao tombadilho, joguei-a ao mar.

    Aos dezenove anos de idade, Deus me submetera a suportar duas provas que me fizeram envelhecer dez anos. Ao jogar a perna de Ben Ami por sobre a murada do navio, eu deixava de ser um adolescente. Daí em diante, os marujos passaram a me tratar como um igual e, no olhar do próprio almirante, eu surpreendia um traço de respeito que me encheria de orgulho, não fosse o horror dos pesadelos que me assaltavam a cada noite. Quanto a Ben Ami, seu estado foi melhorando rapidamente e, vencida a crise inicial de febre e delírio, conseguiu tomar uma sopa e fazer pilhérias sobre a perna cortada. Nunca mais, porém, provou uma só gota de rum. Pelo menos durante o tempo que ainda passamos juntos.

    Mesmo recuperado da operação, o estado geral de Ben Ami ainda merecia cuidados, e Roggeween decidiu deixá-lo na primeira escala, que foi o porto de Callao, na província espanhola do Peru. Quando chegamos àquele porto, o mais movimentado da costa do Pacífico, informei ao almirante que acompanharia Ben Ami, ao que ele aquiesceu sem maiores objeções. Antes de desembarcarmos, o velho timoneiro pediu que mandassem chamar o Padre Luiz Gordillo, um seu amigo, no convento dos jesuítas. Como todos os holandeses eram protestantes, o padre não pôde subir a bordo, mas providenciou para que Ben Ami fosse transportado para a enfermaria do convento. Roggeween tratou-nos com grande consideração, acrescentando uma generosa gratificação ao nosso soldo e assegurando-nos que sempre haveria lugar para nós em barcos sob seu comando.

Foi assim que, no dia 18 de maio de 1722, eu transpus as portas do convento dos jesuítas, sem saber que com eles partilharia das dores e alegrias durante o resto de minha vida.

CAPÍTULO VIII

O Padre Luiz Gordillo ou Padre Lucho, como o chamava Ben Ami, era um espanhol de cerca de 40 anos, pequena estatura e volumosa cabeça, onde se destacavam o grande nariz recurvo e o olhar penetrante e astuto. Simpatizei com ele desde o primeiro encontro, principalmente pela maneira desvelada e eficiente como tratou o timoneiro. Homem letrado, ele conseguiu comunicar-se comigo num holandês germanizado, mas logo convenceu-me a estudar o espanhol, oferecendo-se como professor. Assim, enquanto Ben Ami era tratado com o Bálsamo das Missões, fabuloso medicamento extraído pelos índios da planta *aquaraybay* e, segundo o Padre Lucho, recebido regularmente até nas farmácias de Madrid, meu novo mestre começou a iniciar-me no idioma de Castela.

No entanto, nem a calma do convento nem a intensa aplicação ao estudo de uma língua tão diferente da minha conseguiam distrair-me a mente do remorso que a invadira. Quase todas as noites acordava alagado em suor e às vezes até gritando, após reviver em pesadelo o assassinato do gigante tatuado.

Numa dessas noites, o Padre Lucho bateu à porta de minha cela e, colocando a vela sobre o pequeno consolo, pediu-me para dizer-lhe o que me afligia. Depois de alguns momentos de hesitação, acabei por contar-lhe a terrível experiência da Ilha da Páscoa, completada pela mutilação que fora obrigado a praticar em Ben Ami. O jesuíta escutou o relato sem interrompê-lo uma só vez e, depois, tomou-me as mãos nas suas e disse-me com voz terna e musical:

– O remorso é a estrada pedregosa que conduz ao perdão. Tua alma atormentada só encontrará descanso depois que te for dado o batismo cristão e puderes comungar do corpo e do sangue do Mestre. Somente o bálsamo da fé aliviará tuas dores, e a fé é como uma planta que começa a ser regada com a água da pia batismal. Deixa-me ser o primeiro jardineiro da tua alma e te prometo que logo encontrarás a paz.

Concluído o pequeno sermão, ele me ajeitou a coberta sobre o corpo, acariciou-me de leve a testa com a ponta dos dedos e, retomando a vela que desenhava silhuetas nas paredes de pedra, deixou-me a sós com meus pensamentos.

Suas palavras, porém, embora breves, calaram fundo na minha mente e logo na manhã seguinte, ainda impulsionado por elas, procurei Ben Ami em busca de conselho. O velho estava sentado numa cama da enfermaria e discutia com o carpinteiro do convento sobre a perna de pau que este lhe faria. Ao ver-me entrar, acenou-me com um gesto largo e amistoso:

– Ora viva, que tu chegas na hora exata, meu querido cortador de pernas! Ninguém melhor do que o cirurgião que me jogou a legítima pela balaustrada do navio para ajudar-me a escolher o modelo da perna nova. Aqui o irmão carpinteiro já me ofereceu três desenhos, mas nenhum me satisfaz a vaidade.

A figura vigorosa do timoneiro, seu sorriso amplo e jovial, chocaram-se contra minha decisão de fazê-lo confidente dos meus dramas noturnos. Mas nem a luz da manhã ensolarada que invadia a ampla enfermaria e reverberava nas paredes caiadas de branco, conseguiu libertar-me da sensação de angústia que me apertava o peito. Sentei-me à beira da cama, tomei dos desenhos que o irmão carpinteiro fizera e pus-me a examiná-los sob o olhar zombeteiro de Ben Ami.

– Então, já escolheste? Estou louco para sair desta cama e dançar um minueto no baile do Vice-Rei. Conheci um velho pirata em Saint Malot que viveu mais de trinta anos com uma perna de pau e nem por isso deixava de ser um dos primeiros na hora da abordagem. O mais difícil para ele foi aprender a manejar a espada com a mão esquerda para mudar o pé de apoio. Aliás, os canhotos são um perigo para lutar de arma branca. Uma vez, em Alexandria, eu quase fui... Mas tu não estás prestando atenção em nada do que eu falo... Tu estás chorando, Michael? Meu menino, meu filho, o que está acontecendo contigo?

O irmão carpinteiro havia deixado o quarto e, ao ver-me a sós com Ben Ami, consegui dar vazão às lágrimas que me sufocavam o coração. Entre soluços, contei-lhe que me sentia um miserável, um assassino, e que decidira buscar na religião do Padre Lucho um refrigério para minha consciência. Perguntei-lhe, afinal, se estava de acordo que eu me batizasse e aderisse à comunidade jesuíta.

Ben Ami enxugou-me as lágrimas com a ponta do lençol e olhou-me longamente antes de falar com voz embargada de emoção:

— No Sermão da Montanha, do Evangelho de São Mateus, existe um versículo que resume a opinião de Cristo sobre o ato que cometeste ao cortar minha perna: *É melhor que se perca um dos teus membros do que seja todo o teu corpo lançado ao inferno.* Quanto à morte do índio na Ilha da Páscoa, somente o tempo te vai curar do remorso. De nada adiantará eu te dizer agora que trocaste a vida dele pela minha. Como não acredito numa outra vida, embora respeite a religião e a fé de qualquer um, só vejo o lado positivo da tua ação. Eu te devo a vida. Duas vezes, eu te devo a vida. Nem por isso vou dedicá-la ao Deus dos jesuítas ou a qualquer outro Deus. Com exceção, talvez de Netuno, meu jovem grumete, pois tão logo consiga caminhar, meus passos me levarão de volta ao primeiro navio que aceitar um timoneiro capenga. Gostaria que voltasses comigo em busca das estrelas e do perigo constante que nos faz amar a vida. Mas se quiseres de fato ficar, eu esperarei em terra como um molusco até que estejas seguro de que acreditas em Deus e na vida eterna. Sem acreditar nisso, serás um padre mais capenga do que eu. Estás seguro do que pretendes fazer?

— Não sei. Acho que sim. Mas o que tenho certeza é de que os jesuítas são úteis a seus semelhantes. Se eu conseguir salvar muitas vidas, talvez consiga o perdão pela que tirei.

— Acho que estás querendo barganhar com Deus...

— Talvez seja isso, mas não encontro outra saída. Quando fugi de casa, meu único pensamento foi o de escapar da influência de meu pai, bárbaro e violento. Acreditei que longe dele eu poderia vir a ser um homem bom e justo, como acredito que deva ser todo homem. Três anos depois da fuga, já consegui me transformar num assassino. Se voltar ao mar, quem me garante que não matarei outra vez? Quem me garante que não chegarei a ficar igual a meu pai, de gostar de matar?

Ben Ami fitou-me com um olhar cheio de mágoa:

— Eu vivo há mais de quarenta anos no mar e nunca aprendi a gostar de matar ninguém. Se o fiz alguma vez foi para salvar a pele ou defender meu navio, e isso não é crime segundo o código em que fui criado.

— Eu quero viver sob outro código.

— O dos jesuítas? Tu sabes que eles são chamados a milícia do Papa Negro? É um código rijo. São piores que soldados. Vais levar a vida de um escravo.

— Mas um escravo de Deus.

— Amém – retrucou-me Ben Ami, já com seu sorriso malicioso de volta aos lábios.

Naquele mesmo dia, Padre Lucho e Ben Ami tiveram uma longa conversa a meu respeito que o jesuíta me resumiu em poucas palavras quando nos encontramos no jardim do convento. Estávamos sentados num banco de madeira tosca, sob a cúpula de um jacarandá, cujas flores embalsamavam o ar.

— Michael – disse-me o padre, fixando em mim seu olhar astuto –, Ben Ami contou-me que estás pretendendo, além de receber o batismo e a comunhão, ficar entre nós. A ideia não me desagrada, mas me parece muito repentina. Tu sabes o que é a vida de um jesuíta?

— Creio que é a de um homem a serviço de Deus – balbuciei.

O espanhol sorriu, sacudindo a cabeça em sinal afirmativo.

— A resposta é correta, mas demasiado genérica. Um jesuíta serve a Deus, mas deve fazê-lo unindo dois princípios já em si contraditórios: a contemplação dentro da ação. Compreendes o que quero dizer?

— Não.

— Muitas ordens servem a Deus pela pobreza, a renúncia dos apetites terrenos, a flagelação do corpo e a exaltação da alma. Nós, jesuítas, devemos unir a tudo isso a obediência cega a nossos superiores e a busca de almas para o rebanho do Criador. Milhares de nós estão espalhados pelos confins do mundo, vivendo com os selvagens considerados mais bárbaros, para levar-lhes a salvação da alma. Muitos já foram mortos por eles ou sucumbiram à peste e à desnutrição. É um caminho áspero e sem retorno. Antes de pensar em trilhá-lo, deves estar seguro de que tens fé suficiente em Deus e em ti mesmo. Acreditas que isso será possível?

— Ontem à noite fiquei sabendo que a alma é como uma planta que necessita de um bom jardineiro para crescer e dar frutos. Se o senhor me ajudar, eu saberei se tenho forças para seguir avante.

Padre Lucho olhou-me emocionado e gaguejou:

— Pois amanhã mesmo receberás o batismo cristão. Que Deus te abençoe.

Livro Segundo

AS MISSÕES DO RIO URUGUAI

CAPÍTULO I

Sete anos se passaram desde o dia em que acompanhei Ben Ami ao porto de Callao e voltei as costas ao veleiro e à vida do mar. Sete anos de longo aprendizado junto aos jesuítas, meus novos irmãos. Aprofundei nesse tempo meus conhecimentos teológicos e de medicina. Estudei História, Filosofia e Geografia e, principalmente, aprendi a temer e amar a Deus Todo-Poderoso e a ser um humilde soldado da Companhia de Jesus.

Muito teria a narrar sobre a vida que levei no Peru, vida áspera e fecunda que moldou meu caráter para a Grande Missão. Retomo, porém, esta história bem mais à frente, pois sinto que as forças me abandonam, pouco a pouco, nesta cela de onde me levarão bem cedo para o descanso eterno. Minhas mãos trêmulas forçam a pena e a mente à obediência, como instigando à marcha um velho cavalo prestes a sucumbir. Voemos pois sobre o tempo até aquele dia inesquecível em que parti de Buenos Aires para iniciar uma nova vida nas Missões Orientais.

Estávamos na primavera de 1731, quando iniciei a viagem, acompanhado pelo Padre Cattaneo, pároco da Redução de Santa Maria. Após atravessar o Rio da Prata, deveríamos subir o Uruguai, o *rio dos caramujos,* até nosso destino.

O Padre Cattaneo retornava à sua redução, situada à margem direita do Uruguai, depois de negociar em Buenos Aires uma grande partida de couro, algodão e erva-mate, da produção de seu povo. Nascido na Itália, de onde viera há apenas dois anos para servir na América Espanhola, ele conservava as características marcantes de seu país de origem: franqueza nas atitudes e nenhuma economia nas palavras. Desde que fomos apresentados pelo Provincial, o qual o encarregou de levar-me até Santa Maria, onde faria um estágio de adaptação, e de lá recambiar-me para São Miguel Arcanjo, Cattaneo tomou-me como ouvinte atento de todos os detalhes de sua vida missionária. Durante a viagem de mais de trinta dias, subindo o rio na intimidade de uma tosca jangada, aprendi a admirar aquele homem de gestos largos e olhos abertos ao mundo que o cercava.

– Santa Maria já está na casa dos 7 mil habitantes. Um pouco mais e passaremos de São Nicolau. Temos cerca de mil rapazes e mil raparigas com menos de quinze anos seguindo as aulas de catecismo. Como é de hábito fazê-los casar bem cedo, logo teremos muitas crianças para batizar. Quando registrar nos livros o habitante número dez mil, pedirei ao Provincial que me transfira para outra missão.

Olhei admirado para seu rosto moreno, iluminado apenas pela luz do fogo, ao pé do qual terminávamos de cear. O acampamento se fizera em terra, sob um bosque de salgueiros que bordavam uma bela praia de areia macia. Pouco distante de nós, os remadores guaranis dormiam estirados na areia, com exceção de três deles, que faziam a ronda noturna. Pairava ainda no ar o cheiro de peixe assado, e do rio nos vinha o coro estridente do coaxar de sapos.

– Por que irá deixar Santa Maria? – Perguntei-lhe. – Por tudo que me contou, é difícil crer que já queira abandonar sua redução...

Cattaneo jogou um galho seco ao fogo morrente e depois fitou-me com seus grandes olhos negros cercados por rugas precoces:

– Nenhum jesuíta tem o direito de demorar-se num mesmo lugar, enquanto existam índios pelas matas entregues à ignorância da Mensagem de Cristo e à rapina dos escravagistas mamelucos. Tão logo me seja permitido, quero penetrar mais adentro da margem oriental do Uruguai. Lá já temos sete reduções, sendo a mais afastada a de São Miguel Arcanjo, onde irás viver. Para adiante é terra de ninguém, ou melhor, é terra dos índios, que a receberam de Deus. Os portugueses e espanhóis a consideraram sua e tenho convicção de que ainda muito vão lutar por ela. Entre a grande Lagoa dos Índios Patos e a Colônia do Sacramento, devemos fundar novas reduções para proteger os nativos duma total destruição. Como se diz no meu *paezze*: *Na luta entre o mar e o rochedo, quem leva a pior é o marisco.*

– Segundo o Tratado de Tordesilhas, essa terra toda pertence à Coroa de Espanha, não é verdade? Por que então querem ali fixar-se os portugueses?

Cattaneo sorriu, olhando-me com uma expressão onde se mesclavam ironia e tristeza:

– Que idade tens, Miguel? Vocês holandeses, magros e louros, escondem melhor a idade do que uma vaca sua cria.

– Quase vinte e sete...

O italiano sorriu novamente e fez com o braço um largo gesto em direção ao norte:

– A muitas léguas daqui, numa região bordada de pinheirais que chamamos de *Guaíra, o salto intransitável,* os padres Cataldino e Maceta iniciaram, no começo do século passado, a catequese dos silvícolas indomáveis às tentativas aliciantes ou armadas dos espanhóis do Paraguai. *Ad ecclesiam et vitam civilem reducti* foi o seu lema. E, de fato, reconduziram à Igreja e à vida em comum milhares de nativos condenados ao extermínio. Daí o nome de *reduções* que deram às novas aldeias. Redução não de reduzir pela força, mas sim reconduzir ao redil pela palavra do Senhor. De 1610 a 1626, 14 cidades foram fundadas, chegando a abrigar, poucos anos depois, o total impressionante de cem mil índios cristãos. Agora eu te pergunto: onde estão essas reduções que floriram entre os pinheirais da Guaíra? Por que os lobos-guarás e as serpentes são os únicos habitantes vivos das poucas ruínas que sobraram?

Sacudi lentamente a cabeça em sinal de ignorância.

– O Tratado de Tordesilhas foi firmado entre as Coroas de Portugal e Espanha antes que as naus portuguesas de Pedro Cabral chegassem ao Brasil. Decidido ficou, então, que todas as terras descobertas até 370 léguas a oeste das ilhas do Cabo Verde seriam lusitanas e para além, espanholas. Acontece que a linha imaginária desse acordo deixou aos portugueses apenas uma estreita faixa do litoral atlântico. Longa talvez de mil léguas, em verdade, mas estreita demais para conter a ambição dos colonizadores. Passados os primeiros cem anos de luta para subjugar os índios da costa, os portugueses e seus bastardos mamelucos, aproveitando-se de que Espanha e Portugal estavam sob a mesma Coroa, começaram a penetrar no interior em busca de escravos para seus canaviais, mulheres para sua luxúria, ouro e pedras preciosas para suas ilusões terrenas de riqueza. Um dia, eles chegaram até Guaíra e, desprezando a cruz que encimava as nossas igrejas, reduziram todas as cidades a um montão de cinzas e desespero. A piedosa obra de José Cataldino e Simón Maceta desapareceu sob o tacão dos bandeirantes em menos de três anos. Encarnación, San Pablo, São Francisco Xavier e, uma a uma, todas as 14 reduções foram saqueadas; e a maioria dos índios cristãos que sobreviveram, arrastada para os mercados da costa, onde seriam vendidos para apodrecer na escravidão. Maceta, que fora a Piratininga, o covil dos mamelucos, clamar por justiça, foi maltratado e jogado numa masmorra. O Capitão Raposo Tavares, chefe da expedição que assassinara milhares de inocentes e raptara 60 mil cristãos, respondeu ao Padre Mendonça, que lhe perguntava em nome de que direito exterminava e reduzia a escravos os seus fiéis: *É Deus quem nos dá a ordem no Livro de Moisés: Combatei as nações pagãs.*

Cattaneo calou-se de súbito e seu rosto avermelhado pela luz do braseiro parecia uma terrível máscara a clamar pela Justiça Divina. Um arrepio passou-me pela espinha e, sem tentar detê-las, as lágrimas me corriam livremente pelo rosto. Sim, era para isso que eu deixara Ben Ami e a vida de marinheiro. Era para aconchegar nos meus braços as crianças órfãs e proteger as humildes criaturas de Deus. Junto delas, curando suas feridas e guiando suas almas simples, eu poderia tentar expiar meu crime, lavando finalmente das mãos o sangue do gigante tatuado. Oh! que vontade imensa de chegar logo a São Miguel Arcanjo e começar a tarefa sublime de proteger os nativos contra a sanha dos exploradores! Naquele instante, senti que os sete anos de duro aprendizado no Colégio San Pablo, em Lima, da luta cotidiana contra minhas fraquezas e limitações, da férrea disciplina e abstinência de sexo, eram um preço irrisório diante do prêmio que me chegava às mãos.

Cattaneo, no entanto, recompusera sua fisionomia alterada pela revolta e retomara o relato em voz tranquila:

— Nem tudo, porém, foi perdido. Liderados pelo Padre Montoya, duas mil e quinhentas famílias foram salvas do massacre e, depois de um êxodo somente comparável à Retirada dos Dez Mil de Xenofonte, conseguiram chegar às margens do Paraná e do Uruguai. Ali iniciou-se a reconstrução das reduções que florescem hoje entre os dois rios. Na margem esquerda do Uruguai, manchada em 1628 pelo sangue dos Três Mártires, plantaram-se ainda São Francisco de Borja e mais seis aldeamentos, hoje muito mais prósperos do que eram os da Guaíra. Acontece que, não longe da foz deste rio e confronte a Buenos Aires, os portugueses mantêm ainda a Colônia do Sacramento. Temos de impedir que eles ou seus primos de Castela, que não são melhores, cheguem ao pampa antes de nós. Daí o meu desejo de penetrar nessa chamada terra de ninguém. Só espero que Deus me dê forças para esperar e sobreviver até lá.

Cattaneo espichou-se sobre os pelegos, puxou a manta de lã até os ombros e deixou-se ficar alguns minutos em profunda meditação. Pouco depois, proferiu breve oração em voz baixa, desejou-me uma boa noite e adormeceu.

Excitado demais para conciliar o sono, fiquei ainda um longo tempo a espiar as estrelas, com uma prece nos lábios de graças ao Senhor Todo-Poderoso por me haver um dia, pelas mãos de van Bruegel, Ben Ami e Luiz Gordillo, colocado no caminho da Fé e do Perdão.

No alvorecer do dia seguinte, depois de rezar a Santa Missa sob a copa de um grande salgueiro, cercados pelos índios ajoelhados e maravilhosamente crentes, ganhamos a jangada e retomamos a viagem rio acima.

A manhã quente e luminosa era como um presente depois de quatro dias de chuva fria. Os índios reagiam ao tempo como os pássaros e não paravam de tagarelar naquela língua musical que impressionava pela simplicidade e riqueza de expressões. Durante cinco anos eu estudara o quíchua e o guarani, mas minha língua emperrada não obedecia ao ouvido atento. Mesmo passados quase trinta anos de convívio com aquele povo, ainda continuei a arranhar seu belo idioma com minha pronúncia batava. Porém, o que vim a descobrir mais tarde e que me encheu de admiração foi a importância que os guaranis davam ao dom da palavra. Escutavam sempre os sermões como embevecidos e, nas horas de lazer, reunidos em grupos compactos, pediam que lhes contássemos passagens das Sagradas Escrituras, da Vida dos Santos ou dos primórdios da catequese nas Missões. Entre si, os líderes eram escolhidos não só pela coragem e força física, mas também pela facilidade de transmitir suas ideias.

Muito se escreveu sobre esses índios de pele cor de oliva maturada, porte médio e feições lembrando as gentes do longínquo Oriente. Seus e nossos inimigos de Castela e Portugal acusaram-nos de bárbaros e dolentes, de propensos à antropofagia e incapazes de fixação e evolução cultural. Matéria-prima moldável como a argila branca, *tabatinga*, eles reagiam aos bons e maus-tratos como o fazem os selvagens de qualquer espécie. Ao látego mostram os dentes, matam ou são abatidos. À mão que os guia e afaga, são dóceis e meigos como o Cordeiro do Senhor. Nossos neófitos, considerados bárbaros pelas Cortes Europeias, viveram por século e meio mais cristãmente que muitos brancos de Pamplona, Madrid ou Lisboa. Antes que a clava da injustiça caísse sobre suas cabeças, eles constituíram uma Comunidade Cristã de mais de quarenta mil famílias, casando dentro das leis da Igreja, guardando os mandamentos, batizando os filhos, repartindo os bens com a comunidade e, quando cumprida sua vida terrena, recebendo o Viático e sendo enterrados em Campo Santo.

A jangada de bambu subia o rio com lentidão, bordejando as margens para evitar a correnteza. Os índios remavam com tanta perícia e agilidade que mal se notava o movimento da embarcação. Quando nos aproximávamos um pouco mais de uma ou outra ribanceira, bandos de aves aquáticas alçavam voo, num espetáculo colorido e estridente.

Mais uma semana de viagem e, após deixarmos o correio e algumas encomendas nos pequenos embarcadouros que serviam as Reduções de Japeju, La Cruz, São Francisco de Borja e São Tomé, chegamos, finalmente, às terras de Santa Maria. No pequeno porto atulhado de balsas e canoas ligeiras, as mercadorias foram descarregadas da jangada e colocadas sobre o lombo de mulas. Algumas horas a cavalo, e chegaríamos ao nosso destino.

Cattaneo liderava o grupo, montado numa mula zaina, de passo firme e orelhas atentas. Um *sombrero* de amplas abas lhe abrigava a cabeça, quebrando bastante o aspecto clerical da batina negra sob a qual vestia culotes e longas botas de montaria. Eu cerrava a fila, vestido de maneira idêntica, mas cavalgando sem elegância alguma um velho tordilho andaluz. Uma centena de guaranis, vestidos simplesmente com calças e ponchos leves de algodão, cada um armado de um longo arco e portando uma aljava de flechas ao ombro, marchava alegre e descontraída, só parando para cutucar alguma mula retardatária. De ambos os lados da estrada de terra batida pelos pés e cascos de animais, surgiam grupos de homens e mulheres a saudar o Padre Cattaneo e seus irmãos que retornavam após três meses de ausência. Os trigais que bordejavam a estrada ondulavam levemente ao vento de outubro. Logo depois, encarapitada numa colina e branquejando ao sol, a Redução de Santa Maria se apresentou ante meus olhos ávidos.

Envolvidos por densa multidão, que engrossava a cada passo, enveredamos pela rua principal da cidade, ao fim da qual viam-se a praça e a igreja. Sem nenhuma dúvida, o Padre Cattaneo era amado pelo seu povo e, principalmente, pelas crianças, que corriam de todas as partes, jogando-lhe flores de corticeira ou, mais tímidas, acenando-lhe com ramos de alecrim da porta de suas casas caiadas de branco. Minha presença também era notada e algumas flores vermelhas jogadas sobre mim. Até o velho cavalo tomara uma postura digna ao ouvir o ruído dos sinos e o rufar dos tambores. Eu me equilibrava sobre ele, surpreendido com o calor da acolhida e temente de ser jogado ao chão.

Quando chegamos ao amplo quadrado da praça, um piquete de guaranis, vestido com o uniforme amarelo e escarlate dos soldados espanhóis, veio ao nosso encontro, liderado por um índio de avançada idade, também ostentando vistoso uniforme com as mesmas cores. Era o Corregedor, ou Alferes Real, autoridade civil máxima da redução. No momento em que o velho índio apeou do cavalo, fez-se silêncio entre a multidão e calaram-se os tambores. Cattaneo apeou-se também da mula e o Corregedor avançou até ele, pôs um joelho em terra e beijou-lhe a mão.

A cena foi breve e digna. Logo o velho índio estava de pé e a multidão rompia numa longa ovação antes de espalhar-se pela praça, de retorno a suas ocupações.

Cattaneo apresentou-me ao Alferes Real e aos membros do Cabildo, ou Conselho Eleito, que governava a cidade. Logo após ser apresentado ao Padre Alonzo, que retornava às pressas do campo, fui conduzido a uma cela de paredes de pedra avermelhada, em cujo catre de limpos lençóis lancei meu corpo cansado da longa viagem e minha alma exultante de emoções.

CAPÍTULO II

Ao alvorecer do dia seguinte, as notas do *Angelus* fizeram-me acordar em sobressalto. Ainda tonto de sono, enchi a bacia de cerâmica com água fresca e mergulhei nela a cabeça, como costumava fazer quando noviço. Vesti-me depois, às pressas, e saí para o pátio a tempo de ver surgir o sol, grande e vermelho, como se também despertado pelos sinos e pelo rufar dos tambores. O ar perfumado do pomar penetrava em meus pulmões, dissipando o sono e a preguiça. Caminhando por entre os laranjais, passei pelos fundos da igreja e atingi a praça pelo portão junto ao cemitério. De todos os lados do grande quadrilátero, acorriam adultos e crianças para o Ofício da manhã.

Chamou-me atenção a uniformidade dos vestuários e a ausência de mendigos andrajosos à porta do templo. As mulheres usavam vestidos de algodão, brancos ou de cores sóbrias, que lhes desciam até os pés. Por sobre o vestido cingiam uma túnica de tecido idêntico que soube depois chamar-se *tipoí*. Seus cabelos, longos demais para a pequena estatura, eram usados soltos ou reunidos em duas tranças. Os homens usavam cabelos curtos, para, segundo já me explicara Cattaneo, se distinguirem facilmente das mulheres e dos infiéis. Vestiam eles gibões e culotes semelhantes aos dos colonos espanhóis, tendo por cima leves ponchos de pano branco ou riscado. Todos andavam descalços e de cabeça descoberta.

Saudado respeitosamente pelos fiéis, que me davam passagem, dirigi-me ao interior da igreja ainda na obscuridade, e juntei-me a Cattaneo e Alonzo, já paramentados para a missa. A luz dos círios brilhava no dourado dos altares e o perfume de incenso convidava à prece e à meditação.

Um assomo de felicidade invadiu-me ao contemplar a nave desde o altar-mor. O sonho de mais de mil e setecentos anos de Cristianismo estava vivo diante dos meus olhos. Uma cidade inteira procurava a Casa do Senhor antes de iniciar mais um dia de trabalho. Acompanhando a música do órgão, os cânticos entoados em guarani ultrapassavam os umbrais da igreja e derramavam-se pelos campos a perder de vista. Homens e mulheres que não conseguiram lugar no templo ajoelhavam-se na relva da praça acompanhando a missa em grande contrição. Gente simples e rude eram os índios do Uruguai. Porém, ninguém como eles soube viver dentro da Mensagem de Cristo.

Naquela manhã, depois de um desjejum composto de broas de milho e leite fresco, saí a visitar a redução com o Padre Alonzo, pois Cattaneo estava demasiado ocupado com assuntos pendentes durante sua ausência. Santa Maria, em seu aspecto arquitetônico, era reta e singela como no espiritual. O coração da cidade era a igreja, em frente à qual estendia-se a ampla praça, local de festas, paradas militares e torneios organizados nos dias santos de guarda. Dos bordos da praça partiam ruas paralelas, margeadas por pequenas casas de pedra cobertas com telhas de barro cozido. As paredes das casas eram caiadas de branco e todas possuíam um alpendre para onde abriam as portas dos quartos e salas. Os alpendres ligavam-se uns aos outros, permitindo o passeio em torno do quarteirão ao abrigo do sol ou da chuva. A convite de uma anciã de longos cabelos grisalhos, entramos a visitar sua moradia, que me impressionou pelo asseio e ausência de móveis. Os utensílios e roupas eram pendurados às paredes ou guardados em baús de couro. Do nomadismo ancestral, os guaranis guardavam o hábito de dormir em redes e de não acumular pertences desnecessários.

Num dos lados da igreja estava o cemitério e do outro lado a escola, o *Cotiguaçu* ou Casa das Viúvas e Órfãos, as oficinas de trabalho artesanal e os alojamentos. Detrás destes, uma ampla área murada abrigava o jardim e o pomar, que eu já visitara pela manhã. Graças à simplicidade do conjunto, a extensão da cidade em crescimento não fazia nascer vielas escuras e tortuosas como em Buenos Aires ou Lima. Ao longo de uma das artérias principais, ligava-se simplesmente uma nova rua e nela se construíam casas do mesmo estilo. Os edifícios públicos, como o Cabildo, e os depósitos de víveres e armas, erguiam-se junto à praça. Havia, também, duas enfermarias, uma para as mulheres e outra para os homens, num pequeno pavilhão do lado oeste do pomar. O conjunto de ambas, chamado pomposamente de hospital, foi meu primeiro local de trabalho nas reduções.

De todas as visitas feitas naquele dia, a que mais me impressionou foi a do *Cotiguaçu*, a casa das viúvas e órfãos. Foi ali que descobri o porquê da ausência de mendigos e andrajosos na cidade. Esses enjeitados da sorte em todas as demais sociedades eram aqui os que viviam melhor. Para eles as roupas de melhor tecido e as comidas mais fartas. Para eles a melhor casa depois do *Tupã-Oga*, a Casa de Deus. Mas nem por isso viviam no ócio. Todos os capazes trabalhavam para o *Tupã-Baé*, ou Cooperativa Central da comunidade.

— A propriedade de bens na redução está dividida no que chamamos de *Tupã-Baé* e *Amã-Baé* — explicou-me Alonzo, enquanto nos dirigíamos à escola Comunal. *Tupã-Baé* é a propriedade de Deus, fundo comum de reserva que administramos com o excedente da produção da propriedade particular de cada um, ou *Amã-Baé*. Com isso obtemos um equilíbrio na distribuição dos bens da comunidade. Eliminamos também, assim, o dinheiro e seu poder de corrupção. Todos trabalham sem se preocupar em amealhar riquezas. Onde uma sociedade mais justa e mais cristã?

O Colégio ocupava uma extensa área entre o *Cotiguaçu* e a igreja. O edifício era formado por um quadrilátero, com um pátio central, onde os alunos tomavam sol nas horas de recreio. As salas de aula, arejadas e amplas, abriam portas e janelas para o mesmo pátio. Os professores eram índios longamente treinados para o cargo. Cattaneo e Alonzo apenas supervisionavam o ensino e administravam o catecismo. A frequência às aulas era obrigatória para meninos e meninas de cinco a doze anos. O ensino era constituído na primeira fase de aulas de catecismo, leitura, escrita, rudimentos de matemática, danças e cantos religiosos. Na segunda fase, aperfeiçoavam-se as crianças para a profissão a que se inclinassem. Instrução mais profunda, de Teologia, História, Geografia e Latim, era dada apenas aos que se destacavam nos cursos básicos e viriam a ser líderes civis da comunidade.

Com o passar dos dias, vim a compreender que o grande equilíbrio social daquele povo não repousava apenas na sua imensa fé e respeito aos mandamentos. O socialismo cristão, praticado em plena liberdade individual, fazia com que toda a administração da cidade fosse dividida entre os mais capazes. O Cabildo ou Conselho da Redução era encarregado da administração dos bens comunais e da justiça. Seu Presidente, chamado Corregedor ou Alferes Real, tinha sob suas ordens um Aguacil ou Comissário Administrativo, o Tenente ou Vice-Corregedor, dois Alcaides-Juízes, dois Alcaides encarregados do policiamento da cidade e dos campos, dois Fiscais encarregados do registro civil e um grupo de Conselheiros cujo número aumentava proporcionalmente ao crescimento da população. Todos os membros do Cabildo eram eleitos, anualmente, pelo povo nos últimos dias do mês de dezembro. Nenhum deles permanecia no cargo se não desfrutasse da estima e do respeito de seus concidadãos. Nós, os Padres, cuidávamos do equilíbrio espiritual do povo, participando apenas das reuniões do Cabildo quando se discutiam temas de alta relevância ou para exercer direito de veto em casos de conflito ou abuso de poder administrativo. Servíamos também de elo entre a redução e a Confederação das Reduções, dirigida pelo Superior residente em Japeju. Cabia ao Superior manter a unidade da Confederação, visitando, regularmente, as cidades e lançando as diretrizes de conjunto. Todo o comércio exterior era também controlado pela Confederação.

Integrar-me nesse conjunto harmônico foi para mim tarefa das mais fáceis. Somente nos primeiros dias, um vago sentimento de frustração assaltou-me pelo fato de sentir o pouco que me restava a fazer frente à tarefa gigantesca dos pioneiros. Cattaneo foi meu confidente compreensivo e franco e suas palavras afastaram o egoísmo da minha alma:

— Lembra-te, Miguel, quando te disse que muito em breve quero levar o Evangelho à grande terra que se estende entre a Lagoa dos Índios Patos e a Colônia do Sacramento? O impulso que me leva a querer penetrar nesse território hostil é o mesmo que tu classificas de frustração. Homens existem para cultivar a terra e outros para limpá-la das ervas daninhas. Ambos são instrumentos da Vontade do Senhor. Permanecer numa redução para manter a fé cristã dentro duma sociedade sem classes nem privilégios é tarefa tão sublime como embrenhar-se na mata em busca de novos catecúmenos. Não basta plantar novas árvores se não zelarmos para que as existentes aprofundem suas raízes.

Cattaneo veio a morrer sem realizar seu sonho de catequizador. Suas palavras, porém, deram-me forças para apascentar meu rebanho de almas durante vinte e cinco anos, até que também a mim tocou a tarefa de arrancar ervas daninhas.

CAPÍTULO III

No início do outono de 1732, depois de mais de três meses vividos em Santa Maria, encontrei-me outra vez sulcando as águas do Uruguai, numa jangada indígena. Cattaneo, Alonzo e um bom número de guaranis acenavam do embarcadouro, até o barco ocultá-los na primeira curva do rio. O sol, ainda estival, tirava reflexos dourados das águas límpidas e fazia brotar o primeiro suor nos torsos nus dos remadores.

Protegido do calor pelo toldo de folhas de palmeira, único abrigo existente na popa da embarcação, abri sobre os joelhos uma brochura de medicina do Irmão Pedro Montenegro e logo levantei os olhos, surpreendido pelo silêncio que se fez à minha volta.

– O que houve? – Perguntei ao remador mais próximo, que há pouco tagarelava com seu companheiro do outro bordo da jangada.

O jovem retirou o remo da água e apontou a pá gotejante para o livro sobre meus joelhos:

– Se o Padre está lendo, devemos fazer silêncio.

– Não é preciso. Este não é um livro de orações. É um simples livro que ensina a curar doenças.

O remador sorriu, mostrando uma fileira de dentes perfeitos:

– Se o Padre está aprendendo a curar doenças, devemos fazer silêncio.

E nesse silêncio respeitoso manteve-se o grupo, até que eu guardasse o livro, do qual meus olhos fugiam para o azul do céu, o verde da mata e o brilhar fugitivo de cardumes de peixes que prateavam os baixios.

– Como é teu nome? – Perguntei ao jovem remador.

– Pedro – respondeu ele sorrindo.

– Pois se te chamas Pedro, deves ser bom pescador...

Sem precisar de outra insinuação, Pedro retirou a pagaia da água e gritou alegremente aos companheiros:

– Mantenham a jangada firme junto ao cardume. Padre Miguel e eu vamos pescar.

– Posso pescar também, Padre? – Perguntou-me o remador mais próximo, que não deveria ter mais de quinze anos.

– Claro! Todos vocês. Os que quiserem.

Em poucos segundos, como crianças que ouvissem o sino do recreio, os disciplinados remadores deixaram o trabalho e lançaram-se à pesca, num coro de risos e exclamações de prazer. Enquanto quatro dos mais velhos mantinham a jangada livre de encalhar no banco de areia, os demais tomaram dos longos arcos e começaram a flechar o cardume com incrível pontaria. Logo após, metade da tripulação jogou-se à água e trouxe para bordo uma vintena de peixes trespassados pelas flechas.

Pedro fê-los amontoar diante de mim, como quem apresenta uma oferenda:

– Lindos! Não são, Padre?

– Que peixes são esses, meu filho?

– Piavas. Gordas e tenras. Meu pai diz que são os porquinhos do rio.

Meia hora depois, ancorada a jangada e preparado o braseiro, as piavas douravam nos espetos, enquanto os remadores, sentados em círculo, ouviam-me contar sobre os perigos e alegrias das grandes viagens em alto-mar.

No entardecer do mesmo dia, chegamos ao embarcadouro de São Nicolau, de onde prosseguiria, a cavalo, até a Redução de São Luís Gonzaga. A pedido de Pedro e dos demais remadores, passei a noite junto a eles e ao grupo de guias que me acompanhariam na nova etapa. Uma grande sensação de paz me retorna daquela noite estrelada em que, pela primeira vez, me senti amado pelo maravilhoso povo guarani.

A viagem até São Luís Gonzaga decorreu sem incidentes, afora o estado lastimável dos meus músculos, que se recusaram a aceitar o lombo da mula durante as doze longas léguas de marcha.

São Luís Gonzaga abrigava mais de cinco mil almas quando ali cheguei no início do mês de março de 1732. Situada numa amena colina, entre os arroios Pirapó e Ximbocu, a redução pouco diferia de Santa Maria no seu aspecto arquitetônico. Somente o frontispício da igreja, num harmônico alternado de cornijas de pedra branca e vermelha, identificava o povoado, famoso também pelo Colégio e artesanato em couro.

Extensos algodoais coroados de flores amarelas bordejavam a estrada que vinha desembocar na rua principal da redução.

O Padre Sigismundo Aperger, pároco de São Luís, esperava-me na entrada da cidade, cercado pelos membros do Cabildo e tendo ao lado seu companheiro, o Padre Lourenço. Parecendo grande demais para a batina, que ressaltava seu amplo ventre, o Padre Sigismundo adaptava-se ao vermelho da terra nas cores do rosto e principalmente das mãos enormes, que praticamente me arrancaram da sela, numa efusão espontânea de hospitalidade.

– Há mais de uma semana o Superior nos escreveu avisando da sua chegada. Mas do jeito que vem cavalgando essa pobre besta, é fácil imaginar a razão do atraso – disse ele, acompanhando a frase com uma risada gutural e franca.

Contrastando com a exuberância do cura, o Padre Lourenço Daff estendeu-me a mão mole e úmida, que apertei sem entusiasmo. O Corregedor, ao contrário, agradou-me pela franqueza das feições e pela maneira respeitosa como me apresentou aos demais membros do Cabildo. Nunca fui favorável à submissão, e os guaranis em geral, embora disciplinados e crentes, guardaram até o fim a altivez da raça.

Naquela noite, a convite do pároco, participei de uma reunião privada onde se encontravam ainda o Padre Lourenço, o Corregedor e seu Tenente. O assunto em pauta era a revolta dos índios Guenoas, que se haviam insurgido contra os espanhóis de Buenos Aires e já haviam morto cerca de cinquenta colonos do porto. O Provincial da Companhia, pressionado pelo Governador Bruno de Zavalla, pedira ao Superior das Missões Orientais que enviasse um contingente de índios cristãos para combatê-los. O nosso Superior, Padre Jerônimo Herrán, consultara por carta os párocos e corregedores das reduções do Uruguai sobre a possibilidade do envio de tropas. Embora os Guenoas revoltados fossem índios pagãos e pertencessem ao grupo racial dos Guaicurus do Sul, ou Charruas, muito diferentes dos Tapes de São Luís Gonzaga, nenhum dos participantes da reunião concordava com o choque armado:

– Por todos os motivos devemos evitar essa guerra – disse Tiago Ayala, o Corregedor, colocando suas mãos espalmadas sobre a mesa. – Duzentos dos nossos melhores homens já estão no Paraguai lutando contra os rebeldes Comuneros. A colheita de algodão se aproxima e, pelos nossos cálculos, vamos colher mais de cinco mil quintais. Melhor será seguir o conselho do Padre Ximenes e tentar uma missão de paz.

– Quem é o Padre Ximenes? – Perguntei.

– É o pároco de São Francisco de Borja – respondeu-me Sigismundo, abrindo sobre a mesa uma carta que recebera dele.

– São Borja, outrora chamada Santa Maria dos Guenoas, é a única redução de índios Charruas na margem esquerda do Uruguai. O Padre Miguel Ximenes ofereceu-se para levar um grupo de seus fiéis até Buenos Aires para apaziguar os revoltosos. O próprio Corregedor da redução está pronto para acompanhá-lo e... O que houve?

Um dos índios que serviam na enfermaria havia entrado na sala e sua fisionomia demonstrava extremo nervosismo:

– Desculpem interromper a reunião, mas o cacique Tiaraju trouxe seu filho José até o hospital e parece que é muito grave. O menino está ardendo em febre. A pele coberta de pontos vermelhos...

Levantamo-nos todos como num só impulso e Sigismundo virou-se para mim com expressão de temor no olhar:

– Pode cuidar do menino, Padre Miguel? Na carta o Superior informou-me dos seus talentos em medicina. Meu Deus, fazei com que não seja a varíola... Vamos rápido, Padre Miguel. Os outros, por favor, esperem aqui. Não é o momento de alarmar a população e ainda esta noite temos de decidir sobre o envio de tropas a Buenos Aires.

Acompanhando com dificuldade o pároco, que atravessava a praça em largas passadas, segui até o hospital, onde um índio imponente, espadaúdo e de altura superior à mediana, esperava com um menino nos braços. Ao lado dele, a esposa, com o cabelo em desalinho, mordia os lábios para não chorar. O enfermeiro que nos precedera emoldurava a porta com a luz amarelenta de uma lamparina de azeite.

– Rápido. Vamos para dentro. O Padre Miguel vai examinar a criança – disse Sigismundo com leve tremor na voz.

No interior da enfermaria dos homens, coloquei o menino sobre um catre, desvencilhei-o das roupas e perguntei ao pai, que se mantinha a meu lado:

– Que idade tem ele?

– Quase dez anos. Nunca adoeceu antes. É nosso único filho. Que Jesus Cristo guie suas mãos, Padre.

O menino, nu sobre o catre, fixava-me com um olhar intenso. Seus cabelos negros estavam molhados de suor e o rosto, pescoço e tórax mostravam um grande número de pontos vermelhos formando largas manchas irregulares. Ao tato, senti-lhe a pele seca e dolorida. A respiração era estertorosa e entrecortada por acessos de sufocação.

– Já pode dizer o que é, Padre Miguel? – Perguntou-me o pároco, que respirava desagradavelmente sobre minha nuca.

– Escarlatina – respondi num sussurro.

— É contagiosa, não é? Ele pode morrer?

— Muito contagiosa. Mas na idade dele as possibilidades de recuperação são maiores. Devemos, a todo custo, evitar que se propague entre os adultos. Por favor, saiam todos, menos o enfermeiro. Vamos dar-lhe um banho com água morna e friccioná-lo com loção de beladona. Mas primeiro, traga-me algodão para limpar-lhe o nariz e a garganta.

— Posso trazer-lhe umas roupinhas limpas, padre? — Perguntou-me a mãe com voz trêmula.

— Sim. Mas somente as que não foram usadas há mais de dois dias. As outras devem ser queimadas, para evitar o contágio.

Sabendo que a sorte do menino dependia da evolução da doença nas primeiras vinte e quatro horas, mantive-me à sua cabeceira durante toda a noite, esgotando os parcos recursos de que dispunha para evitar que o mal se propagasse ao cérebro e ao coração. Felizmente, não era a primeira vez que me defrontava com a febre escarlatina, doença muito comum em Lima e nas demais cidades espanholas do Peru. Depois de muitas horas de atividades e expectativa, a criança demonstrou sinais de melhora e pediu de beber. Dei-lhe um pouco de leite morno, que ele ingeriu com dificuldade, antes de tombar num sono profundo.

À porta da enfermaria o cacique Tiaraju e sua mulher esperavam-me para saber notícias. Coloquei a mão no ombro do guerreiro, em cuja face impassível apenas o olhar traía seus sentimentos:

— O perigo já passou. Ele dorme. Vamos à igreja rezar a Deus Todo-Poderoso para ampará-lo e devolvê-lo a seu convívio.

Como secundando minhas palavras, as notas do *Angelus* quebraram o silêncio do amanhecer. Um súbito cansaço tomou conta do meu corpo. Bocejei longamente e dirigi-me a passos pesados para o templo, ignorando que, pelas mãos de Cristo, acabara de salvar a vida ao que viria a ser o mais bravo, valoroso e crente de todos os caciques da nação guarani.

Na semana seguinte aos fatos que acabei de narrar, ocorreu a tragédia que viria unir para sempre meu destino ao de Sepé Tiaraju. O menino já convalescia da moléstia quando o cacique, seu pai, e sua mãe tombaram enfermos. Deus sabe o que fiz para tentar salvá-los do mal que se alastrava de maneira fulminante a todos os seus órgãos. As hemorragias começaram nos dois enfermos quase ao mesmo tempo e a mãe de Sepé foi a primeira a morrer, ao amanhecer de um domingo. Ao meio-dia, quando o *Angelus* tocou pela segunda vez, o cacique Tiaraju também agonizava.

Padre Sigismundo já lhe dera a Extrema-Unção e nos deixara a sós quando ele readquiriu, por momentos, a lucidez que perdera junto com o sangue que lhe fugia das veias. Enxergo seu rosto duma palidez de cera ao perguntar-me com voz estranhamente firme para um moribundo:

– Como está José? Ele também vai morrer?

– Não. Com a bênção de Deus ele já está salvo.

– Sábia é a mão do Senhor. Seu machado derruba a árvore mas conserva a semente. Cuide bem dele, Padre Miguel. Cuide dele como se fosse seu próprio filho. É o último que resta duma raça de bravos. Jure, Padre.

– Jurar o quê, meu filho?

– Jure pelo Pai, o Filho e o Espírito Santo que velará pelo menino até o fim de seus dias.

O bravo guerreiro morria entre meus braços. Com a emoção embargando-me a voz, jurei o que me pedira. Confortado, ele beijou minha mão, fechou os olhos e não demorou a libertar a alma para a vida eterna.

Quase cinquenta anos se passaram e Deus Todo-Poderoso é minha única testemunha de que jamais traí o juramento. Durante quase vinte e cinco anos fui o pai, a mãe, a sombra de Sepé Tiaraju. E ainda agora, quando minhas mãos trêmulas forçam a pena a escrever o relato que me dilacera a alma, busco forças no juramento feito ao cacique moribundo para revelar toda a verdade sobre seu filho. A verdade pisoteada nas Cortes Europeias e ensanguentada nos campos de Caiboaté. A verdade que um dia brilhará sobre a obra da Companhia de Jesus nas Missões do Uruguai e sobre a luta tenaz do maior de seus defensores. Descanse em paz, nobre cacique. Até o fim dos meus dias, agora tão próximo como o próximo amanhecer, eu velarei por ele. Se ele sentir fome, eu lhe darei meu pão. Se ele chorar, eu enxugarei seu pranto. Se ele morrer pelas mãos sujas da prepotência, eu mergulharei as minhas na chaga pestilenta e, como Santo Inácio, as levarei à boca para provar a nossa fé.

CAPÍTULO IV

Graças às rigorosas medidas de higiene e isolamento dos doentes, orientadas por mim e executadas à risca pelo Padre Sigismundo e pelo Corregedor Tiago Ayala, a escarlatina não fez mais vítimas mortais em São Luís Gonzaga. Durante dois meses, só deixei o hospital para participar dos ofícios religiosos. Dormia e fazia as refeições numa pequena cela contígua à enfermaria dos homens. Quando a última criança foi liberada da quarentena, deixei-me ficar mais alguns dias em isolamento, no temor de propagar o mal. Finalmente, quando as primeiras geadas branquearam os campos da redução, retornei ao convívio dos homens.

O Padre Sigismundo, preocupado com minha extrema fraqueza e palidez do rosto, levou-me a passear naquela manhã de maio. O sol de outono brilhava no céu sem nuvens e o verde tenro dos trigais começava a surgir nos campos lavrados. Caminhamos, lado a lado, por uma estradinha que terminava à porta duma capela, ao longe, no alto da colina. O pároco dava-me o braço e me amparava na mais leve subida, como se eu fosse o mais velho de nós. Por um momento deixou-me para espantar um bando de *saracuras*, galinhas-d'água, que devoravam os brotos de trigo, e voltou com o rosto afogueado, o ventre volumoso a subir e descer ao ritmo da respiração acelerada. Chegados à capela, contemplamos do alto a redução, cujas casas brancas alinhadas em frente à igreja transmitiam uma sensação de sossego e harmonia. Sigismundo apertou meu braço com afeto e segredou-me emocionado:

– Uma bela obra, Padre Miguel. Um outro Miguel foi o primeiro a sonhá-la e amassar seus primeiros tijolos. Bem-Aventurados os que a ajudaram a sobreviver.

– Tudo que fiz foi pela mão de Deus – respondi, entendendo a sugestão da frase e, para dispensar o assunto, perguntei-lhe de imediato:

– E os Guenoas? Foram enfim mandadas tropas para combatê-los?

Sigismundo sorriu, mostrando seus dentes grandes e amarelados:

— As notícias que recebi de Japeju, ainda esta semana, são as melhores. O Padre Ximenes conseguiu convencer o Provincial e foi para Buenos Aires com oitenta e sete de seus fiéis. Em seis dias os Guenoas foram pacificados. Ximenes ainda ficará algum tempo por lá para evitar conflitos isolados. Foi uma vitória da cruz. Uma verdadeira bênção de Deus.
— E o nosso Tiago Ayala conseguiu colher seu algodão em paz...
— Ah, sim, mais de cinco mil quintais. Um sucesso... Mas, diga-me, Padre Miguel, já contou ao menino José da morte de seus pais?
— Contei-lhe a semana passada. É um bravo menino. Engoliu as lágrimas com o estoicismo da raça. Ainda está comigo na enfermaria, pois não tive coragem de levá-lo ao Cotiguaçu.
— Por que não? Ele será bem tratado. Como todos os órfãos.
— Ele não é órfão. Não como os outros.
— Como assim?
— Jurei ao cacique Tiaraju que o criaria como um filho.
Sigismundo olhou-me com severidade:
— Os soldados da Companhia de Jesus não podem adotar filhos. Todos os índios são nossos filhos. E, depois, deves seguir o mais breve possível para São Miguel Arcanjo. O Superior deu-me instruções precisas a esse respeito.
— Não poderia levá-lo comigo? Ele ficaria no Cotiguaçu de São Miguel. Aqui já não lhe resta nenhum parente...
Retornamos à redução quase sem trocar palavra. A bela manhã de maio perdera seu encanto. Minhas têmporas começaram a latejar e senti um grande vazio no estômago. O pároco notou minha perturbação e, ao chegarmos diante do hospital, colocou a mão pesada no meu ombro e olhou-me com bondade:
— É uma decisão grave; não depende só de mim. Devemos consultar o Cabildo. Se todos concordarem, não farei objeção.
Naquela mesma tarde, Tiago Ayala comunicou-me a decisão do Conselho. Suas palavras foram simples e diretas:
— O padre salvou a vida do menino José. Cabe ao padre decidir o que fazer com ela.
Foi assim que, numa gelada manhã de junho de 1732, deixei a Redução de São Luís Gonzaga levando pela mão um indiozinho de olhar tristonho, o corpo encolhido de frio dentro do poncho de lã. Subimos à carroça que nos levaria até São Miguel Arcanjo e batemos caminho precedidos por dois guaranis montados em cavalos pequenos e peludos.

Seguimos a estrada de terra vermelha, em cujas margens homens e mulheres trabalhavam nas lavouras de trigo. De dois em dois, segurando cada um a ponta de uma longa corda de couro trançado, eles livravam os talos verdes da geada que se acumulava, principalmente nas encostas. Além dos trigais, começavam os campos de pastoreio, onde manadas de gado domesticado pastavam livremente. Na orla de um capão de mato, um belo cervo galheiro deixou-se ver por um instante, antes de mergulhar entre as árvores, numa sucessão rápida de pulos. Ao vê-lo, o indiozinho despertou de seu marasmo.

– Vamos parar, padre! Ele está cercado no capão de mato. É fácil fazê-lo espirrar de lá e deitá-lo com as boleadeiras.

Os guias acercaram-se da carroça, também já farejando a caça:

– Podemos pegá-lo, padre? É um macho. Deve pesar quase duzentas libras.

– Para quê? Temos comida de sobra para o percurso. Vamos deixá-lo em paz.

O pequeno Tiaraju olhou-me desapontado e encolheu-se de novo dentro do poncho de lã. Seu rosto ainda mostrava a passagem da doença, principalmente na testa, onde a descamação lhe deixara uma cicatriz em forma de meia-lua. Passei-lhe a mão nos cabelos rebeldes e perguntei-lhe apenas:

– Estás com fome?

– Não, senhor.

– Nem eu. Caçar sem fome é um pecado aos olhos de Deus.

Ele me olhou longamente e deixou-se ficar alguns minutos pensando. Quando levantou a cabeça, foi para dizer-me simplesmente:

– Tem razão, padre. Os bichos também têm filhos que podem ficar sozinhos no mundo.

Naquela noite, José Tiaraju ganhou um apelido que lhe ficaria para sempre. Estávamos acampados junto a um pequeno arroio, onde passaríamos a noite sob a copa de uma araucária secular. O menino fora buscar água e, quando voltava do mato, um dos guias apontou para ele, deixando cair o espeto em que arrumava o assado:

– Olhe, Padre Miguel! Ele tem um raio de lua na testa. Ele brilha no escuro como um facho de sepé!

Assustado, o indiozinho deixou cair no chão a botija de água e correu a aninhar-se nos meus braços.

— O que tenho, padre? Que feitiço tem na minha testa? É o *Anhangá-Pitã*?

Tomei-o nos braços e acalmei-o, lembrando-lhe que o *Anhangá-Pitã*, o temível Diabo Vermelho, já tinha fugido do seu corpo com a água santa do batismo. Os dois índios, porém, mantinham-se de lado, pois, embora cristãos, ainda traziam na mente resquícios ancestrais das lendas dos velhos pajés. Foi a eles que me dirigi, mais tarde, quando o menino adormeceu.

— Deviam envergonhar-se do que fizeram. Amanhã cedo vão confessar os seus pecados para obter o perdão no corpo de Cristo. O que ele tem na testa nada mais é do que a cicatriz que lhe deixou a doença. Por um estranho fenômeno, que ainda não sei explicar, ela brilha no escuro como os olhos dos gatos. Estarão todos os gatos possuídos pelo demônio?

Um dos guaranis pareceu aceitar a explicação, mas o mais velho deles comentou, antes de abandonar-se ao sono:

— Se não foi *Anhangá-Pitã*, foi *Tupã* que lhe acendeu a luz na fronte. De hoje em diante vou chamá-lo de *Sepé*, o facho de luz. Se Deus lhe deu esse lunar, foi para ser nosso guia na noite.

Nenhum de nós poderia adivinhar o quanto de verdade havia naquela frase. O lunar de Sepé Tiaraju brilhou durante vinte e quatro anos em todos os rincões dos Sete Povos Missioneiros, e ainda hoje há de brilhar nas consciências dos que o destruíram. Símbolo místico a coroar a testa de um grande líder, naquela noite serviu apenas para trazê-lo assustado aos meus braços, aceitação primeira de minha paternidade adotiva. À luz morrente da fogueira, deitei-me ao lado de Sepé e roguei a Deus Todo-Poderoso para ampará-lo a suportar mais essa marca que o diferenciava das demais crianças.

Na manhã seguinte chegamos a São Miguel Arcanjo, então uma modesta povoação de quatro mil almas. Acomodado o menino Sepé no Cotiguaçu, iniciei de imediato minhas atividades na redução, onde ficaria durante os mais lindos anos de minha vida.

CAPÍTULO V

– *Tamandaré*, aquele que fundou o povo, o mais velho dos profetas guaranis, foi avisado em sonho por Tupã de que pronto a terra seria inundada por um dilúvio. Reunindo algumas famílias que nele acreditaram, subiu ao alto de uma grande palmeira, cujos frutos os alimentaram durante o cataclismo. Muito tempo depois, os descendentes de Tamandaré receberam a primeira cruz do *Pai Tuma*, o Apóstolo São Tomé, e aprenderam a acreditar num único Deus. Quando o Santo Pai Tuma concluiu sua missão, lhes disse: *Viradas minhas costas, vossa fraqueza vos fará abandonar a verdadeira crença, mas um dia novos enviados vos devolverão a fé*. Meu ancestral e *terijara*, meu xará Nicolau Nhenguiru, foi um grande cacique. Foi ele quem recebeu a nova cruz das mãos dos Santos Padres e lutou por ela em Pirapó e Mbororé.

– Conte. Conte como foi Pirapó e Mbororé.

Nicolau Nhenguiru passou a mão calosa pelos cabelos de Sepé Tiaraju e disse-me:

– Ele não se cansa de ouvir histórias. Que idade tem ele?

– Onze anos.

– Aos vinte e um será um poço de sabedoria.

Nicolau Nhenguiru era Corregedor da Redução de Conceição, localizada a três léguas da margem direita do rio Uruguai, entre Santa Maria e São Tomé. No início da colonização do vale do Uruguai, a Redução de São Miguel Arcanjo, fundada em 1632 pelos padres Cristóvão de Mendonça e Paulo Benavides, fora transferida provisoriamente para a banda ocidental do rio. O motivo da transferência foi a luta que se travou com os mamelucos de Raposo Tavares e outros escravagistas. No local provisório, a apenas uma légua de Conceição, ficaram os miguelistas até o ano de 1687, quando, passado o perigo das invasões, voltaram à margem esquerda do rio. Data dessa época a união de muitas famílias de Conceição e São Miguel, através de casamentos.

Nicolau Nhenguiru, então com trinta e cinco anos, era Corregedor de Conceição e seu primo Filipe Ibiratá iniciava-se no mesmo cargo em São Miguel.

Nicolau viera à nossa cidade a convite do primo, para orientá-lo com sua experiência e sabedoria e, naquela ensolarada manhã de domingo, enriquecia a imaginação de Sepé com antigas lendas guaranis e histórias dos primórdios da catequese no Tape e no Uruguai. Seu porte altivo dentro do uniforme amarelo e escarlate, seu sorriso fácil e uma maneira toda pessoal e culta de emérito narrador haviam cativado o menino Sepé, que não cessava de acossá-lo pedindo novas histórias.

– Conte. Conte como foi Pirapó e Mbororé.

Nicolau acomodou-se melhor na rede onde sentava, pendurada sob o alpendre fronteiro à casa de Filipe e, estendendo um braço em direção aos campos, começou a nova narrativa:

– Há pouco mais de um século, toda esta região do vale do Uruguai era habitada por tribos pagãs, vivendo na mais completa ignorância dos mandamentos de Deus. Naquele tempo, não existiam cidades nem lavouras comunais e, a par da fome e da doença, nossos irmãos eram caçados como feras pelos mamelucos de Piratininga. Foi nessa época que meu ancestral Nicolau Nhenguiru, homem sábio e iluminado, o maior cacique da margem direita do rio, ouviu contar das maravilhas que os Santos Padres realizavam na região da Guaíra. Lembrando das palavras do Pai Tuma, que atravessaram as gerações até ele, mandou logo emissários à Redução de Nossa Senhora da Encarnação. O Padre Diogo ouviu e logo atendeu os apelos do grande cacique para que enviasse a palavra de Cristo até suas tabas. Foi assim que chegou até nós o Padre Roque Gonzalez, que, ajudado pelo grande prestígio de Nhenguiru, fundou a Redução de Conceição no mesmo local onde hoje vivemos. Durante os próximos seis anos, permaneceu o Padre Roque em Conceição, vadeando, após, o rio para esta banda, onde fundou novas aldeias e expandiu a fé. Dois companheiros, Santos Padres como ele, ajudaram a construir reduções, a batizar as gentes e livrar as almas do terror da feitiçaria. Foram eles os padres Afonso Rodriguez e João Del Castillo; que Deus os tenha consigo.

– Tudo corria na mais santa paz do Senhor, até que os missionários penetraram nas terras ao norte do Ijuí-Guaçu, onde era cacique e feiticeiro o sanguinário Nheçu, que ainda hoje deve estar penando nos confins do inferno. No dia de Todos os Santos do ano de 1628, os padres Roque e Afonso ergueram a cruz de fundação de Caaró e nos dias seguintes ocuparam-se da construção de uma capelinha modesta para os ofícios religiosos. Foi quando o Padre Roque trabalhava para erguer o campanário da capela que um assassino de nome Maraguá, escravo de Carupé, desfechou-lhe sobre a cabeça um terrível golpe de *itaiçá,* a clava de pedra. O grande mártir tombou morto e logo também seu companheiro Padre Afonso, que correra em seu auxílio. Os bárbaros queimaram o corpo do Padre Roque e, como não conseguissem destruir seu coração, arrancaram-no do peito e trespassaram-no de flechas. Tomados de corpo e alma por Anhangá-Pitã, que os inspirava pela peçonha de Nheçu, os sacrílegos ainda mataram o Padre João, amarrando-o em cipós e arrastando seu corpo por meia légua desde sua capela da Redução de Pirapó.

Nicolau interrompeu a narrativa e sorriu para Sepé, que o escutava com os olhos arregalados de espanto. Depois, tomou da cuia que lhe estendia Filipe e sorveu a infusão de *caami* a largos goles.

— E depois? E depois? — Perguntou-lhe Sepé com voz aflita.

— Depois, quando a notícia pavorosa chegou até Conceição, meu bisavô Nicolau Nhenguiru encheu-se de cólera e atravessou o rio em busca de Nheçu. À frente de duzentos guerreiros, enfrentaram os assassinos e os esmagaram num terrível combate. A paz voltou então às reduções, mas por pouco tempo.

— Mas por quê? Já não estava morto Nheçu?

— Nheçu estava morto, mas não os mamelucos de Piratininga. Depois de destruírem as Reduções da Guaíra, mandaram eles diversas expedições à caça de nova fonte de escravos. Muito se lutou naqueles anos, principalmente contra o Capitão Raposo Tavares, o maior dos assassinos que este sol já contemplou. Finalmente, um dia, a clava da justiça caiu sobre a cabeça dos culpados. Foi em Mbororé, arroio da nossa margem direita do Uruguai, que a última expedição dos mamelucos encontrou pela frente tropas organizadas e não mulheres e crianças indefesas. Inácio Abiaru e Nicolau Nhenguiru, que, embora já velho, viera aconselhar com sua experiência o novo comandante, estavam à testa de quatro mil índios cristãos, dos quais apenas trezentos portavam armas de fogo. Oitocentos mamelucos armados de fuzis e mais seis mil tupis com larga provisão de flechas, lanças e fundas, desciam o rio em cerca de mil canoas. Inácio Abiaru deixou o grosso das forças na margem do Uruguai e, colocando seu único canhão de *taquaruçu,* o mais grosso dos bambus, sobre uma piroga, foi ao encontro dos escravagistas. Quando topou com eles numa curva do rio, ergueu-se na embarcação, que era escoltada por mais cinco pirogas, e lhes disse: *O que vindes fazer aqui na terra dos índios que temem a Deus? É uma vergonha que gente que se diz cristã queira roubar a liberdade aos que professam a mesma Fé.* A resposta às dignas palavras do cacique foi uma saraivada de flechas e tiros de mosquete. Abiaru mandou então pôr fogo à mecha do canhão, que se despedaçou num único tiro mas pôs a pique três canoas inimigas. Seguiu-se terrível combate em água e depois em terra, que durou até a noite. No dia seguinte, depois de tremenda luta corpo a corpo, foi consumada a derrota dos bandeirantes. Contava meu pai que a maior emoção do velho Nhenguiru, muito maior do que sua vitória sobre os mamelucos de Capaaguaçu, foi a libertação de dois mil índios cativos, que se uniram a nosso povo, vindo morar livres nas reduções. Foi assim que, amparados pelos Santos Padres e lutando sob a cruz de Jesus Cristo, nossos ancestrais defenderam esta terra.

– Depois de Mbororé, ninguém mais teve a audácia de penetrar nas reduções para arrebanhar escravos. Descobriram afinal os mamelucos que esta terra tem dono e, abençoados pela fé e pelo trabalho, vamos conseguindo viver em paz com Deus Nosso Senhor e com os homens.

A mulher de Filipe já aguardava à porta para servir-nos o almoço. Nicolau ergueu-se da rede e disse a Sepé, que o devorava com um olhar de admiração:

– Conheci teu pai e teu avô. Foram caciques bravos e úteis a nosso povo. Se o Padre Miguel permitir, gostaria de levar-te, um dia, a Conceição, para ensinar-te o que teu pai não teve tempo, no manejo das armas e na condução dos homens. A herança que tens como o último Tiaraju e o lunar que vi brilhar na tua testa me asseguram que serás um grande cacique. Enquanto esperas, não te deixes dominar pela soberba e guarda sempre na tua cabeça: *Ayacó catú etê Tupã rerobihabapipê. Ayacó etê cherembiapó rehé. Eguy mêmê Tupã nheembó* (Sou constante na fé. Persevero no trabalho. Tudo isso é fruto da palavra de Deus).

– *Ná ayapone* (Assim o farei) – respondeu Sepé, com os olhos turvados de emoção.

CAPÍTULO VI

Três dias após a partida de Nicolau Nhenguiru, chegou a São Miguel uma notícia que nos encheu de pavor. Haviam surgido focos de varíola em La Cruz e Japeju e a horrível doença já havia ceifado a vida de mais de cem pessoas. O Superior pedia minha presença urgente em La Cruz e interditava a travessia do rio a todos os demais habitantes, temoroso da propagação da epidemia. Para Japeju fora convocado de Buenos Aires o Irmão Pedro Montenegro, um dos melhores médicos que pisou as Missões.

No mesmo dia em que me chegaram as instruções, juntei alguns poucos pertences numa mala de garupa e bati caminho até São Francisco de Borja. De lá, o Padre Ximenes providenciou uma balsa que me deixou na margem fronteira a La Cruz. Para que nenhum dos remadores se aproximasse do desembarcadouro, atravessei metade do rio numa piroga, remando sozinho, até ser recolhido pelos índios da outra margem.

Era pároco daquela redução um dos homens mais lendários da história das Missões, o Padre Antônio José von Reinegg, mais conhecido pelo apelido de Sepp, Zezinho em alemão, então com 77 anos de vida, dos quais 59 dedicados à Companhia de Jesus. Recebeu-me o Padre Sepp em sua cela, onde estava recolhido ao leito há vários dias. Sua face encovada, a testa ampla e o crânio coberto por raros cabelos de um branco amarelado destoavam do olhar ainda moço que me fixava com bondade.

– Sinto muito recebê-lo neste estado lastimável – disse-me ele com um meio sorriso. – Já tentei levantar-me várias vezes para levar o Viático aos moribundos, mas minhas velhas pernas não obedecem mais à vontade. Já comeu alguma coisa?

– Não. Acabo de chegar. Vim pedir sua permissão para iniciar o atendimento aos enfermos.

O ancião voltou o olhar para o Irmão Augusto, pequeno e roliço dentro de sua batina parda.

— Dê ao Padre Miguel, se ainda não o comeu, é claro, aquele franguinho tenro que recusei para o almoço. Ele precisa de forças para cuidar dos nossos pobres índios. — E voltando o rosto para mim: — Depois de comer, pode iniciar seu trabalho. Mas venha sempre trazer-me notícias. Ficarei rezando pelo seu sucesso.

Durante toda a semana seguinte, dividi meu tempo entre a luta contra a varíola e os cuidados ao Padre Sepp, cujo corpo definhava a cada dia, mas cuja mente guardava incrível lucidez. No entardecer do dia 17 de janeiro, ele pareceu melhorar um pouco e contou-me fatos de sua vida que não mais esquecerei.

— No último lustro do século passado, também eu trabalhei no Povo de São Miguel Arcanjo, onde vives. São Miguel havia crescido tanto naquele tempo que sua igreja, embora grande, não mais acomodava tanta gente. Doutra parte, as terras de cultura só davam metade dos grãos necessários à manutenção do povo. Foi então que o Padre Provincial resolveu dividir a gente que ali havia, transportando uma colônia dela para outro local. A mim coube a árdua missão de fundar São João Batista, levando para campo limpo mais de cinco mil pessoas, que certamente relutariam em deixar a terra onde haviam nascido. Muitos motivos tinha para desconfiar de minhas forças para tal missão, mas segui as ordens de meus Superiores, confiando no socorro de Deus. Reuni, de imediato, os principais caciques e pus-lhes diante dos olhos a necessidade que havia de dividir o povo devido ao número excessivo de habitantes. Deviam sacrificar a Deus sua natural inclinação de não abandonar a terra que amavam. Nada lhes pedia senão o que eu próprio havia feito, deixando minha Pátria, meus parentes e amigos, para viver entre eles e lhes ensinar o caminho do Céu. Finalmente, lhes disse que poderiam estar certos de que eu não os abandonaria e que me veriam seguir à sua frente e compartilhar com eles dos mais pesados trabalhos.

— Custaram muito a ser convencidos?

— Deus inspirou tanto as minhas palavras que logo vinte e um caciques e 150 famílias prometeram seguir-me para onde os quisesse levar. E quando chegou o Padre Provincial, renovaram junto a ele sua promesssa, dizendo-lhe: *Payguaçu, agui yebeti yebi oro enyche angandebe* (Pai grande, damos-lhe graças pela visita que nos faz e iremos de boa vontade para onde quiser).

Padre Sepp respirou fundo e seus olhos de um azul pálido ganharam um brilho estranho, navegando no passado distante. Pensei que ele cairia em profunda meditação, esquecendo minha presença, como já fizera naqueles dias. Decidi deixá-lo a sós e ia levantar-me quando ele pousou a mão de longos dedos sobre meu braço e continuou o relato:

— Desde aquele instante, não pensei senão em me pôr a caminho em busca de sítio que conviesse à nova colônia. Acompanhado dos principais caciques, marchei um dia inteiro para o Oriente e, por fim, ao anoitecer, descobrimos um amplo terreno, rodeado de colinas e bosques espessos. No alto das coxilhas achamos duas fontes muito claras, cujas águas, serpenteando com declividade pelos campos, baixavam a um vale profundo, onde formavam um aprazível arroio. A este denominamos Ibicuá e localizamos ser afluente da margem esquerda do rio Ijuí. Como sabes, os rios são necessários a um povo de índios, porque eles sentem muito calor e costumam banhar-se várias vezes ao dia.

— Já notei também que usam o banho como remédio, principalmente quando comem demasiado — acrescentei, sorrindo.

— De fato. Notei-o também eu por muitas vezes. Mas então, como dizia, a paragem era tão cômoda que decidimos fundar ali mesmo a povoação. No dia seguinte, 14 de setembro de 1697, era festa de Exaltação da Santa Cruz. Aproveitamos o ensejo e erguemos ali uma cruz muito grande, que foi adorada pelos índios, cantando depois todos juntos um *Te Deum* em ação de graças. Em seguida, levei ao Povo de São Miguel a agradável notícia da descoberta que acabáramos de fazer. Todos os índios destinados a povoar a nova colônia decidiram partir, provendo-se dos instrumentos de que podiam dispor para cortar madeira e preparar as terras de cultivo. Conduziram também muitos bois para o trabalho, mas não achei conveniente que levassem suas mulheres e filhos, até que a nova terra tivesse produção com que mantê-los. Lá chegados, começaram logo os caciques pela repartição das terras que caberiam a cada família, semeando logo muito algodão.

— Perdoe, Padre Sepp — interrompi-o. — Mas consta ter sido o senhor quem trouxe as primeiras sementes de algodão para as Missões.

— Talvez sim. E também os primeiros porcos e galinhas. Mas de nada adiantaria se a terra não fosse fértil e os braços fortes. Esses braços índios repartiram logo entre si todo o trabalho. Uma parte se dedicava à lavoura, outra a cortar árvores para as construções. Meu primeiro cuidado foi escolher um terreno para edificar a igreja. Daí tracei algumas linhas paralelas, que seriam as ruas nas quais se deviam construir casas para as famílias, de sorte que a igreja seria como o centro de todo o povo, ou o término de todas as ruas. De acordo com esse plano, ficaria o missionário alojado no meio de seus neófitos e, por conseguinte, em melhores condições para exercer seu ministério.

O ancião interrompeu o relato e fitou-me com um olhar levemente zombeteiro:

– Tudo isso são histórias velhas de um padre velho. Não estarei a te fatigar? Queres voltar para junto dos enfermos?

– Não, ao contrário. Seu relato é para mim uma revelação. Já encontrei prontas as reduções e ouvi-lo me faz dar ainda mais valor a toda essa obra que nos encanta. Quanto aos enfermos, pela graça de Deus, nenhum corre perigo. Creio que logo estaremos livres da epidemia.

– Que Deus te ouça, meu filho. – E prosseguiu: – Mas então, quando chegou aos outros Povos a notícia de que construíamos uma nova colônia, cada qual nos quis ajudar mais. Uns nos mandavam bois, outros nos traziam cavalos e alguns nos levavam milho, grãos-de-bico e favas, para que as semeássemos. Após quase um ano de trabalho, estavam já construídas igreja e casas, e a colheita excedia as melhores expectativas, quando julguei conveniente transportar para ali as mulheres e crianças que haviam ficado em São Miguel. Foi um espetáculo empolgante ver tão grande multidão de índias a caminhar pelos campos, carregadas de filhos que levavam às costas e de utensílios caseiros que conduziam nas mãos. Logo que chegaram ao povo, cada qual foi para sua casa e se esqueceram das fadigas padecidas para chegar à nova terra. Nada mais nos faltava, senão dar forma de governo à nova colônia. Elegeram-se para isso os índios de maior experiência e autoridade para administrar a justiça e outros cargos militares com que se defendia o país ante as correrias que, de quando em quando, faziam naquelas terras os povos coloniais.

Sentindo que o Padre Sepp mostrava sinais de cansaço, pretextei que era hora de fazer a ronda aos enfermos e deixei-o a sós. Empolgava-me privar com aquele santo homem, de quem tanto ouvira falar, e que se ombreava aos grandes missionários do século passado, como Roque Gonzalez e Cristóvão de Mendonça. Fora ele que extraíra o ferro pela primeira vez nas Missões e forjara o primeiro sino com suas próprias mãos. Bom músico, dizia-se que cantara em menino na Capela Imperial de Viena, ensinara os índios a compor em idioma guarani muitas canções religiosas para incutir-lhes piedade. Pobre e humilde, ao morrer nada tinha de seu, além de suas camisas e batinas tão cheias de remendos que duvidamos houvesse nelas retalho do pano primitivo.

Ainda há poucos meses, ocorrera com o Padre Sepp mais um fato extraordinário que me foi contado pelo Irmão Augusto. Havia seca que durava há muito tempo. O milho estava apendoado, que é a ocasião em que mais necessita de chuva, com cuja falta se perde infalivelmente. Sucedeu, nesse ínterim, a morte da uma criança e o velho pároco convocou todos os músicos para enterrá-la com excepcional solenidade. Quando entregava o corpinho à sepultura, tomou-o em suas mãos e, em presença de todos, começou a falar com o inocente defunto, pedindo-lhe rogasse a Deus por chuva para que não se perdessem as sementeiras. Dizia-lhe olhasse que seus irmãozinhos inocentes necessitavam de comida na Terra, que não os esquecesse quando fosse gozar as delícias do Céu. A essas palavras, o povo inteiro enterneceu-se, e o próprio padre não pôde represar as lágrimas, prognóstico, sem dúvida, de outra água mais copiosa que durou toda a noite seguinte, para admiração e alegria dos índios.

Quis, porém, a Vontade de Deus que aquela alma pura abandonasse o corpo fatigado por tantas andanças, ainda quando me encontrava em La Cruz. No amanhecer do dia 16 de janeiro de 1733, fui arrancado do leito pelo Irmão Augusto, que se desmanchava em lágrimas:

– Venha rápido, pelo amor de Deus, o Padre Sepp está agonizando.

Corri até sua cela, a tempo ainda de ouvir suas últimas palavras, murmuradas já em estado de graça:

– Louvado seja o Senhor. Parece-me que todos os meus trabalhos não tiveram outro motivo senão o amor de Deus.

Nada mais havia a fazer, senão fechar-lhe os olhos azuis apagados pela morte e encomendar-lhe a alma para o direto caminho que certamente o levou ao Céu.

CAPÍTULO VII

Os primeiros anos que passei nas Missões, entre 1731 e 1735, foram marcados por uma série de acontecimentos desastrosos que prejudicaram o progresso das reduções. A luta contra os Comuneros de Assunção, que invadiram várias vezes os Povos do Paraná, além de milhares de mortos em combate, foi responsável por epidemias de varíola, sarampo e escarlatina, que os sobreviventes trouxeram dos campos de guerra. Minha atividade se desdobrava em São Miguel e nas cidades vizinhas, onde quer que surgissem novos focos de peste. Quando os últimos seguidores do revolucionário José de Antequera foram dominados, os mamelucos voltaram a ameaçar as Reduções Orientais. Três mil de nossos neófitos lutaram, quase às portas de São Miguel, contra os lagunistas de Domingos Fernandes de Oliveira, sendo sua presença decisiva para a vitória das tropas castelhanas de Dom Esteban del Castillo. Nada, pois, de bom ocorreu naquele tempo, a não ser a chegada a São Miguel do homem que viria dotar nossa cidade do seu maior ornamento, que estava destinado a ser o próprio símbolo de todas as Missões do Uruguai.

Foi numa chuvosa manhã de julho de 1734 que chegou a São Miguel, montado numa mula castanha e acompanhado por pequeno séquito, o Irmão João Batista Prímoli, um dos mais notáveis arquitetos de toda a Companhia de Jesus. Recebemo-lo defronte à igreja, já pequena e acanhada para a população de cinco mil almas. O italiano sorridente apeou da mula e veio ao nosso encontro, figura diminuta dentro da batina parda e molhada pela chuva. Depois de um banho morno e um bom copo de vinho, pediu que reuníssemos o Cabildo, e logo estava a expor seus planos de trabalho, colocando um rolo de plantas cheias de desenhos, anotações e algarismos sobre a mesa da Sala do Conselho.

– Como todos sabem – disse ele num guarani perfeito, embora guardando o sotaque cantado de sua língua materna –, dentro de um mês vamos comemorar os duzentos anos do Encontro de Montmartre, onde surgiram os fundamentos da Companhia de Jesus. Quis o nosso estimado Padre Provincial, que Deus o conserve com saúde, deixar assinalada nas Missões essa data tão significativa, com a colocação, neste Povo de São Miguel Arcanjo, da primeira pedra da maior Catedral de toda a Confederação.

Um murmúrio de admiração percorreu os membros do Conselho. O italiano saboreou o triunfo de suas palavras e depois prosseguiu:

— Por todos é sabido também que vossa redução é o limite oriental de todas as demais e, portanto, sua sentinela avançada em terras onde muito sangue cristão já foi derramado. Por esse motivo, a vós coube a honra de abrigar a Catedral e dignificá-la com vosso exemplo de temor a Deus. Não vos escondo, porém, que o projeto que a mim coube criar é bastante ambicioso e vos exigirá de oito a doze anos de duro trabalho para transformá-lo em realidade. Nada vos trago senão alguns pobres desenhos. A vós a tarefa hercúlea de arrancar as pedras, talhá-las e esculpi-las, preparar a massa e edificar o templo com a força de vossos braços e o suor de vossos rostos. Antes de dedicar-vos à aceitação deste presente que o não queremos grego, examinai comigo as bases do projeto.

As dimensões e demais detalhes da obra eram de fato surpreendentes. Devia ter a igreja 220 pés de comprimento por 90 pés de largura, com muros de 10 pés de espessura. Dariam acesso ao pórtico seis degraus monumentais, conduzindo a cinco portais ogivados enquadrados por colunas esculpidas a formar um magnífico peristilo. O interior seria composto de três naves com capacidade para cinco altares. A torre sineira, projetada no estilo das igrejas italianas modernas, estava destinada a abrigar um carrilhão de seis sinos. Os planos para a decoração do interior previam uma profusão de pinturas e imagens de santos que nos deixou a todos boquiabertos.

Terminada a exposição, o Irmão Prímoli, com o rosto afogueado e os cabelos negros em desalinho, dirigiu-se novamente ao Conselho:

— Como vedes, a consecução desta obra vos trará inúmeros e pesados sacrifícios. Decidi, pois, se quereis e podeis enfrentá-los.

A aprovação do Cabildo foi unânime e entusiasta. Durante aqueles dias não foi outro o assunto em cada casa da redução. Quando o Irmão Prímoli iniciou a seleção dos primeiros cem obreiros que deveriam demolir parte da igreja velha e abrir as fundações da Catedral, o Cabildo teve de interferir várias vezes para acalmar os preteridos. Depois de um mês de muita agitação, no dia 15 de agosto de 1734, dois séculos após o dia em que Santo Inácio de Loiola reunira seus primeiros seguidores na distante capital de França, iniciou-se a construção da que seria a tão famosa Catedral de São Miguel Arcanjo.

Dez longos anos foram dedicados à execução daquela obra monumental. Acompanhei de perto apenas os quatro primeiros, tempo suficiente para aquilatar o tremendo potencial de trabalho e dedicação dos nossos índios, tantas vezes acusados de preguiçosos e inúteis pelos inimigos da Companhia de Jesus. Já ao alvorecer do dia, após beberem sua infusão de *caami* em cuias lustradas pelo uso, os pedreiros assistiam à missa, consumiam uma refeição frugal e jogavam-se de corpo inteiro ao trabalho. Sob a supervisão do Irmão Prímoli, enormes blocos de pedra eram retirados das barrancas do arroio Santa Bárbara e transportados em carros puxados por oito e até doze juntas de bois. Só carregar e descarregar tais monolitos já era uma tarefa de gigantes. Depois era mister içá-los ao seu lugar nas paredes e rejuntá-los com uma massa composta de areia e conchas trituradas, regada com água e leite de vaca. As conchas eram recolhidas no rio Jacuí e transportadas em carretas até São Miguel, num percurso de algumas léguas. Muitos acidentes, principalmente pernas e braços esmagados, ocorreram durante essa fase, dada a inexperiência de nossos neófitos. Logo, porém, orientados pela sabedoria do arquiteto, que já construíra a Catedral de Córdoba, o Cabildo e a Igreja de São Francisco, em Buenos Aires, com material humano menos entusiasta e dócil, as obras foram tomando ritmo crescente e os obreiros tornaram-se peritos.

Em agosto de 1738, quatro anos após o início da construção, o arcabouço das três naves já estava concluído e colocou-se o teto da nave central. Por esse tempo, Sepé Tiaraju já contava 16 anos de idade e deixara o Cotiguaçu, vindo viver numa pequena cela contígua à minha.

Concluídos os estudos básicos, o rapaz ganhara destaque em quase todas as matérias. Por seus próprios méritos, fora há pouco guindado ao curso especial, destinado aos futuros líderes da comunidade. Crescera também muito nos últimos meses, o que me obrigara a renovar-lhe o modesto guarda-roupa para a estação de inverno. De temperamento algo taciturno e introvertido, sabia arengar com propriedade e clareza quando lhe era dada a palavra. Nossa afeição mútua crescera com o tempo e foi-me tremendamente doloroso ter de castigá-lo pela primeira vez.

O fato ocorreu na ocasião em que foi rezada a primeira missa na Catedral em construção. A redução estava em festa naquele domingo de agosto. A praça fora ornamentada com bandeirolas coloridas para receber o desfile civil e militar, os concursos de destreza a pé e a cavalo e o banquete em homenagem ao Padre Provincial, que viera de Buenos Aires para inspecionar as obras. Precedera-o de trinta dias o Irmão Domingos Zípoli, músico notável que já havia sido organista da Igreja da Companhia de Jesus em Roma. Em apenas quatro semanas de atividade, conseguira o saltitante e enérgico Irmão Domingos reorganizar nossa orquestra, desmontar, limpar e afinar o velho órgão e ainda ensaiar grupos de dança e música para o dia da festa.

Sepé participou das festividades de maneira toda especial, abrindo o desfile dos colegiais como porta-estandarte. Tal honra lhe permitia envergar uma farda amarelo-escarlate, semelhante à do Alferes Real, que valorizava ainda mais o porte altivo e desempenado que herdara do pai. Vendo aquele adolescente a marchar garboso à frente de cinco grupos de duzentos alunos vestidos com túnicas brancas, senti um aperto no coração e os olhos úmidos de lágrimas. Logo, porém, percebi a expressão de sofrimento de seu rosto e fui obrigado a sorrir, adivinhando-lhe o motivo. Sepé detestava, como todos os índios, o uso de sapatos e as belas botinas de couro novo deviam estar a martirizar-lhe os pés. Seguiam rente ao porta-estandarte doze crianças vestidas à maneira dos Incas, ideia do Irmão Domingos, que dançavam e tocavam alaúde com precisão admirável para tão pouco tempo de ensaio. Vinham após os cinco grupos de colegiais, totalizando o número impressionante de mil crianças, que marchavam em filas cerradas, ladeadas pelos seus professores. Após esse desfile, atravessou a praça um piquete de duzentos cavaleiros armados de lanças cujas ponteiras de ferro polido brilhavam ao sol. O cheiro acre dos cavalos invadiu a praça e uma grande ovação percorreu a assistência quando Filipe Ibiratá estacou seu baio de crinas negras diante do palanque oficial e apresentou armas ao Padre Provincial. O garboso corcel empinou-se por duas vezes, enquanto os demais cavaleiros baixavam as lanças de ponta para o chão.

No palanque oficial armado em frente à Catedral em construção estávamos o Padre Provincial e sua comitiva, o Cura e minha humilde pessoa, o Irmão Domingos e os membros do Cabildo. Derramado pelas quatro faces da praça, o povo de São Miguel, em suas melhores roupas, aplaudia com entusiasmo. Tal entusiasmo redobrou quando surgiu o último grupo do desfile. Liderados pelo Irmão Prímoli, montado em sua mula castanha e portando na mão direita o inseparável rolo com os planos da Catedral, todos os obreiros desfilavam diante do povo, que os aplaudia em delírio.

Seguiram-se os torneios de destreza com arco e flecha e o concurso dos cavalarianos, que consistia em retirar com a ponta da lança, com o cavalo correndo a toda brida, uma pequena argola de metal pendente de um poste cravado no centro da praça. Encerrados os torneios e distribuídos os prêmios, serviu-se um almoço ao ar livre para toda a população: enormes pedaços de carne assada nas brasas, tortas de milho e de mandioca, legumes e frutas. Nenhuma bebida foi servida, pois de há muito o álcool fora proscrito das reduções. Nossos índios, porém, não necessitavam de estímulo etílico para gozarem da felicidade do momento. Bastavam-lhes a música, a dança e a oportunidade de demonstrarem em público suas habilidades artísticas ou guerreiras.

Durante o desfile da cavalaria, o Padre Provincial fizera um comentário que nos deixou preocupados e veio a ser a tônica da reunião do Cabildo no fim da tarde:

– Espero em Deus e São Miguel Arcanjo que essas lanças tão polidas não venham logo a manchar-se de sangue.

De fato, encerrada a guerra com os comuneros de Assunção, que somente de 1732 a 1735 mobilizara a serviço do Rei da Espanha dois exércitos guaranis, deixando nas reduções mais de cinco mil viúvas, já novamente outros contingentes foram convocados para o cerco à Colônia do Sacramento. No ano anterior à primeira missa rezada na Catedral de São Miguel, os portugueses haviam fortificado a barra do Rio Grande e penetravam mais e mais em direção às Missões pelo curso e margens do Jacuí. Temia-se a proliferação dos choques armados entre os nossos tapes e os índios charruas e minuanos, que roubavam nosso gado para vendê-lo aos traficantes da Laguna e da Colônia. Temia-se também a cobiça dos colonos castelhanos, que já haviam tentado fixar-se no território das Missões, com a excusa de auxiliar nossos índios a defenderem suas terras. Foi, portanto, com a alma doente de preocupação que me recolhi naquela noite, deixando-me ficar mais de hora a rezar pela paz e concórdia naquele pedaço do mundo.

Como sempre acontece no mês de agosto naquelas plagas, ao tombar o sol chegou a noite fria e logo o vento oeste, que chamávamos Minuano por soprar das bandas daquela tribo, começou a silvar pelas frinchas de portas e janelas. Preocupado que Sepé estivesse com poucas cobertas, levantei-me, acendi uma vela e fui até seu cubículo. Encontrando a cela vazia e a cama intacta, um horrível pressentimento assaltou-me o coração. Quando o encontrei na cozinha, a comer vorazmente um naco de carne fria, bastou-me fitar seus olhos para adivinhar a verdade. Sua atitude era a mesma sensação de saciedade física que vira pela primeira vez no garanhão de meu tio Eric e muitas vezes no meu próprio pai. Convicto de que o menino que eu buscara criar livre do pecado conhecera aquela noite uma mulher, voltei-lhe as costas sem dizer palavra e retornei à minha cela. Durante toda a noite ouvi o uivo do Minuano, enquanto rebuscava na consciência as razões de meu fracasso como pai adotivo.

Na manhã seguinte, a comitiva do Padre Provincial seguiu viagem para São João Batista, os vestígios da festa foram varridos da praça, e todos voltamos à rotina de trabalho.

Não procurei Sepé naquela manhã, pois estava seguro de encontrá-lo ao meio-dia, sentado na pedra que aflorava aos fundos do pomar. Era naquele local que ele se confessava comigo, os olhos nos olhos, cada vez que cometia alguma pequena falta. Desta vez, porém, não foi um menino preocupado em desculpar-se de uma travessura que se ajoelhou diante de mim e fez o sinal da cruz. Toda a sua atitude denotava excesso de confiança e quase nenhum arrependimento. Seus belos olhos negros traíam todas as suas emoções. Sim, ele conhecera uma mulher na outra noite e não estava arrependido. Suas palavras de perdão soavam pobres e vazias naquele recanto varrido de vento, de onde se avistava o esqueleto vermelho da Catedral crescendo por entre as árvores.

Recusei a Sepé o perdão que me pedia, dizendo-lhe, com palavras duras, que buscasse o arrependimento verdadeiro antes de procurar-me outra vez. Naquele mesmo dia, ele roubou o cavalo baio de Filipe Ibiratá e fugiu da redução.

CAPÍTULO VIII

Durante quarenta dias batemos os campos e matos em busca do fugitivo. Durante quarenta noites mergulhei no terror do remorso, materializado em horrendos pesadelos. O Gigante Tatuado voltou a povoar minhas noites, desta vez, porém, confundindo-se com Sepé Tiaraju, que caía morto a meus pés, numa golfada de sangue. Já magro por natureza, as batinas começaram a folgar no meu corpo, pois quase não conseguia comer. Se saía à rua era para ver nos olhos apiedados das gentes o reflexo do meu remorso.

Nicolau Nhenguiru viera de Conceição, a meu pedido, e liderava as buscas para o sul. Filipe se internara até as margens do Jacuí, quase entrando em choque com um grupo de dragões portugueses. Quando retornou de mãos vazias, o Cabildo decidiu abandonar as buscas se Nhenguiru também voltasse sem sucesso. Ao entardecer de um dos últimos dias de setembro, a triste comitiva de Nicolau adentrou o Povo, depois de percorrer muitas léguas até os limites da estância de São Miguel, que se estendia para além da foz do *Ibirapuitã,* rio dos angicos, com o *Ibicuí,* rio das areias. Coberto de poeira vermelha, o meu bom amigo apeou do cavalo em frente à casa de Filipe e sacudiu tristemente a cabeça:

– Louvado seja Nosso Senhor Jesus Cristo. Sinto muito, Padre Miguel. Nenhum rastro. Nenhuma informação de sua passagem. Temos de deixá-lo nas mãos de Deus.

Filipe ofereceu-lhe a cuia com erva-mate e nos deixamos ficar sob o alpendre, desanimados e taciturnos, quando um menino irrompeu correndo dos lados do cemitério:

– Ele voltou! Sepé Tiaraju está chegando com um bando de índios do mato!

Acorremos rápido para o local indicado, chegando em frente à Catedral quando irrompia na praça o estranho cortejo. Seguidos por uma multidão de guaranis que engrossava a cada passo, um grupo de índios seminus caminhava de cabeça erguida, humildes apenas as mulheres, que traziam consigo filhos e pertences. À testa do grupo, o jovem Tiaraju, vestido com uma simples tanga e um poncho em farrapos.

— Deus do Céu! — Disse Nhenguiru apertando meu braço. — São ibirajaras! Repare nos enormes tacapes e nos batoques que lhes pendem do lábio inferior. São mais ferozes do que jaguares. Como esse menino conseguiu...

Esquecendo minha dignidade de ministro da Igreja e perdoando de antemão todo o sofrimento que nos causara, avancei a passos rápidos para Sepé e estreitei-o nos braços. Ele apoiou a testa sobre meu ombro e deixou-se ficar alguns segundos em silêncio. Depois levantou a cabeça, cujos cabelos crescidos e revoltos davam-lhe um aspecto algo místico, e, pondo um joelho em terra, apontou-me os homens e mulheres que trouxera:

— Aqui está, Padre Miguel, o meu pedido de perdão. Vieram todos comigo para receber o batismo e viver conosco como bons filhos de *Tōpen*.

— *Tōpen*?

— Sim, Tupã. É como se diz o nome do Senhor na língua deles.

Nhenguiru e Filipe não deram mostras de alegria ao rever Sepé, mas uma expressão de assombro aflorava em seus rostos sisudos. Um dos Alcaides-Juízes, que conhecia algumas palavras em ibirajara, dirigiu-se então ao líder do grupo, que assistia a tudo em silêncio, apoiado em seu imenso tacape de *urudey*, o pau-ferro. O guerreiro, que se chamava *Yopepoyeca*, braço que dá pancada, em língua ibirajara, respondeu à saudação em seu idioma e confirmou o desejo das vinte famílias que o seguiam de receber o batismo cristão.

O Padre Cura, que se reunira a nós nesse ínterim, pediu ao Corregedor que providenciasse roupas para os futuros neófitos, principalmente para as mulheres, que cingiam um simples saiote de fibras que mal lhes cobria as vergonhas. Providenciou-se também abrigo e comida quente para todo o grupo. De minha parte, ocupei-me somente de Sepé, que, após tomar um demorado banho e vestir roupas limpas, engoliu, prato por prato, uma grande terrina de sopa de legumes. Entre uma e outra colherada, foi contando sua incrível aventura, relato que foi obrigado a repetir, no dia seguinte, diante dos membros do Cabildo:

— Estava eu já há quase uma lua embrenhado nas matas do alto Uruguai vivendo de caça miúda e peixes que apanhava nos baixios, quando uma noite fui surpreendido por esse grupo de *caiapós*. Quando esperava ser trucidado a golpes de tacape, um dos selvagens notou o lunar que brilhava na minha testa e pensou ser um enviado de Anhangá-Pitã ou filho de *Mboi-tatá,* a cobra de olhos de fogo. Aproveitei-me do pavor místico que despertava para dizer-lhes que viera da terra de São Miguel para levar-lhes a palavra de Cristo. Conhecia alguma coisa de seu idioma, que me ensinara minha mãe, descendente de um ibirajara feito prisioneiro nas lutas contra os mamelucos. Levado à taba de *Yopepoyeca,* cacei e pesquei com a tribo durante três semanas, o bastante para convencê-los a voltar comigo para a redução e engrossar o rebanho do Senhor. Vieram todos, menos o *Apicairé*, o feiticeiro deles, que até o fim tentou convencê-los a matar-me e devorar-me como falso emissário de *Tŏpen*. Peço agora aos Santos Padres que deem a essa pobre gente a graça do batismo e aos membros do Cabildo que os aceitem na comunidade. Quanto a mim, estou dolorosamente arrependido de todo o mal que causei, principalmente ao bom Padre Miguel, que sempre me tratou como um filho, e a Dom Filipe, de quem roubei o melhor cavalo. Só não trouxe de volta o pobre animal, porque ele foi estraçalhado logo nos primeiros dias por uma *Suçuarana,* uma onça-parda esfomeada.

Tão singelas foram suas palavras, ante uma façanha digna de ser contada em todos os fogões missioneiros, que os membros do Cabildo, também arengados por Nhenguiru, aceitaram seu perdão. Outra fosse a decisão do Conselho, deveria ter recebido uma sessão de açoites, pena reservada aos ladrões comuns. Aliviado pela suspensão do castigo, dei meu perdão a Sepé. Naquele mesmo dia, após o solene batismo dos ibirajaras, ele também recebeu a comunhão.

Nicolau Nhenguiru devia voltar logo a seu povo, mas, antes de partir, procurou-me para uma conversa reservada, da qual também participou Filipe Ibiratã:

— Estou preocupado com o futuro desse rapaz – disse ele em tom solene. – A força que possui em seu espírito, capaz de cativar os selvagens mais primitivos, deve ser orientada para o bem da comunidade. Não digo que o senhor, Padre Miguel, não seja capaz de fazê-lo um homem de bem, mas estou disposto a ajudar se ambos vierem viver algum tempo em Conceição. Lá poderei educar Sepé nas artes de guerra e liderança, polindo esse ferro bruto para ser um dos nossos melhores homens. Ao mesmo tempo, sua influência piedosa o manteria no respeito a Deus. Medite sobre a proposta e, se possível, atenda-a. Que tudo seja feito pela vontade de Tupã.

Impressionado com as palavras do cacique e temeroso de minha fraqueza para continuar, sozinho, a educar aquele adolescente em cujo futuro se depositava tanta esperança, escrevi ao Superior pedindo minha transferência para Conceição, no que fui atendido três meses depois. Sepé recebeu com entusiasmo a notícia, pois desde menino nutria grande admiração por Nhenguiru. O mesmo não aconteceu com os ibirajaras, que juntaram seus pobres pertences e dispuseram-se a retornar ao Alto Uruguai.

– Sem o lunar do jovem cacique como guia, preferimos mergulhar de uma vez nas trevas – disse *Yopepoyeca*, batizado José, quando suplicamos que ficasse em São Miguel.

Novamente, o bravo Nicolau veio em nosso auxílio, oferecendo-se para abrigar os ibirajaras em Conceição, onde receberiam terras e sementes para proverem seu sustento.

Foi assim que em fevereiro de 1739 bati caminho de retorno à margem direita do Uruguai, região onde chegara um dia pelas mãos do Padre Cattaneo e onde sofrera a dor de fechar os olhos do Padre Antônio Sepp. Naquele momento, porém, tudo era alegria. Os ibirajaras sorriam porque acompanhavam seu guia. Sepé sorria porque tinha dezessete anos e caracolava num lindo cavalo negro, presente do pouco rancoroso Filipe. Os algodoeiros estavam novamente em flor e a estrada vermelha desaparecia na campina imensa, atraindo nossos passos para um belo futuro.

CAPÍTULO IX

Oito anos se passaram. Sepé virou homem. Aconselhado e treinado por Nhenguiru, instruiu-se no manejo das armas, onde chegou a superar o próprio mestre. Trespassava uma folha de laranjeira a 200 pés de distância, com um único flechaço, e manejava a lança e a espada com perícia admirável. Saía ao campo para laçar potros bravios e mantinha-se no lombo dos mais ariscos, segurando apenas um tufo das espessas crinas, mesmo quando a sucessão de corcovos parecia interminável. Amanhava sua própria gleba de terra, contribuindo sempre com bons excedentes para o Tupã-baé, em cujas lavouras comunais labutava aos sábados e segundas-feiras. Era dado a longas leituras, que consumiam todas as suas horas de lazer. No último ano de nossa estada em Conceição, começou a aprender o português com o Irmão Antônio de Cintra, que fora tipógrafo junto ao famoso Padre Restivo, em Santa Maria Maior. Já dominando, além do guarani e do ibirajara, o castelhano e o latim, tornou-se um homem de cultura bem acima da média.

Aos vinte e dois anos, Sepé foi eleito membro do Cabildo, como Alcaide encarregado de manter a ordem nos campos. No desempenho do cargo, manteve-se sempre reservado e algo melancólico, como era seu natural. Falava pouco e suas palavras somente ganhavam força e emoção quando arengava em defesa dos fracos e injustiçados.

Um ano após sua eleição para o Cabildo, o jovem Alcaide desposou uma moça de dezessete anos, sobrinha de Nhenguiru. Marina era uma menina de compleição frágil, olhos tristes e belo sorriso, que mantinha sua casinha sempre limpa, ajudava o marido no plantio e na colheita, fiava o algodão com dedos ágeis, mas não dava filhos ao casal. Quando, passados mais de dois anos de matrimônio, conseguiu reter em seu ventre uma semente do guerreiro, o sisudo Tiaraju começou a sorrir e cantarolar sem motivo, e meu coração encheu-se de prazer. Alguns meses durou essa euforia, logo cortada pela tragédia que nos faria retornar a São Miguel.

Numa madrugada de julho de 1747, quando o Minuano mais uma vez agourava pelas frinchas de portas e janelas, Marina morreu em minhas mãos, incapazes de ajudar as duas velhas parteiras a arrancar-lhe o filho das entranhas. Sepé não conseguiu derramar uma só lágrima ante a imensa desdita que tombava sobre sua cabeça, mas na noite seguinte ao enterro da esposa ateou fogo à casa com todos os seus pertences e recordações. O fogo atingiu duas moradias vizinhas, antes de ser dominado a custo, e Nhenguiru mandou trancafiar o alucinado amigo numa masmorra do Cabildo.

Foram dias terríveis para todos nós. Nicolau sofria pela morte da sobrinha e pela vergonha de aprisionar seu melhor discípulo. Sepé recusava-se a comer e ameaçava estrangular com suas mãos poderosas quem ousasse penetrar em seu cárcere.

– Tente o senhor, Padre Miguel – disse-me o Corregedor esfregando suas grandes mãos calosas e mostrando um tique nervoso sob o olho esquerdo. – Somente a Deus e ao senhor ele ainda respeita neste momento. O infeliz não sabe o que faz. Está transtornado pela dor. Leve-lhe um pouco de paz.

Um espasmo contraiu-me o ventre na perspectiva de encontrar Sepé naquele estado e sabendo que Marina morrera em minhas mãos inábeis. Mesmo assim, sabia que Nhenguiru tinha razão e acompanhei-o, cabisbaixo, à prisão do Cabildo. Antes de descer ao subsolo do grande edifício de pedra granítica, mandei buscar um prato com carne e legumes, que portei comigo para baixo. Nicolau abriu a pesada porta com retovos de ferro que dava passagem a um corredor mal iluminado e cheirando a mofo. Uma dezena de cubículos com portas semelhantes estendiam-se pela parede do lado direito. Na segunda porta foi introduzida uma chave de quase um palmo de comprimento, que estava pendurada num gancho na parede fronteira.

Quando a porta da cela estalou em seus gonzos, Sepé levantou-se de um pulo do canto onde estava acocorado e fitou-me com um olhar terrível. Suas roupas em farrapos, o cabelo em desalinho e o lunar em sua testa, que brilhava na obscuridade do cárcere, faziam dele uma figura de pesadelo.

– O que quer de mim? – disse-me com voz rouca e ameaçadora. – Não quero comer. Não quero viver. Deixe-me apodrecer em paz.

– Escute, meu filho, todos nós estamos...
– Não quero escutar nada. Vá-se embora. Pelo amor de Deus!

— Não pronuncies seu santo nome em vão.
— Pois então saia daqui pelo amor do diabo!

Minhas mãos buscaram instintivamente o crucifixo que levava ao peito, deixando cair o prato no chão. O ruído desviou a atenção de Sepé, que ficou a olhar os cacos e a comida espalhada pelo chão. Nhenguiru meteu o corpo pela porta entreaberta, mas eu lhe fiz sinal para que não entrasse. Levantando o crucifixo à altura dos olhos do alucinado, pronunciei com voz trêmula:

— *Vade retro. Vade retro*, Satanás.

Um relâmpago de entendimento passou pelos olhos do infeliz, embora as palavras pronunciadas me parecessem ocas de sentido. Não acreditava em exorcismos e sabia que somente a dor lhe ditara a blasfêmia. Sepé mantinha-se estático, os braços pendentes ao longo do corpo. Envergonhado de meu gesto, cheguei-me a ele e passei as mãos por seus cabelos revoltos, como costumava fazer quando era menino.

— Todos estamos sofrendo por Marina e por ti. Dentro de toda essa miséria, tu és o mais feliz. Sofres somente por Marina.

Seus nervos se foram relaxando aos poucos e finalmente deixou tombar a cabeça no meu ombro, chorando como uma criança. Passados alguns momentos, Nicolau também entrou na cela e Sepé apertou-o nos braços, num mudo pedido de perdão. Quando saímos para a luz desmaiada da tarde de inverno, Sepé virou-se para mim e disse com voz embargada de emoção:

— *Chereçai pipé cheangaipá piaricuê ayohi. Aguyebete, Pay Miguel, chemboara chera haguera rehe* (Lavei as manchas de meus pecados com lágrimas. Deus te pague, Padre Miguel, porque me deste o entendimento).

Algumas semanas depois desses fatos, que ainda agora, na distância da velhice que tudo amortece, retornam a minha mente com toda a sua crueza, Sepé veio procurar-me no hospital. Sua aparência era serena, mas a névoa do sofrimento ainda pairava em seu olhar.

— Vim pedir permissão, Padre Miguel, para deixar a redução e voltar a São Miguel Arcanjo. Tudo aqui me faz recordar coisas que tenho de apagar da memória. Preciso de outro lugar para buscar a paz.

— Gostarias que eu fosse contigo ou queres partir sozinho? — Perguntei-lhe com involuntário tremor na voz.

Ele me olhou com ternura e disse simplesmente:

— No passado que almejo apagar não está incluído o Santo Padre.

— Assim sendo — disse-lhe com um largo sorriso —, vamos ter de incomodar mais uma vez o Padre Superior. Ando mesmo ansioso para ver a Catedral já pronta, e nela rezar missa todos os dias será um presente dos céus.

Desta vez, porém, não foi fácil obter a transferência. Era Superior das Missões do Uruguai o Padre Ximenes, celebrizado na pacificação dos Guenoas e meu velho conhecido. Na carta em que respondeu ao pedido, teceu muitos elogios a minha modesta pessoa, mas negou-se a atender-me. O atual Cura de São Miguel, Padre Diogo Palácios, e seu companheiro, Padre Francisco Rivera, ali estavam há apenas três anos e não manifestaram desejo de deixar a redução. Necessitavam, é verdade, de um Padre Coadjutor, dado o grande aumento da população, que atingira mais de seis mil almas. No entanto, não lhe parecia, ao excelente Ximenes, que eu devesse deixar a Cúria de Conceição para ocupar tão humilde posto.

Os meses foram passando e notei Sepé cada vez mais taciturno e arredio. O próprio Nhenguiru, que sofria com nosso desejo de partir, resolveu ajudar-me a conseguir a transferência. Após interminável troca de correspondências, em novembro de 1747 veio a ordem de Japeju para que eu aguardasse o Padre Sigismundo Aperger, que viria substituir-me, e depois seguisse para São Miguel Arcanjo.

O gigantesco húngaro não tardou a chegar em Conceição e foi-me um prazer revê-lo depois de tantos anos. O próprio Sepé, que a notícia do retorno a São Miguel deixara mais comunicativo, fez questão de organizar a recepção ao antigo Cura de sua cidade natal. Sigismundo estava muito envelhecido e seus olhos de esclerótica amarelada já anunciavam a doença hepática que viria a ceifá-lo. Mesmo assim, guardava o anterior dinamismo e senso de humor, o que verificamos já quando apeou do atarracado cavalo que o trouxera, a duras penas, desde São Luís Gonzaga:

— Flores, só flores de corticeira por toda parte. Espero que o cardápio do almoço também não seja sopa de flores...

Uma semana depois, acompanhado por Sepé Tiaraju e André *Yopepoyeca*, filho do cacique ibirajara que morrera no ano anterior, vencíamos as quatro léguas finais que separam São Lourenço de São Miguel Arcanjo. Na elevação que domina o lado oeste da redução, retivemos as montarias. No silêncio da coxilha nua, apenas quebrado pelo ruído que o indócil cavalo de Sepé fazia ao escarvar a terra, ficamos a olhar embevecidos a cidade de casas brancas com telhados vermelhos que brilhava ao sol de dezembro. Nossos olhos não se cansavam de contemplar a Catedral que víramos nascer nas primeiras pedras e que se erguia muito acima do casario, majestosa e leve como uma garça de asas abertas.

São Miguel vivia os últimos minutos de sesta da tarde de verão. Tudo era silêncio nas ruas desertas e nos campos bordados por milharais empenachados. Instigamos nossas montarias pela estrada de terra vermelha, quando o grande carrilhão de seis sinos repicou a chamar as gentes para os trabalhos da tarde. Logo começaram a surgir homens, mulheres e crianças pelos alpendres que circundavam os quarteirões. Ao atingirmos a rua principal da redução, a cidade já estava em rebuliço.

O Padre Diogo Palácios, ainda com os olhos vermelhos da sesta, deu-nos as boas-vindas diante da Catedral. Na torre sineira, situada do lado direito do templo, um magnífico relógio de quatro palmos de diâmetro marcava as duas e meia da tarde. Antônio Paicá, irmão do famoso músico e ourives Inácio Paicá, era o Corregedor que ladeava o Cura e seu companheiro, Padre Rivera. Nosso amigo Filipe Ibiratá morrera havia dois anos, picado por uma cascavel. Sua falta foi a única nota triste de nossa chegada.

Após a troca de cumprimentos e apresentações, o Padre Diogo, a nosso pedido, levou-nos para o interior da Catedral, passando por um dos cinco portais ogivados de sua fachada. Antes de entrar na imensa nave central, mergulhei a ponta dos dedos trêmulos na pia de água benta e fiz o sinal da cruz.

Quase não podia acreditar em tanta beleza. Corri os olhos pelos cinco altares de talha dourada, pelas magníficas colunas esculpidas, pelas pinturas da abóbada, que representavam múltiplas cenas da Paixão de Cristo e das aparições do Arcanjo Miguel, e caí de joelhos, no que fui imitado por Sepé e pelo jovem ibirajara. O sonho de João Batista Prímoli fora superado pela realidade. Nos distantes confins da América Meridional, o gênio do irmão jesuíta, aliado ao duro trabalho de dez anos dos índios guaranis, havia edificado uma obra para desafiar os séculos.

Ao meu lado, Sepé deixava correr livremente as lágrimas pelo rosto másculo. Ao deixarmos o templo, apertou-me o braço e disse-me com voz emocionada:

– *Cheangatá ibipeguâra mbae raihubari* (Ando distraído no amor das coisas terrestres). Diante de tanta beleza, pedi a Deus e São Miguel Arcanjo que me façam renascer para a vida a serviço da Fé.

CAPÍTULO X

– Venerandos padres aqui presentes, Senhores Membros do Cabildo, Senhores Comissários representantes de todo o povo de nossa redução. Neste momento, tenho a insigne honra de anunciar-vos que o cacique José Tiaraju, dito Sepé, acaba de ser eleito Corregedor de São Miguel Arcanjo.

Um tremor passou-me pelo corpo ao ouvir as palavras do ancião. A eleição de dezembro de 1749 dividira as gentes entre duas listas, encabeçadas por Sepé Tiaraju e Antônio Paicá. A contagem de votos se processara durante a manhã e, naquele momento, o antigo Corregedor anunciava o resultado, em reunião solene do Cabildo.

Apertei o braço de Sepé, sentado a meu lado, e senti-lhe os músculos tensos como ao erguer um grande peso. Seu rosto, porém, mantinha-se indecifrável, como ocorre com os guaranis adultos nos momentos de emoção.

– Não guardo nenhuma mágoa pela derrota – prosseguiu Paicá no mesmo tom solene –, porque cabe aos velhos dar lugar aos jovens, como as flores murchas dão lugar aos frutos. Meu único desejo é que Jesus Cristo e São Miguel Arcanjo iluminem o caminho do novo Corregedor e guiem seus passos no exercício da Lei e da Justiça. Cacique José Tiaraju, queira vir ocupar o lugar que o povo de São Miguel lhe destinou à cabeceira da mesa do Conselho.

Uma ovação acompanhou as últimas palavras, e prosseguiu mais forte quando o ancião abandonou seu posto e veio abraçar Sepé, que se levantara para recebê-lo. Depois de Paicá, coube a mim abraçar o novo Alferes Real. Era incrível acreditar que o indiozinho de olhos tristes que um dia eu salvara da escarlatina era aquele imponente cacique guarani, agora guindado ao mais elevado cargo de São Miguel Arcanjo.

Sepé foi passando de mão em mão, de abraço em abraço, até chegar à cabeceira da mesa do Conselho. Um profundo silêncio fez-se então na sala e ele tomou a palavra para agradecer a investidura:

— Senhor Cura de São Miguel Arcanjo, Venerandos Padres Auxiliares, digníssimo Dom Antônio Paicá e demais membros do Conselho — começou Sepé com voz firme, as duas mãos plantadas sobre a mesa para esconder-lhes o tremor. — Recebo a missão de dirigir o novo Cabildo para o ano de graça de 1750 com a humildade de um crente e orgulho natural de chegar a tão elevado cargo pela vontade de um povo livre e soberano. Mantê-lo livre para arar suas terras, criar seu gado e educar seus filhos no temor a Deus será minha única recompensa. Há quase cento e cinquenta anos, recebemos a cruz do Pai Tuma das mãos dos Santos Padres da Companhia de Jesus. Seus ensinamentos de Fé, Esperança a Caridade transformaram os brutos selvagens que outrora fomos numa comunidade de duzentos mil cristãos, que proveem seu sustento no trabalho honesto e digno, desde o longínquo Tebiquari até as cabeceiras do rio Negro.

— Foram os Santos Padres que nos ensinaram a amanhar a terra, a plantar e tecer o algodão para vestir nossos corpos, a criar os animais para nosso sustento, a ler e a escrever, a construir instrumentos musicais e extrair-lhes música divina, a amar os nossos semelhantes e com eles dividir o nosso pão. Foram os Santos Padres que nos deram organização social e nos ensinaram a eleger livremente os nossos governantes. Muitos deles, como o Padre Roque Gonzalez, foram martirizados pelos Nheçus ignorantes da Fé ou batidos e humilhados pelos bandeirantes escravagistas. Nunca recuaram em sua missão de levar o Evangelho aos mais distantes rincões e têm misturado seu suor com o nosso na construção duma verdadeira Comunidade Cristã.

— Os *Exercícios Espirituais* de Santo Inácio têm sido o guia de minha alma para entender a obra dos Inacianos e imitar-lhes o exemplo. Nada mais sou do que o resultado da educação que recebi de dois homens a quem venero e aos quais levanto minha prece a Deus e São Miguel Arcanjo. São eles o Padre Miguel, que me salvou uma vez a vida e muitas vezes a alma, e Dom Nicolau Nhenguiru, que me ensinou a ser um cacique guarani.

Todos os membros do Cabildo se levantaram e me aplaudiram, o que fez com que o rubor me subisse pela face.

Quando se fez silêncio, Sepé prosseguiu:

— Não devemos esquecer nunca, e por isso dar graças ao Altíssimo, que somos os únicos nativos deste vasto continente a viver livres do chicote dos colonizadores. Das grandes civilizações Asteca, Inca e Maia, não resta hoje senão um monte de ruínas. Dentro do espaço limitado pelos dois grandes oceanos, somente nós vivemos ilhados da escravidão e da cobiça dos europeus. Uma redução não é, portanto, uma cidade isolada. Os problemas de nossos irmãos das demais vinte e sete comunidades são e serão os nossos problemas. As pequenas querelas entre vizinhos devem ceder lugar a um espírito de união permanente que nos reúna como as tiras de couro que formam o mesmo laço.

– Se disputarmos com as gentes irmãs de São Luís ou São Nicolau porque ferraram ou abateram, por engano, gado de nosso povo, acabaremos, um dia, sem gado para ferrar ou abater. Nossos lanceiros devem manter-se prontos, não somente para proteger nossas estâncias dos ladrões de gado, mas para defender toda e qualquer propriedade das Missões Orientais. E se necessário for pegarmos em armas para arrancar dos escravagistas um único homem, cidadão da mais distante redução, para lá devemos ir incontinenti, como o faríamos para defender a nossa casa e a nossa igreja.

Sepé interrompeu seu discurso e correu os olhos pelos circunstantes, que o escutavam com admiração. Até eu, que o conhecia na intimidade de dezoito anos de convívio, ficara magnetizado por suas palavras. As janelas da sala do Conselho deixavam ver a bela torre da Catedral recortada contra o azul do céu sem uma nuvem. Dos lados da praça nos vinha o aroma da carne que se assava para o almoço comunitário. As crianças haviam saído da escola e sua algazarra chegava nítida a nossos ouvidos.

O novo Corregedor deixou-se ficar uns momentos em meditação e depois recomeçou a falar, com um sorriso nos lábios:

– Como todos sabem, tenho apenas vinte e oito anos de idade. Muitos dos presentes ainda se recordam de quando eu também saía da escola a perturbar o silêncio e jogar pedras nas infelizes andorinhas. Tudo o que acredito e prego me vem dos livros e do exemplo dos nossos Maiores. Discordo de Dom Antônio Paicá quando diz que os velhos devem ceder lugar aos jovens como as flores murchas dão lugar aos frutos. Nos seres humanos, quando a pele murcha, o espírito floresce, e infelizes serão os jovens que desprezarem a sabedoria da velhice. Estarei, portanto, sempre pronto a receber o conselho e a advertência de qualquer cidadão guarani e, para todos eles, as portas do Cabildo estarão abertas.

– Nunca fui homem de muitas palavras, e hoje sinto-me inundado em tantas que pronunciei. Peço, de todo coração, ao Pai, ao Filho e ao Espírito

Santo que iluminem minha mente e me deem força e inspiração para ser um Corregedor digno de São Miguel Arcanjo. Que assim seja.

Dois dias depois da eleição iniciaram-se as festas de São Silvestre, em que se comemoravam, simultaneamente, a posse do novo Cabildo e a entrada do ano de 1750. Enquanto o povo de São Miguel dançava nas ruas e os fogos de artifício bordavam os céus, ninguém poderia imaginar que naquele mesmo momento o terrível destino da comunidade guarani começava a ser selado.

Naquele dia 1.º de janeiro de 1750, um monge brasileiro chamado Alexandre de Gusmão, preposto do famigerado Marquês de Pombal, chegava a Madrid, portando em sua bagagem o texto do tratado que uniria Espanha e Portugal contra nossa pobre gente. Pela última vez em São Miguel as lanças de *urudey* foram usadas em inocentes torneios. Nos próximos sete anos, a Guerra de Limites mancharia de sangue e cobriria de luto todos os homens e mulheres que riam e dançavam pelas ruas da redução.

Livro Terceiro

O TRATADO
DE MADRID

CAPÍTULO I

Num entardecer de junho de 1750, chegou a São Miguel Arcanjo o Padre Lourenço Balda para assumir a Cúria da Redução. Natural de Pamplona, o Padre Balda contava na época 46 anos de idade. Alto e magro, os cabelos já completamente brancos, encimando um rosto alongado onde os olhos negros e profundos pareciam adivinhar os pensamentos e intenções, o novo Cura causou profunda impressão a Diogo Palácios, a mim e a Sepé Tiaraju, desde o primeiro encontro.

Depois da cerimônia de praxe de apresentação dos membros do Cabildo e de lhe ser servida uma sopa quente no refeitório do Claustro, o navarrês recolheu-se a sua cela para um merecido descanso. Antes, porém, destacou da maleta de couro que trazia à mão um grande esvelope amarelado e entregou-me dizendo:

– Encarregou-me o Padre Superior de entregar-lhe esta missiva. Estava em Japeju há alguns dias esperando portador.

Tomei do envelope que me estendia a mão branca, de unhas bem tratadas, que contrastava com as minhas mãos avermelhadas e manchadas de iodo. Agradeci e também me recolhi à cela para ler a carta.

Vinha assinada pelo Padre Cattaneo, que retornara há dois anos a Roma para prestar serviços junto ao Procurador-Geral da Companhia:

"Roma, 18 de fevereiro de 1750.

Bendito e Louvado seja o Santíssimo Sacramento!

Meu mui caro Padre Miguel:

Há muitos meses já deveria ter te enviado notícias e pedido outras da vida nas reduções, que tanta falta me faz. O trabalho burocrático de que me ocupo faz com que enjoe, seguidamente, a pena que em excesso uso para escrever relatórios e pareceres ao Senhor Procurador. Bem sabes, no entanto, que meu coração continua convosco no vale do Uruguai, de onde somente a obediência aos Superiores me fez abandonar o verde das coxilhas e o trato ameno dos guaranis. Entre as sete colinas de Roma, senti-me enjaulado como um jaguar durante os primeiros meses e somente agora começo a readaptar-me aos usos e costumes tão distintos dos que privei durante 18 anos de vida missionária."

"Enfim, meu bom amigo, não é de mim que desejo tratar nesta carta, mesquinho que sou diante dos fatos estarrecedores que estamos vivendo e que, certamente, já serão de teu conhecimento quando esta missiva for autorizada a chegar a tuas mãos."

"Depois de três anos de negociações, as Coroas de Portugal e Espanha chegaram a um acordo sobre o destino a ser dado à Colônia do Sacramento, por cuja posse tanto sangue europeu e guarani já foi derramado. O absurdo, o incrível, o desumano, é que os monarcas Dom João V e Dom Fernando VI firmaram, em 13 de janeiro, pela pena de seus ministros, um tratado de limites para a América Meridional que, simplesmente, entrega a Portugal a Redução de São Miguel Arcanjo e os demais seis Povos da margem esquerda do Uruguai em troca da Colônia do Sacramento."

Senti o sangue gelar-me nas veias e minhas mãos tremiam tanto que tive de colocar a carta sobre a mesa para prosseguir a leitura. Impossível. Tudo isso deve ser um pesadelo. Eles não ousariam...

"Imagino o pavor que esta pérfida barganha deve estar provocando nas gentes da tua redução e dos demais habitantes da banda oriental. De minha parte, tenho passado noites insones só em imaginar o reflexo desse golpe político das Cortes sobre os nossos pobres índios. Somente para tua ilustração, pois ignoro se o texto do malsinado Tratado de Madrid já foi distribuído entre os Padres dos Sete Povos, transcrevo-te a seguir os três artigos que mais nos tocam na carne:

"Art. XIV – Sua Majestade Católica, em seu nome e de seus Herdeiros e Sucessores, cede para sempre à Coroa de Portugal todas e quaisquer povoações e estabelecimentos que se tenham feito por parte da Espanha no ângulo de terras compreendido entre a margem setentrional do rio Ibicuí e a oriental do Uruguai.

"Art. XVI – Das Povoações ou Aldeias que cede Sua Majestade Católica na margem oriental do Uruguai sairão os Missionários com todos os móveis e efeitos, levando consigo os índios para aldear em outras terras de Espanha; e os referidos índios poderão levar também todos os seus móveis e semoventes, e as Armas, Pólvora e Munições que tiverem; em cuja forma se entregarão à Coroa de Portugal, com todas as suas Casas, Igrejas e Edifícios e a propriedade e posse do terreno...

"Art. XXII – Determinar-se-á entre as duas Majestades o dia em que se hão de fazer as mútuas entregas da Colônia de Sacramento com o território adjacente, e das Terras e Povoações compreendidas na cessão que faz sua Majestade Católica na margem oriental do rio Uruguai; o que não passará do ano, depois de se firmar este tratado."

Um calafrio percorreu-me a espinha e tive de interromper a leitura, pois meus olhos se turvavam de lágrimas. A frieza do texto oficial em que os guaranis eram tratados como gado que se transmuda de uma pastagem para outra, enchia-me de vergonha. O grotesco da expressão *Sua Majestade Católica,* responsável por um ato bárbaro e desumano que obrigava quase 40 mil católicos a abandonar seus lares, igrejas e campos cultivados durante mais de cem anos de lutas, era de uma baixeza sem limites.

Respirando fundo, enxuguei os olhos com um lenço e prossegui a leitura:

"A assinatura do Tratado de Madrid, que atenta contra a Célula Grande de Filipe V, portanto rubricada há apenas sete anos, que garantiu aos guaranis a posse dos territórios que ocupam como recompensa aos bons serviços prestados à Coroa, nada mais é do que o primeiro ato de uma grande conspiração contra a Companhia de Jesus, onde o mais encarniçado é o Ministro português, Marquês de Pombal."

"Correm pelas capitais de Espanha, França e Portugal os mais desabusados boatos sobre nossa obra nas Missões, o mais recente deles até digno de riso. Tantas e tais fazem os caluniadores para aviltar a Companhia de Jesus ante a opinião pública, que até criaram o mito de que nossas reduções do Paraguai formam um grande Império Teocrático que ameaça a soberania e a paz dos colonos lusos e castelhanos e cujo Imperador, pasmem do que vou escrever, seria o nosso estimado Nicolau Nhenguiru... O Império, rezam os panfletos que pululam por toda a Europa, conta com riquezas fabulosas acumuladas em muitos saques, bem como inesgotáveis minas de prata e ouro. Seu Imperador Nicolau I vive em grande fausto, sob os olhos complacentes dos missionários, e até fez cunhar uma moeda com sua efígie. Nosso Procurador em Madrid, Padre Carlos Gervasoni, fez todo o possível para encontrar uma das tais moedas que os caluniadores dizem ter em seu poder. Há poucos dias escreveu-nos uma carta, relatando que a única moeda que serve de prova à existência do Império foi cunhada em 1632 e está tão gasta como estaria nosso bom Nicolau se já fosse Imperador desde aquela data."

Malgrado o sentimento que me corroía a alma, tive de sorrir ao ler o último parágrafo. Um raio de esperança filtrou-se em meu coração ao raciocinar que logo tudo estaria esclarecido e que a inexistência do Império de Nicolau I, com suas riquezas faraônicas, levaria os portugueses a desistirem da troca quando se dessem conta do embuste.

Cattaneo encerrava a missiva com o mesmo desejo, embora acreditasse que muita luta diplomática teria de ser terçada para a anulação do Tratado:

"Toda a influência da Companhia está sendo mobilizada, e comenta-se que o Monarca português, Dom João V, está gravemente enfermo e que seu irmão, Dom José, não ratificará o acordo de limites se vier a subir ao trono como sucessor de direito."

"Enfim, meu bom amigo, vamos deixar tudo nas mãos da Providência Divina, invocando em nossas preces que a luz da Verdade venha logo iluminar as mentes dos poderosos."

"Que Deus Nosso Senhor e a Santa Virgem Maria guardem tua saúde e estoicismo neste difícil momento, é meu mais ardente desejo."

Um pouco mais tranquilizado, mas ainda sofrendo da emoção profunda que me fizera a leitura da carta, dirigi-me à cela do Padre Balda e bati-lhe à porta.

– Entre – respondeu a voz abafada do navarrês.

Encontrei-o sentado à mesa de trabalho que havia na antecâmara do quarto reservado aos Curas, já vestindo uma batina limpa e com os cabelos cheirando à lavanda. Levantou-se para receber-me e indicou-me uma cadeira diante da mesa. Duas grandes lâmpadas de azeite iluminavam a papelada espalhada sobre a escrivaninha. Um braseiro aceso sobre armação de ferro dava um agradável calor ao ambiente.

– Parece muito perturbado, Padre Miguel. Em que posso servi-lo?

Desculpei-me por visitá-lo ainda na noite de sua chegada e estendi-lhe a carta de Cattaneo. Ele desdobrou as folhas e leu rapidamente, enquanto eu estudava sua fisionomia impassível. Concluída a leitura, que não me pareceu fazer-lhe a menor impressão, ele dobrou, cuidadosamente, as folhas e recolocou-as no envelope.

– E então? – Disse ele, fixando-me com um olhar interrogativo.

– Então? – Repeti com acento de irreprimível irritação na voz. – Então a desgraça tomba sobre a cabeça de quarenta mil neófitos que serão arrancados de seus lares do dia para a noite, deixando para outrem o fruto de mais de cem anos de trabalho, e isso não lhe provoca a menor emoção?

Francamente, Senhor Padre Cura, por mais autocontrole que possa ter um homem...

— Acalme-se, Padre Miguel. Já tenho conhecimento desses fatos dolorosos há mais de trinta dias e devido a eles fui indicado para assumir a Cúria de São Miguel. Pretendia pô-lo a par de tudo, juntamente com o Padre Palácios, amanhã pela manhã. Uma vez que a carta de Cattaneo poupou-me esse trabalho, não vejo motivo para adiarmos a reunião. Pode fazer o favor de convidar o Padre Diogo a unir-se a nós?

— Irei imediatamente. Lamento a brusquidão das palavras que pronunciei, mas...

— Não tem motivo algum para desculpar-se — interrompeu-me ele, levantando a mão como se me fosse abençoar. — Diante de fatos tão inéditos, é natural que tenha perdido a calma.

Poucos minutos depois, Diogo Palácios se reunia a nós e era posto a par da situação. Sua reação foi semelhante à minha. Suas mãos tremiam quando terminou a leitura e recolocou a carta sobre a mesa.

— O que vamos fazer? Quais são as instruções que nos traz? — Perguntou ele ao Padre Balda, que atiçava as brasas morrentes com um longo espeto de ferro.

— Por enquanto, muito pouca coisa. As ordens do Padre Strobel recomendam que todos os missionários das reduções atingidas pelo tratado sejam informados dos fatos e comecem a agir sobre o espírito dos índios de maior confiança. O Padre Provincial não quer, em nenhuma hipótese, que a população dos Sete Povos seja alarmada. Sabemos de fonte segura que o governador da Colônia do Sacramento, Dom Antônio de Vasconcellos, está decididamente contra a entrega da Praça aos espanhóis. O comércio português, sobretudo do Rio de Janeiro e Lisboa, também recebeu com reservas a cedência da Colônia por onde saem as grandes partidas de couro e sebo que tantos lucros lhe propiciam. De qualquer forma, nada se fará este ano. O Geral da Companhia em Roma, que Deus o guarde, já obteve, por interferência de Sua Santidade o Papa, a dilatação do prazo de entrega deste território até o fim do ano que vem.

— Mesmo assim o tempo é insuficiente — replicou Palácios. — São sete cidades que devem mudar de sítio com todos os seus bens transportáveis. Para onde vamos levar toda essa pobre gente?

O navarrês alisou os punhos rendados da camisa de seda, que pareciam ainda mais alvos sob a batina negra, e, depois de pensar um pouco, respondeu:

— Isso já está decidido. Se necessário for obedecer ao tratado, as Sete Reduções serão reconstruídas em pontos já determinados. Caberá aos Curas de cada uma escolher a localização exata, mas as linhas gerais, discutidas e aprovadas em Buenos Aires, são as que vou mostrar-lhes. Tenham a gentileza de examinar este mapa.

Aproximamo-nos da escrivaninha onde o Padre Balda abrira uma carta das Missões. Na região comumente denominada Entre-Rios, limitante entre os rios Uruguai e Paraná, formadores do estuário do Prata, e na região sul do rio Ibicuí, sete pontos estavam marcados com uma cruz em vermelho. O Cura correu o indicador por sobre cada um dos pontos, enquanto dizia com voz monótona:

— O Povo de São Luís Gonzaga irá para esta região, entre a lagoa Iberá e o rio Santa Lúcia.

— O de São Lourenço deverá ocupar esta grande ilha do rio Paraná.

— O de São João ficará neste ponto, perto do pantanal do Nembucu.

— Santo Ângelo e São Nicolau irão ficar aqui, ao norte da Redução de Corpus.

— Finalmente, São Miguel e São Borja estão destinadas a mudar-se para aqui, ao norte do Queguai.

Um sentimento de ódio invadiu-me o peito ao ver o Padre Balda, limpo e perfumado, a dissertar sem emoção sobre um tema que me dilacerava as entranhas. Colocando uma mão espalmada sobre o mapa, perguntei-lhe bruscamente:

— E a Catedral de João Batista Prímoli? Também vai ser mudada para o norte do Queguai?

O navarrês virou-se para mim como se tivesse levado uma bofetada. Embora tímido por natureza, enfrentei seus olhos de águia, sem desviar os meus. Passados alguns segundos de tensão, ele baixou os olhos e colocou sua mão branca e bem cuidada sobre meu ombro:

— Vá repousar, meu filho. Creio que basta por hoje. Mas antes de dormir queira rezar a Deus, pedindo-lhe forças para dominar a revolta que o devora. Se a discórdia reinar entre nós, de quem depende a sorte de tantos inocentes, mais doloroso será cumprirmos as ordens de nossos Superiores.

Sem mais palavra, acompanhou-me até a porta e desejou-me boa noite. O Padre Palácios também retirou-se ao mesmo tempo e, sem coragem de trocar impressões, recolhemo-nos de imediato a nossas celas.

CAPÍTULO II

Fechada a porta da cela às minhas costas, as forças que a revolta acumulara dentro de mim esvaíram-se por completo. Sentei-me à beira do catre, com a cabeça apoiada nas mãos, e fiquei a olhar o braseiro que um menino do Cotiguaçu levava ao anoitecer a todos os quartos e que avermelhava o contorno dos móveis com sua luz mortiça.

Depois de alguns minutos de meditação, levantei-me, coloquei uma pesada capa sobre os ombros e saí para o pomar. A noite de inverno era clareada de quando em vez pela lua cheia, que forçava passagem sob pesadas nuvens. Não necessitava de outra luz para guiar-me, pois conhecia muito bem o caminho que levava ao hospital, passando por detrás do cemitério. Puxei o largo capuz sobre a cabeça para proteger-me do frio cortante e enveredei em passo decidido até o ângulo leste da praça.

Há muito o sino já havia dado o toque de recolher, após o qual ninguém mais era visto nas ruas. Os guaranis tinham o hábito de dormir bem cedo, postando somente algumas sentinelas, rendidas de duas em duas horas, a vigiar as principais entradas da cidade.

Atravessei a praça a passo rápido, em direção ao edifício do Cabildo. Como esperava, na terceira janela do lado esquerdo filtrava-se uma résthea de luz. Bati, levemente, à janela com os nós dos dedos enrijecidos de frio, e ouvi a voz de Sepé, que perguntava:

– Quem é? Houve alguma coisa?

As sentinelas somente procuravam o Corregedor durante a noite em caso de incêndio ou alguma grave alteração da ordem, aliás raríssima, e, portanto, Sepé não demorou a abrir a janela, mostrando grande surpresa ao ver-me:

– Padre Miguel! Tem algum doente grave?

– Não. Nada. Abra logo a porta, que estou morrendo de frio.

Sepé fechou a janela e, saindo ao corredor com uma vela na mão, abriu-me a porta lateral do edifício que dava acesso a seu gabinete de trabalho. Seu quarto, de paredes brancas completamente nuas, ficava contíguo ao gabinete e foi para lá que nos dirigimos, em busca do calor do braseiro. Depois de me retirar a capa dos ombros e colocá-la sobre seu catre, ele puxou duas cadeiras para junto das brasas e convidou-me a sentar.

O inusitado de minha visita refletia-se apenas no olhar interrogativo que me fixou logo que ficamos frente a frente.

– Desculpa vir incomodar-te a estas horas – comecei, escolhendo as palavras. – Mas acabo de tomar conhecimento de fatos tão graves que não consegui esperar o amanhecer para dividirmos a carga.

– Não foi nada, eu ainda estava a ler. Que fatos são esses? Comunicou-os o Padre Balda?

– Sim e não – respondi, tirando do bolso a carta de Cattaneo. – Lê primeiro esta carta e logo saberás.

Sepé tomou das folhas de papel e percorreu-as sem levantar os olhos uma única vez. Seu perfil, recortado pela luz da vela, tinha a mesma beleza máscula do cacique que um dia morrera em meus braços. Talvez nenhum outro observador, senão eu que o conhecia desde menino, poderia perceber a emoção terrível que a leitura lhe transmitia. Concluída esta, levantou os olhos para mim e disse com voz que buscava aparentar calma:

– Inútil que as Cortes Europeias escrevam tratados que não serão obedecidos. Haja o que houver, nós não abandonaremos a terra dos nossos avós.

– Não é esse o pensamento do Padre Balda nem dos nossos superiores em Buenos Aires e Japeju...

– Nenhum deles tem o umbigo enterrado na banda oriental do Uruguai. Se abandonarmos nossas terras aos portugueses, estaremos traindo a memória dos Santos Padres que aqui foram martirizados, desprezando as igrejas que construímos com nossas mãos e transmitindo uma herança de covardia aos nossos descendentes.

– Mas o que vamos fazer? Se nos recusarmos a aceitar os termos do tratado, estaremos sozinhos contra as duas maiores potências do continente e nem mesmo poderemos contar com o apoio da Companhia de Jesus.

Sepé retirou da testa a vincha de couro, que costumava usar para prender os cabelos enquanto lia ou cavalgava, levantou-se, deu alguns passos pelo quarto e voltou a sentar-se diante de mim:

– De minha parte a decisão já está tomada. Não quero ainda esquentar meu sangue pensando no como seria injusta e degradante a aceitação dos termos desse tal Tratado de Madrid. De qualquer forma, como Corregedor ou simples cidadão de São Miguel Arcanjo, levantarei a minha voz e a minha lança contra qualquer pessoa que pactuar com um ato de tanta baixeza. Arengarei os povos de toda a Confederação e os porei em armas contra qualquer invasor, seja português ou espanhol, que ousar atravessar as nossas fronteiras.

Um calafrio percorreu-me a espinha ao lembrar as recomendações do Padre Strobel de que se deveria evitar, a todo custo, que a população das reduções fosse alarmada. Ao procurar Sepé naquela noite, havia seguido as instruções do Padre Balda de apenas prevenir os índios de toda a confiança. Sua reação imediata, tão firme e decidida, mostrava-me o erro irreparável que cometera. Por outro lado, como eu conseguiria manter escondido tal segredo do homem com quem mais privava e em mim depositava uma confiança cega?

Sepé pareceu adivinhar meus pensamentos:

— Não tinha autorização do Padre Balda para relatar-me esses fatos, Padre Miguel? Foi por isso que veio ver-me durante a noite?

— Tinha sim — apressei-me em responder. — Ele vai prevenir todos os padres dos Sete Povos e os índios de maior confiança.

— Espero que esses índios de maior confiança não sejam os que estariam dispostos a calar e trair nosso povo — disse Sepé com um acento de cólera na voz.

— Não sei. Não sei mais nada. Esta noite parece que tudo se desmorona em torno de mim.

Minhas palavras de desânimo fizeram com que ele mudasse de imediato sua atitude hostil:

— Perdoe-me a maneira rude com que falei — disse ele com brandura na voz. — A culpa não é sua de ser o arauto de tão terrível notícia. Prometo que nada farei sem antes preveni-lo e pedir seu conselho. Infelizmente, não nutro a mesma confiança no Padre Balda. Amanhã cedo irei ter com ele e veremos de que lado da balança ele se coloca. Se é um verdadeiro missionário, não pode estar de acordo com os nossos inimigos...

— Não. Tenho certeza que não. Ele obedece a ordens e é tudo. Seu coração está conosco.

— Assim espero, para o bem dele e de todos nós. Em nenhum lugar das Sagradas Escrituras se ensina a trair um irmão, mesmo para obedecer às ordens do pai... Agora vou levá-lo até sua cela, com sua permissão. Deve tentar dormir um pouco antes do amanhecer.

— Não é preciso. Está muito frio.
— Meu sangue está quente demais. O frio me fará bem.

Pouco depois, saímos juntos para a praça e insensivelmente nos detivemos diante da Catedral, que parecia ainda mais bela e imponente sob a luz da lua. Sepé apertou meu braço e disse-me como em segredo:

— Se o Rei de Espanha estivesse aqui conosco, duvido que aceitasse entregar esta obra-prima aos portugueses. Antes de ser Rei, um homem deveria conhecer seus domínios como sua própria casa e seu povo como sua família... Não. Não é possível nem mesmo imaginar uma deserção tão covarde.

No dia seguinte, logo após a missa, Sepé convidou o Padre Balda, a mim e o Padre Palácios para uma reunião privada no Cabildo. Instalados que fomos nas poltronas de couro rústico de seu gabinete, o Corregedor manteve-se de pé junto a sua mesa de trabalho e entrou diretamente no assunto, como era seu costume:

— Senhor Padre Cura, por intermédio do Padre Miguel tomei conhecimento, ontem à noite, das más notícias que nos vêm da Corte. Diante de fatos de tanta gravidade, acredito seja necessária uma tomada de posição imediata para salvaguardar os direitos e propriedades da comunidade que me elegeu para este cargo. Peço-lhe, assim, a gentileza de pôr-me a par das instruções dos nossos Superiores, que, naturalmente, defenderão, a todo custo, a terra e os neófitos que libertaram das matas e da ignorância.

O Padre Balda fulminou-me com um olhar que me fez baixar a cabeça. Quando consegui fitá-lo, ele passava a mão pela cabeleira branca, em sinal de evidente nervosismo.

— Creio que o Padre Miguel agiu com precipitação ao levar-lhe a notícia ainda ontem à noite. De qualquer forma, eu próprio estava decidido a fazê-lo o mais breve possível, mas despindo-a das emoções particulares, que somente tornarão a realidade mais difícil de enfrentar.

— Concorda, no entanto, que é-nos impossível desvincular o coração de qualquer pensamento numa situação desta natureza – disse-lhe Sepé, enfrentando seu olhar, mas mantendo calma a voz.

— De fato. De fato, concordo que os termos desse tratado são por demais desumanos para com seu povo, mas afora a luta diplomática que estamos travando na Europa, não vejo outra coisa que se possa fazer.

Sepé apontou para um velho mosquete colgado à parede fronteira às poltronas e disse em tom pausado:

— Desde a batalha de Mbororé, os irmãos jesuítas nos ensinaram a usar armas de fogo para defender nosso território e salvar nossas mulheres e filhos da escravidão e da luxúria dos bandeirantes.

O Cura levantou-se como impulsionado por uma mola e vociferou:

— Isso nunca! No passado a luta era contra um bando de escravagistas que agiam à sombra da lei. Hoje nós teríamos de lutar contra minha própria Pátria e também contra tropas portuguesas regulares. Não esqueça que sua Majestade a Rainha Católica nasceu em Portugal. Se tivermos a veleidade de reagir contra as ordens das Cortes, a própria sobrevivência da Companhia de Jesus estará em jogo. Os franco-maçons receberiam nossas cabeças numa bandeja, como Herodes recebeu a de São João Batista. Se necessário, eu queimarei com minhas próprias mãos esse mosquete e todas as armas desta redução antes de ser cometido esse suicídio!

Olhei para Sepé, convencido de que a violenta reação do navarrês iria desencadear uma disputa irreparável. Para minha surpresa, ele se manteve impassível, dizendo ao Padre Balda:

— Acalme-se, Senhor Cura. Faça o favor de sentar-se e manter a dignidade de seu ministério. Eu sou o Corregedor desta redução e mereço o respeito devido às gentes que represento.

Balda empalideceu e olhou para a porta como se fosse retirar-se. Compreendendo, no entanto, que romper ostensivamente com Sepé seria uma loucura, ele voltou a sentar-se, respirando com dificuldade. Rígidos em nossos lugares, Diogo Palácios e eu mantínhamo-nos como simples espectadores desse confronto de temperamentos desacostumados a ceder.

— Não foi minha intenção ofendê-lo — disse Balda após alguns instantes de pesado silêncio. — Sou um disciplinado soldado da Companhia de Jesus e devo cumprir, à risca, as instruções que recebi em Buenos Aires.

— E quais são essas instruções? — Perguntou Sepé com leve traço de ironia na voz.

— Procurar manter a calma e a ordem nos Sete Povos, apelando para a fé dos que acreditam na Justiça Divina. Rezar para que os nossos Superiores consigam uma vitória diplomática nas Cortes Europeias, mas, ao mesmo tempo, tomar todas as providências iniciais para a mudança das reduções atingidas pelo tratado. Trago comigo um mapa com os locais escolhidos para o caso de termos de efetuar a mudança. Se quiser, posso mostrá-lo.

Sepé assentiu com um leve movimento de cabeça, e logo o mapa estava aberto sobre sua mesa de trabalho. Após examinar, rapidamente, os pontos marcados a oeste do Uruguai e ao norte do Queguai, ele sacudiu a cabeça tristemente e correu o indicador pela área que deveria ser abandonada.

– Sabe o Senhor Cura que neste território vivem quarenta mil guaranis e em nossas fazendas mantemos quase dois milhões de cabeças de gado? Já imaginou o que representaria arrancar dos seus lares toda essa gente e caçar pelos matos todo o nosso gado para levá-lo a lugares onde não terão pasto suficiente para comer? Deixaríamos mais de metade dos nossos animais para os portugueses e devoraríamos os restantes antes que as novas terras estivessem preparadas para produzir o sustento de nosso povo.

– Eu sei. Eu sei que vai ser difícil, mas...

– Não vai ser difícil, Senhor Padre Cura, porque não será necessário fazê-lo. Nenhum homem de vergonha sairá destas terras sem derramar seu sangue para defender nossos direitos.

Sentindo que nada mais conseguiriam senão um rompimento definitivo, resolvi interferir:

– Espero que medite sobre a difícil posição do Padre Balda, meu filho. Vamos tentar entender-nos antes que seja tarde e a notícia estoure como pólvora pelas reduções.

– Estou de acordo com o Padre Miguel – disse Diogo no mesmo tom conciliatório. – De minha parte estou disposto a fazer qualquer coisa para evitar um derramamento de sangue.

Sepé colocou as duas mãos sobre a mesa e fitou-nos por um momento:

– Estou de acordo em contemporizar qualquer atitude e mesmo guardar silêncio por algum tempo, mas com uma única condição: o Senhor Cura deve escrever imediatamente a Japeju e Buenos Aires, solicitando autorização para que eu e Nicolau Nhenguiru sejamos recebidos pelo Padre Strobel o mais brevemente possível.

– Nicolau Nhenguiru vive na margem direita do Uruguai. A contenda não atinge seu Povo – disse o Padre Balda com irritação.

– Discordo que essa contenda não seja de toda a Confederação. No entanto, para evitar maiores discussões, aceito substituir Nhenguiru pelo Padre Miguel.

O navarrês pensou um pouco e, após consultar-me com um olhar, disse ao Corregedor:

– Se é para manter a paz nas reduções pelo maior tempo possível, aceito sua proposta. Hoje mesmo escreverei a carta pedindo autorização para vossa viagem a Buenos Aires. Quanto à resposta, não posso responsabilizar-me.

Sepé olhou-o com altivez:

– Seja convincente, Senhor Padre Cura. Da habilidade de sua pena dependerá talvez a vida de muitos inocentes.

CAPÍTULO III

Mais de um ano se passou sem que nos chegasse a autorização para a viagem a Buenos Aires. O motivo principal foi a morte, em Lisboa, de Dom João V, uns escassos seis meses após a assinatura do Tratado de Madrid. Na resposta à primeira carta do Padre Balda, o Provincial nos aconselhava esperar alguns meses para conhecer-se a atitude do novo monarca português, Dom José I, em relação ao tratado. Alexandre de Gusmão tombara em desgraça na nova Corte lisboeta. O prestígio da Rainha Católica também declinara muito em Madrid após a morte de seu pai. Tudo levava a crer que a luta diplomática, liderada por nosso Geral, Padre Inácio Visconti, culminaria em breve com a vitória de nossa causa.

Por duas vezes Sepé Tiaraju foi reeleito Corregedor de São Miguel. A vida nos Sete Povos mantinha seu ritmo normal e, afora Sepé, nenhum guarani tomara conhecimento do temporal que se mantinha suspenso sobre nossas cabeças.

Fomos, assim, tomados de surpresa quando, em fins de abril de 1752, o Padre Balda recebeu uma carta que atiçou novamente o fogo que dormia sob as cinzas. Era uma comunicação do Padre Provincial de que chegaria a Buenos Aires no próximo mês de julho o Padre Luiz Lope Altamirano, com plenos poderes sobre todos os jesuítas da América do Sul, para auxiliar a pôr em execução o Tratado de Madrid. Altamirano, cujos poderes emanavam do próprio Geral da Companhia, viria acompanhando o peruano Dom Gaspar de Munive, Marquês de Valdelírios, nomeado pelo Rei Católico como Chefe dos Comissários Espanhóis de Demarcação de Limites. Pelos portugueses, igual posto fora confiado ao General Gomes Freire de Andrada, Governador do Rio de Janeiro.

Era o fim de todas as esperanças cultivadas nos últimos meses de silêncio. Dali em diante, as decisões seriam tomadas pelos dois Comissários, no próprio território atingido pelo tratado. Seu primeiro encontro deveria dar-se ainda aquele ano, junto ao monte de Castilhos Grande, onde seria colocado o primeiro marco dos novos limites coloniais de Portugal e Espanha.

No último parágrafo da longa carta, Strobel solicitava ao Cura de São Miguel que tentasse dissuadir o Corregedor de viajar a Buenos Aires e somente concordasse com tal propósito se esta fosse a única saída para evitar um levante imediato dos guaranis.

Posto a par dos termos da missiva, Sepé manteve-se irredutível:

– Partirei para Buenos Aires um mês antes da data prevista para a chegada do Padre Altamirano. Se necessário, irei até o Governador Andonaegui e ao tal Marquês de Valdelírios. Antes que iniciem a demarcação dos limites, devem saber pela minha voz que estaremos alertas na fronteira de nosso território. Nenhum soldado, português ou espanhol, pisará sem luta nas Missões Orientais.

Foi assim que em princípios de junho de 1752, numa manhã em que o vento Minuano levantava a geada dos campos de São Miguel, partimos para a longa e penosa viagem. Nosso plano era seguir a cavalo diretamente a Japeju, de onde tomaríamos uma jangada para descer o Uruguai até o Rio da Prata. Dali, seria fácil pagar a travessia do estuário numa das muitas barcaças que transportavam lenha para o porto de Buenos Aires.

Nas primeiras trinta léguas de percurso, deixamos para a direita as reduções de São Lourenço e São Borja, para evitar perguntas embaraçosas sobre o motivo de nossa viagem. Dormíamos ao relento, cobertos com nossos ponchos de lã e mantendo o fogo aceso para afugentar os pumas e jaguares. Oito guaranis formavam a pequena escolta e todos montávamos cavalos escolhidos, capazes de andar facilmente oito e mesmo dez léguas por dia. Na manhã do quinto dia de marcha batida, chegamos às barrancas do rio Uruguai.

A segunda etapa da viagem foi vencida em pouco mais de três semanas. O Uruguai estava com seu nível máximo de água, o que nos facilitou a passagem das corredeiras. O único perigo eram os troncos que desciam à flor das águas barrentas em grande velocidade. Por duas vezes estivemos a ponto de ser postos a pique por eles, quando tentamos viajar durante a noite.

Sepé tinha pressa de chegar a seu destino. Desacostumado ao ócio, pagaiava lado a lado com os remadores durante a maior parte do dia. Logo ao entardecer, amarrada a jangada à margem do rio, ele penetrava nas matas em busca de caça para nosso sustento. Levávamos boa provisão de charque e farinha de milho, mas nunca nos faltou carne fresca para o jantar. Os peixes, ao contrário, eram difíceis de apanhar nas águas escuras daquela época de enchente. Somente três dias antes de chegarmos à foz do Uruguai, apanhamos no anzol de espera que se deixava à noite iscado com as vísceras da caça abatida um surubi de quase oitenta libras que veio melhorar consideravelmente o nosso cardápio.

Chegados à vista do estuário, deixamos a jangada ancorada a meia milha da foz do Uruguai, recomendando aos remadores que não se afastassem muito do local até nossa volta, prevista para dali a uma semana. Seguimos depois pela margem, até o pequeno embarcadouro que eu sabia existir a uma milha de distância.

À nossa frente, estava o famoso rio de trinta milhas de largura, chamado primitivamente Mar de Solis, em homenagem a Juan Díaz de Solis, que o descobrira em 1512. Eu já o atravessara uma vez quando de minha chegada às Missões com Cattaneo, há cerca de vinte anos. Para Sepé, porém, que não conhecia o mar, aquela imensa massa de águas barrentas causou profunda impressão:

— Veja, Padre Miguel, por mais que force a vista, não consigo enxergar a outra margem. Por lá deve estar Buenos Aires, não é? Disse ele apontando um pouco para o sul.

— Deve estar mais ou menos nessa direção. No meio daquelas grandes nuvens lá no fundo.

— Então vamos tratar de conseguir um barco para atravessar esse rio gigante. Deus do Céu! Por mais que se devorem livros e livros, não se consegue nunca imaginar direito como são as coisas...

Sepé levava às costas uma sacola de couro de capivara com apenas o indispensável para passarmos alguns dias na cidade. Deixara também suas armas na jangada, com exceção de uma pistola de dois canos que trazia habitualmente enfiada na larga faixa de lã enrolada na cintura. Por muita insistência minha, ele calçava botas de montaria, mas não parava de reclamar:

— Estas botas vão me deixar coxo antes de chegar a Buenos Aires. Um homem que vai clamar pela liberdade de seu povo não tem nem mesmo o direito de ter livres os pés.

— Essa gente que vem das Cortes — respondi sorrindo — iria gostar muito de ver um Corregedor de pés descalços e embarrados. Daqui em diante, não podemos viver à maneira democrática de nossas reduções. Para os que estão do outro lado do Rio da Prata, boas roupas e muito dinheiro é a única coisa que sabem respeitar.

— Então não vão nos respeitar coisa nenhuma. Estamos muito malvestidos.

— Mas temos moedas de ouro e prata para renovar nosso guarda-roupa antes da entrevista. Vá treinando para caminhar com essas botas, que na terra aonde vamos o vaqueano sou eu.

Assim conversando, fomos caminhando pela margem do rio até um tosco embarcadouro, onde duas balsas estavam sendo carregadas com grandes achas de lenha. Logo que nos viram saindo do fundo da clareira, todos os homens pararam de trabalhar e vieram a nosso encontro.

Em poucos instantes, estávamos cercados por duas dúzias de guenoas maltrapilhos, cheirando a urina e aguardente, que nos olhavam com curiosidade. Um latagão mestiço, vestindo uma larga capa de abas jogadas sobre os ombros e com um gorro de pele enfiado até as orelhas, abriu passagem empurrando os índios com o cabo de um grande machado que trazia na mão direita.

— Louvado seja Nosso Senhor Jesus Cristo — disse ele em castelhano, enquanto retirava o gorro da cabeça.

— Para sempre seja louvado — respondi.

— Está chegando das Missões, padre? Posso ser-lhe útil em alguma coisa?

— Meu amigo e eu temos negócios a tratar em Buenos Aires. É o senhor o proprietário desses barcos? Poderia levar-nos consigo?

O mestiço olhou Sepé atentamente e deu um assobio de admiração:

— Até botas ele usa! Nunca tinha visto um dos vossos índios domesticados. Que figura imponente!

Ferido pela ironia, Sepé deu um passo à frente e o mestiço segurou o machado com ambas as mãos. Por instantes ficaram a defrontar-se, os olhos nos olhos, até que o latagão baixasse o machado, soltando uma gargalhada nervosa:

— Desculpe, moço, enganei-me — e virando-se para mim: — De fato, ele não é nada domesticado.

— Temos dinheiro para pagar o transporte — disse-lhe Sepé em excelente castelhano. — Se está disposto a levar-nos, diga logo, senão seguiremos nosso caminho.

— Calma, rapaz! Pode guardar suas pepitas de ouro. Em homenagem ao Reverendo Cura aqui presente, vou levá-los a Buenos Aires pelo prazer da companhia.

Depois piscou-me um olho e apontou o indicador para cima:

— Talvez isso me abra um dia uma janelinha no Céu. Meu nome é Juan Villalba, para que o não esqueça em suas orações.

Os índios, sujos e maltrapilhos, mantinham-se à nossa volta sem dizer palavra. Colocando o machado sobre o ombro, o hercúleo Juan deu um empurrão no mais próximo:

— Agora voltem ao trabalho, seus porcos imundos! Temos de atravessar o rio antes que caia o nevoeiro da tarde. Sente-se por aí, padre. Dentro de uma hora estaremos prontos.

Sentamo-nos num monte de lenha empilhada a poucos passos do embarcadouro e ficamos a ver os índios carregando os barcos, sob os impropérios do mestiço.

— Meu Deus — disse Sepé, apertando meu braço. — A que ponto de degradação chegaram esses guenoas! E pensar que seus irmãos de Japeju e São Borja vivem livres e altivos como nós de São Miguel.

— Isso ainda não é nada, meu filho. Vá educando seus olhos para ver muita miséria. Fora das nossas reduções, todos os índios da América não passam de bestas de carga.

— Que Deus me perdoe, Padre Miguel, mas a vontade que tenho é de jogar esse Juan Villalba dentro do rio com machado e tudo.

— Se é essa sua disposição de espírito — disse-lhe com seriedade —, o melhor é voltarmos daqui mesmo e esquecer a entrevista em Buenos Aires.

— Não se preocupe. Saberei manter a calma. Se quiser, posso até entregar-lhe minha pistola.

— Para mim não serviria de nada — respondi-lhe sorrindo —; sou incapaz de acertar numa anta a três passos de distância.

— Não mataria o tapir de qualquer maneira... Se dependesse do senhor, só comeríamos milho com laranjas... E por falar nisso, vamos comer alguma coisa antes da travessia. Vou juntar uns gravetos e assar uma posta de surubi.

— Acho melhor não comeres nada. Olha só as ondas que o vento está levantando. Essas barcas vão corcovear como potros quando chegarmos ao meio do rio.

De fato, Sepé enjoou durante quase todo o percurso e por várias vezes vomitou por cima da amurada da balsa-guia, em cuja popa fomos alojados. Juan Villalba manejava o leme com habilidade, entrando em diagonal nas ondas e berrando com seus auxiliares para manterem a grande vela latina em posição favorável às manobras. O vento estalava os panos da vela e respingos de espuma batiam no meu rosto quando me virava para olhar a segunda balsa amarrada fortemente à nossa por cordas de couro trançado.

— Parece que seu amigo perdeu toda a valentia — gritou-me o mestiço numa gargalhada. O Senhor Cura, ao contrário, está à vontade nessa tormenta, como se estivesse em sua própria igreja.

— Velejei muito quando moço — respondi com uma ponta de orgulho.
— Fui grumete em dois veleiros antes de vestir a batina.

Sua resposta quase se perdeu com o rugir do vento:
— Está a se ver, Senhor Cura. Está a se ver...

Poucas horas depois, o vento amainou e avistamos a cidade de Buenos Aires na linha do horizonte. Sepé melhorara do enjoo e sentou-se a meu lado já com nova disposição:

— Como é grande a cidade! Deve ter muitas igrejas e palácios. Aquele lá é o Forte de que me falou?

— É sim. E atrás do Forte dá para ver a torre do Cabildo e a Catedral à direita. Aquelas torres à esquerda devem ser da Igreja de São Francisco. A outra igreja mais acima, à direita, não sei qual é. Devem ter construído muito nos últimos anos...

— E esses barcos todos? Por que estão ancorados tão longe da costa?

Desta vez quem respondeu foi Juan Villalba:

— Daqui em diante só passam as chatas e os barcos de pequeno calado. O rio não tem mais de duas varas de fundura, e isso nos pontos marcados pelas boias. Está vendo aquele casco abandonado, lá bem a estibordo? É a lembrança que nos deixou o último capitão metido a sabido que passou por aqui. Ei! Vocês da proa! Vamos arriar a vela e usar os remos! Borrachos imundos... Da próxima vez vou diminuir a ração de aguardente.

Penetramos pelo Riachuelo, indo aportar junto ao cais atulhado de pequenas barcas. Um cheiro nauseabundo de peixe podre, lodo e alcatrão penetrou-nos pelas narinas. Saltamos em terra, agradecemos a Juan Villalba e seguimos em meio à confusão do porto em direção à Praça Mayor.

— Não se esqueça de rezar por mim, senhor Cura! — gritou o mestiço à guisa de adeus. — Pecados não confesso mais, senão iríamos apodrecer juntos no confessionário! E controle o gênio do seu amigo índio, senão é bem capaz do senhor voltar sozinho para as Missões!

Sepé sorriu tristemente e sacudiu a cabeça em sinal de dúvida. Eram umas quatro horas da tarde. Patinando no barro esbranquiçado, atravessamos um descampado até o ângulo sul do Forte, que formava como a ponta de uma estrela murada. Dali desembocamos na Praça Mayor, passando antes em frente à Igreja de São Francisco, que impressionava por suas colunas barrocas, idealizadas por João Batista Prímoli. À nossa frente, o edifício do Cabildo exibia sua magra torre e seu frontispício de arcadas ogivais. Devíamos atravessar a praça para chegar ao Colégio dos Jesuítas, que ficava duas quadras atrás e à esquerda do Cabildo.

Buenos Aires deveria contar, por essa época, uns quinze a vinte mil habitantes, chamados *porteños* por viverem junto ao único porto da região. Sua extensão era de vinte e duas quadras de norte a sul e vinte de leste a oeste, cada uma com cento e quarenta varas de quadrado. As ruas eram retas e bem traçadas e quase todas as casas baixas e esparramadas. A maioria delas era feita de tijolos crus e coberta de palha. Só as mais ricas eram caiadas e cobertas de telhas. Espessa fumaça saía dos pátios das habitações mais pobres, onde era comum queimarem-se cardos para economizar lenha. A lenha em achas era muito cara, porque tinha de ser transportada das matas do Paraná e do Uruguai.

No meio da Praça Mayor, Sepé segurou-me o braço e estacamos um momento ante a balbúrdia dos vendedores e o colorido das roupas de homens e mulheres que regateavam as compras. Pisava-se por toda parte no lodo misturado à urina e esterco de animais. Montanhas de laranjas e limões eram descarregadas no passeio público e também pisoteadas pelos transeuntes.

Um carro leve, puxado por dois magníficos cavalos negros, parou a nosso lado. No banco traseiro, duas raparigas vestidas e penteadas à maneira de Sevilha riam e cochichavam, enquanto o cocheiro estalava o látego para pedir caminho. Sepé ficou a olhá-las, boquiaberto, o que foi notado por uma delas, que o mostrou à outra com a ponta de uma sombrinha rendada. Pouco adiante, uma grande carreta estava atolada até os eixos e um grupo de índios imundos jogava quartos inteiros de carne sobre a lama, para aliviar-lhe o peso. Por todos os lados os vendedores apregoavam suas mercadorias:

— *Gallinas y corderos por dos reales!*
— *Ocho perdices por un real!*
— *Mire, señor Cura, llévese este pavo gordo por cuatro reales...*

Um mendigo veio coxeando até nós e estendeu a mão trêmula a pedir esmola. Procurei nos bolsos uma moeda e dei-a ao pedinte. Logo surgiram mais três ou quatro esmoleiros, que me assediaram sob o olhar horrorizado

de Sepé. Dei-lhes as moedas de cobre que tinha nos bolsos e saímos logo da praça, pela rua lateral do Cabildo.
– Como podem existir mendigos no meio de tanta fartura? – disse-me Sepé quando passamos diante do calabouço. – E olhe essa pobre gente espichando as mãos por entre as grades! Pedem esmola até das janelas da cadeia!
– Numa cidade colonial não existe Cotiguaçu nem Tupã-baé, meu filho. A comida que sobra é jogada aos porcos e tudo funciona na base de compra e venda. Só o dinheiro tem importância para toda essa gente.
– Deus me livre de viver numa cidade assim! É inacreditável! Mulheres vestidas de seda e rendas andando de coche no meio de mendigos... Carne jogada no chão como lixo e gente pedindo comida pelas grades da prisão... Não. Seguramente os colonos espanhóis não devem ser melhores do que os portugueses...
Diante do Colégio dos Jesuítas, topamos com uma figura conhecida. Saindo do portal em seu passo rápido, o Irmão Domingos Zípoli reconheceu-me e veio a meu encontro com as duas mãos estendidas:
– Padre Miguel! Que alegria revê-lo! Que bons ventos o trazem por estas bandas?
– Vim acompanhar o Corregedor de São Miguel, que tem negócios a tratar com o Provincial. E o senhor como está, Irmão?
– Velho. Velho demais.
Sepé adiantou-se um passo:
– Lembra-se de mim, Irmão Domingos?
– Não. Sinto muito mas não lembro. As crianças que ensinei a tocar alaúde, a cantar e a dançar, nesses últimos trinta anos, quase nunca esquecem a carranca do professor. Eu, ao contrário...
– É José Tiaraju – interferi para tirá-lo do embaraço. – Foi porta-bandeira no desfile da primeira missa da Catedral de São Miguel...
– Sim. Sim. Claro. O seu indiozinho adotivo. Lembro-me bem agora. Ficou um homem alto e forte. Eu, ao contrário, a cada dia mais me pareço com uma passa de figo.
Tive de controlar-me para não rir, tão bem a comparação refletia a realidade. Buscando um derivativo, perguntei-lhe:
– Sabe se está aqui o Padre Strobel?
– Deve estar. Perguntem ao Irmão Secretário na segunda porta à direita do corredor principal. Sinto não poder acompanhá-los. Tenho de preparar o coral para a recepção ao Padre Altamirano.

— Ele já chegou? — Perguntou-lhe Sepé.
— Não. Felizmente ainda não. Os meninos ainda não estão preparados... Mas deve chegar a qualquer momento. Bem, até logo. Vejo-os depois.

Já íamos entrando no Colégio quando ele voltou no seu passo miúdo e segredou-me:
— Já soube da morte do Irmão Prímoli?
— Não. Que lástima! Um homem genial como ele... Quando morreu?
— No fim do ano passado. Em Roma. Bem, agora tenho de ir mesmo. Não deixem de procurar-me para cearmos juntos.

Abatido com a notícia da morte do arquiteto com que convivera durante quatro anos e que admirava profundamente, tomei o braço de Sepé e entrei no largo corredor do Colégio, pensando no dia em que João Batista chegara a São Miguel, montado numa mula castanha e trazendo os planos e o entusiasmo para a construção da sua obra-prima.

Entardecia. No pátio interno do Colégio, um grupo de noviços caminhava pelo jardim, aproveitando os últimos raios de sol. Um velho jesuíta jogava milho aos pombos, sentado num banco de pedra junto à fonte central. Sem saber exatamente por que, se por João Batista Prímoli, se pela poesia do ambiente que me levava de volta à adolescência, senti os olhos turvados de emoção.

CAPÍTULO IV

Naquela primeira noite em Buenos Aires, fomos alojados em duas celas da ala dos noviços. Jantamos com o Irmão Domingos numa das grandes mesas do refeitório, respondendo as perguntas que nos faziam os moços sobre a vida nas reduções. Sepé despertava curiosidade e admiração à sua volta pelo nível de cultura que possuía. Não vimos naquela noite o Padre Strobel. Fora convocado ao Forte pelo Governador, o qual seguramente o retivera para a ceia.

Recolhemo-nos cedo e já estava eu quase a dormir quando escutei um tiro de canhão que me fez saltar da cama e correr à porta. Sepé também já estava no umbral da sua.

– O que houve? – Perguntei a um velho Irmão que passava.

– Houve o quê? – Contestou-me ele.

– O tiro de canhão. Não ouviu?

O velhote colocou as mãos na cintura e caiu na gargalhada, mostrando alguns tocos de dentes enegrecidos.

– É o canhão do Forte que está a dar as oito horas. Podem voltar a dormir que ele fica calado até amanhã cedo.

Sepé olhou para mim e sacudiu a cabeça:

– Decididamente esta é uma cidade complicada. Gastar pólvora para dar as horas, com tantos sinos por aí.

E, desejando-me boa noite, entrou na cela e fechou a porta às suas costas.

No dia seguinte, pelas nove horas da manhã, fomos recebidos pelo Provincial em seu gabinete de trabalho. Era uma peça ampla e bem iluminada, com duas paredes cobertas por estantes atulhadas de livros. Um bom fogo crepitava na lareira à esquerda da grande escrivaninha de mogno. Uma alta janela com vitrais deixava ver a chuva que caía em fortes rajadas.

Matias Strobel, homem de meia-idade, pequeno e calvo, veio sorrindo ao nosso encontro e apertou-nos as mãos:

— Estou muito feliz em recebê-los. Deixem-me apresentar-lhes o Padre Bernardo.

— Padre Bernardo — disse ele a um ancião de aspecto distinto que se levantara para cumprimentar-nos —, tenho o prazer de apresentar-lhe o Padre Miguel e o cacique Tiaraju, da Redução de São Miguel Arcanjo.

Bernardo Nusdorffer era natural da Baviera e tinha sido Reitor, Superior do Paraná e Provincial das Missões por muitos anos. Foi-me um prazer encontrá-lo, pois já o conhecia bastante de nome e o admirava pelo amor que dedicava aos guaranis.

Sentamo-nos perto do fogo, e o Padre Strobel perguntou-nos:

— Estão bem alojados? Sinto muito não tê-los recebido ainda ontem, mas o Governador ficou a planejar comigo a recepção ao Marquês de Valdelírios. Como escrevi ao Padre Balda, parece-nos que chegam de Lima ainda esta semana.

— Senhor Provincial — disse-lhe Sepé, fitando-o nos olhos e entrando diretamente no assunto, como era seu costume. — Agradeço-lhe a graça de ter-nos permitido vir importuná-lo, mas não nos restava alternativa ante a situação criada pelo Tratado de Madrid. Se viemos de tão longe foi para dizer-lhe o quanto esse tratado é injusto para com meu povo, que tanto sangue já derramou pelo Rei de Espanha.

Strobel respirou fundo e passou a mão pela calva:

— Há pouco estava eu a dizer ao Padre Bernardo o quanto essa horrível barganha nos fere e desanima. Infelizmente, no momento, não temos nada a fazer senão esperar pelo Padre Altamirano e pelo Marquês de Valdelírios. Como escrevi ao Padre Balda, parece-nos que agora a situação é irreversível.

— Lamento dizer-lhe que Altamirano não deve esperar a menor cooperação de nossa parte — disse Sepé com voz tranquila.

— Como assim? Não esqueça que as reduções estão submetidas à Coroa de Espanha e devemos obediência ao Rei Católico.

— Ninguém pode servir a dois Senhores, porque há de odiar um e amar o outro — respondeu Sepé, citando uma passagem das Escrituras.

O Provincial olhou-o com admiração, no que foi secundado pelo Padre Bernardo.

— E qual o Senhor que escolheste, meu filho? — Perguntou-lhe este, fitando-o com seus olhos claros cercados por rugas profundas.

— Entre Deus e o Rei, a qual Senhor havia de escolher? Pois se o Rei é o pai de seus súditos, por que ao pedir-lhe pão nos dá uma pedra e ao pedir-lhe peixe nos dá uma serpente?

— *Nolite solicite esse in crastinum* — não vos preocupeis pelo dia de amanhã. – disse-lhe Strobel com severidade. – Se tão profunda é tua fé, deves deixar tudo nas mãos de Nosso Senhor. Não pensa também assim, Padre Miguel?

— Estou pronto a curvar-me perante as ordens de meus Superiores – respondi-lhe com humildade. – O que não acredito é que os quarenta mil guaranis dos Sete Povos aceitem a situação da mesma maneira. Foram educados livres e aprenderam por nós em muitas gerações a acreditar no Bem e na Justiça.

— Viverão livres também nas novas terras que lhes destinamos. Quais as medidas que já foram tomadas para a mudança?

— Nenhuma – respondi-lhe, baixando a cabeça. – Afora o Corregedor aqui presente, nenhum índio das Missões foi informado desse fato lamentável.

Strobel levantou-se e jogou uma acha de lenha no fogo morrente. Na janela, ao lado da lareira, a chuva batia nos vitrais a cada rajada de vento. Por momentos ficamos todos em silêncio, mergulhados nas próprias meditações.

— Falemos francamente – disse o Provincial, voltando a sentar-se e dirigindo-se a Sepé. – O que pretendem fazer para impedir a mudança? Pegar em armas? Derramar sangue cristão?

— Já o derramamos muitas vezes em nome del Rei. Se necessário, para proteger nossas cidades e estâncias, lutaremos outra vez, como fizeram nossos pais e nossos avós – respondeu-lhe Sepé com simplicidade.

— Mas não compreendes que será uma loucura? Dentro de poucos meses as tropas de Valdelírios e Gomes Freire estarão juntas para fazer cumprir o tratado. Resistir a elas será desencadear uma guerra suicida. Assumirás a responsabilidade de levar teu povo à morte e as sete reduções à destruição?

— Não cabe a mim decidir o que fará meu povo. Mas tenho certeza que nenhum guarani se dobrará sem luta à invasão de nosso território. Com sua permissão, é isso que pretendo dizer a Altamirano.

Strobel olhou para Bernardo e sacudiu a cabeça em sinal de desânimo. Depois levantou-se e disse-nos com delicadeza:

— Bem, creio que o melhor é esperarmos a comitiva do Marquês para saber quais os planos que trazem. Não tenho ilusões sobre a determinação das Cortes em fazer cumprir o tratado. Em todo o caso, tereis a minha vênia para entrevistar-vos com Altamirano. Talvez consigamos mais tempo para a mudança... Queiram agora desculpar-me. Os afazeres me chamam. Logo à noite, terei grande prazer em cear convosco.

Despedimo-nos e saímos da sala em direção ao portal do Colégio. A chuva parara, e resolvemos caminhar um pouco para tentar acalmar os nervos. Sepé estava num estado lamentável após a entrevista.

– O Padre Altamirano também não entenderá. Estou pregando num deserto. Parece que ninguém quer dar-se conta de que os espanhóis e portugueses não esperam outra coisa senão uma demonstração de covardia de nossa parte para tomar nossas terras e transformar-nos em sombras de homens como o são os guenoas de Juan Villalba. Se cedermos uma vez, eles inventarão outros tratados e acabarão por destruir uma a uma todas as reduções. Se não sustentarmos agora os alicerces, todo o edifício da Confederação virá abaixo em poucos anos.

– E o pior é que não podemos fazer nada...

– Eu posso e farei – respondeu-me Sepé, enquanto desembocávamos na Praça Mayor.

A chuva havia transformado a praça num pântano malcheiroso. Os vendedores tinham deixado a área alagada, mas continuavam a mercadejar sob as arcadas à direita do Cabildo. Decidimos visitar a igreja de São Francisco para orar pela alma de João Batista Prímoli. Ao chegarmos na rua dos fundos da igreja, tivemos de esperar um pouco para atravessá-la sobre uma prancha de madeira jogada no lamaçal.

Chegada a nossa vez, Sepé subiu na ponte improvisada seguido por mim. Quando estávamos no meio do caminho, surgiu do outro lado um oficial em vistoso uniforme, acompanhado de alguns soldados.

– Podem ir recuando para o outro lado, que temos pressa – berrou-nos o militar.

Sepé estacou no meio da prancha e respondeu no mesmo tom:

– Se não me respeita, deve ao menos respeitar o Santo Padre que está comigo. Afaste-se um pouco que logo terá livre seu caminho.

– Sou capitão da guarda do Governador e tenho prioridade ao passo a qualquer capelão maltrapilho. Suma-se da minha frente, seu índio asqueroso, senão o farei açoitar pelos meus soldados.

Assim falando, o capitão caminhou pela prancha e chegou a apenas um passo de nós. Antes que eu pudesse ensaiar um gesto para detê-lo, Sepé avançou para o oficial e esbofeteou-o no rosto. O capitão tentou tirar a espada da bainha, enquanto os soldados entravam no lodaçal para socorrê-lo. Sepé foi mais rápido e, segurando-o pela cintura, levantou-o sobre a cabeça e jogou-o no meio da rua.

— Matem-no — gritou o capitão aos soldados que nos cercavam de todos os lados. — Duzentos reais para quem abrir a barriga desse miserável. Não! Não o matem! Eu mesmo quero despedaçá-lo e enfiar suas postas de carne podre em espeques pelas esquinas...

Trêmulo de medo, segurei o braço de Sepé, que empunhava a pistola engatilhada e apontada para a cabeça do oficial.

— Não reaja. Deixe que o prendam — implorei-lhe. — Depois ainda poderemos salvá-lo... Se matar o capitão, tudo estará perdido.

Uma multidão se apinhara de ambos os lados da rua. Os soldados mantinham os mosquetes apontados e o capitão, coberto de lama e com a espada na mão, não tirava os olhos da pistola prestes a estourar-lhe os miolos. Olhando para ele, disse-lhe com voz firme:

— Se prometer que lhe dará um julgamento justo, farei com que se entregue sem luta. Este homem é Alferes Real da cidade de São Miguel e aqui está sob a proteção do Padre Provincial e do Governador.

— Pois que ele baixe a pistola — gritou-me o capitão —; depois veremos. Não é da honra de um oficial de Espanha matar um homem desarmado.

Atendendo a meu pedido, Sepé deixou cair a pistola e cruzou os braços. Em poucos minutos, os soldados o amarraram solidamente e o levaram aos empurrões em direção ao Forte. Com eles seguiu o capitão coberto de lama até os cabelos, enquanto eu corria ao Colégio para prevenir o Padre Strobel.

Chegado à antecâmara do Provincial, minha aparência devia trair completamente os sentimentos que me devoravam, pois o Irmão Secretário fez uma careta ao ver-me:

— Deus do Céu! O que houve? O senhor está branco como cera...

— Pelo amor de Deus, deixe-me ver logo o Padre Strobel. Aconteceu uma catástrofe. Rápido, por favor!

O Irmão passou rapidamente à sala contígua e logo voltou, convidando-me a entrar. De um só fôlego, relatei o acontecimento ao Padre Strobel, que me olhava com expressão severa.

— Sente-se, Padre Miguel — disse-me ele quando concluí. — Vou mandar trazer-lhe um copo de água.

— Não. Não é preciso. Temos que agir com a maior presteza. A estas horas aquele capitão já poderá ter...

— O senhor ficará aqui até a minha volta. Vou imediatamente ao Forte falar com o Governador. A culpa é minha de ter permitido a vinda desse jovem fanático a Buenos Aires. Espero que ainda seja tempo de salvá-lo.

— A culpa não foi dele. O capitão o provocou e também a mim. Ele somente...

— Está bem. Está bem. Fique calmo, que eu trarei de volta seu pupilo. Dom Juan de Andonaegui é um homem justo e leal. Se a culpa foi do capitão, saberá fazer-nos justiça.

Durante mais de duas horas, esperei a volta do Provincial sem arredar pé de sua sala. A cada ruído de carruagem na rua fronteira, corria à janela e voltava a sentar-me junto ao fogo, que não conseguia aquecer meu corpo gelado. Finalmente retornou o Padre Strobel, mas a expressão de seu rosto não era nada promissora:

— Sinto muito — disse-me ele jogando a capa e o chapéu sobre uma poltrona. — Todos os meus esforços foram inúteis. Andonaegui, que Deus o perdoe, ficou do lado do Capitão Gutierrez, que é seu chefe da guarda pessoal. Tiaraju está preso numa masmorra do Forte e será enforcado amanhã ao amanhecer.

— Enforcado? Assim tão depressa e sem julgamento? Não é possível! Irei jogar-me aos pés do Governador e suplicar-lhe pela vida do menino. Se necessário irei...

— Custou-me muito obter o perdão para sua própria pessoa — disse-me Strobel colocando a mão no meu ombro. — O Governador não o receberá em hipótese nenhuma. É um homem muito teimoso. Tenho certeza que não recuará depois da decisão tomada.

— Mas já pensou o que acontecerá quando os guaranis souberem desse assassinato? Nicolau Nhenguiru é como um pai para Sepé. Ele levantará os índios em armas e...

— Fiz ver ao Governador que deveria poupar Tiaraju para evitar um levante quando da demarcação. Ele pensa, ao contrário, que a morte do Corregedor será um exemplo para qualquer dos nossos índios que pensar em tocar num soldado espanhol. Agora só nos resta rezar por um milagre. Pedi ao confessor de Andonaegui, um franciscano, para que tentasse, ainda uma vez, convencê-lo a somente fazer chicotear o jovem em praça pública.

Temos ainda um fio de esperança. Peço-lhe recolher-se a sua cela e nada fazer sem consultar-me.

De volta a minha cela, estive prestes a deixar-me dominar pelo desespero. Tudo aquilo parecia ser mais um dos pesadelos que me assaltavam desde a morte do gigante tatuado. Reagi, porém, à comodidade do sofrimento e resolvi ir até o Governador sem pedir o consentimento do Provincial.

Caminhando como um sonâmbulo, atravessei as ruas apinhadas de gente até o Forte, em cuja ponte levadiça dois guardas barraram-me o passo. De nada adiantou suplicar-lhes que me deixassem ver Andonaegui. Todas as minhas palavras esbarravam contra a realidade das lanças cruzadas no meu caminho.

Desesperado, resolvi voltar ao Colégio e pedir nova audiência ao Padre Strobel. Caminhava de cabeça baixa, esbarrando nos passantes, quando uma mão segurou-me pelo ombro:

– Por duzentos milhões de caramujos! Pensei que iria morrer de velho sem ver o meu Michael vestido de padre!

Reconhecendo a voz que parecia brotar do fundo do passado, voltei-me e me vi frente a frente com Ben Ami, que ria com os olhos cheios de lágrimas.

– Não é possível... – gaguejei. – Deus quis dar-me tão grande alegria no meio desta desgraça.

– Pois graças sejam dadas a Ele ou a seu primo Netuno, que assoprou as velas de meu navio para este porto imundo – disse o timoneiro apertando-me nos braços.

Tomado de grande emoção, coloquei a cabeça no seu ombro e deixei as lágrimas correrem livres pelo rosto.

– O que houve, Michael? Não estás chorando deste jeito só por me encontrar... Falaste numa desgraça... Vamos para a sala dos fundos ali da taverna. Aqui tem gente demais nos olhando.

Acompanhei-o, docilmente, até o salão enfumaçado e cheirando à bebida azeda da taverna de *Los Marinos*. Arrastando a perna de pau, que lhe dava, com o conjunto das roupas e os cabelos presos num lenço escarlate, a aparência de um legítimo corsário, Ben Ami abriu-me caminho até uma saleta dos fundos. Ali chegados, o velho pediu duas porções de rum ao taverneiro, que nos olhava de boca aberta. De fato, não deveria ser comum ver-se um padre naquele local e em tal companhia.

– Despache-se, seu molusco – disse-lhe Ben Ami em castelhano. – E não deixe entrar ninguém aqui, senão eu desmancho outra vez esta ratoeira antes de beber o último caneco de rum.

Enquanto o taverneiro saía da sala, sentamo-nos em duas cadeiras forradas de palha, junto a uma mesa de madeira tosca, toda marcada de entalhes de faca. Da cozinha, que limitava com a saleta, vinha-nos um cheiro enjoativo de peixe frito.

– Bem – disse o timoneiro com um sorriso que lhe mostrou os dentes pequenos e amarelados com apenas uma ou outra falha – não esperava ter a sorte de vê-lo antes de ir encontrar minha velha perna no fundo do mar. Com que idade estás, Michael?

– Quarenta e oito anos e alguns meses... Estás me achando muito velho?

– Claro que estou. Mas pior sou eu, que já beiro os oitenta. Mas ninguém sabe disso. Minto para todos os capitães que me engajam que tenho sessenta e cinco; se não ficaria sem emprego. Mas vamos lá. Aí está o rum. Bebamos à saúde de nosso encontro!

Molhei os lábios na bebida, enquanto Ben Ami emborcava seu caneco de um só trago. Era incrível como o tempo alterara pouco aquela constituição de ferro. Fiquei a olhá-lo com admiração e carinho, lembrando da primeira vez que o vira com um lampião aceso na mão a procurar-me pelo cais de Amsterdã com o Dr. van Bruegel.

– Bom rum este! – Disse o velho passando as costas da mão sobre os lábios e arrotando satisfeito. – Depois da briga da última primavera, esse taverneiro ladrão aprendeu a me respeitar. Bem, agora vamos aos fatos. Tenho milhões de perguntas a te fazer, mas vou engolir a língua até que me contes o que está se passando. Estás com uma cara de enterro, que Deus me livre. Fala. Sou todo ouvidos.

Em rápidas palavras, contei-lhe o que se passara pela manhã, dando-lhe depois uma ideia do que Sepé Tiaraju representava para mim que o criara e educara como um filho. Finalizei dizendo que todas as esperanças de anistia estavam baldadas e não consegui segurar as lágrimas que me queimavam os olhos.

O timoneiro ficou uns momentos em profunda meditação e depois disse, batendo com a mão direita sobre a mesa:

– Não é a primeira vez que ouço falar nesse Capitão Gutierrez. É o carrasco do Governador. Mas não te preocupes! Vamos retirar o teu índio das garras dessa fera nem que seja preciso amotinar toda a marujada do porto.

— Mas como iremos fazê-lo? Ele está preso numa masmorra do Forte. Necessitaríamos de um exército para tirá-lo de lá. Ah! Se as Missões não fossem tão longe! Nhenguiru jogaria dois mil índios sobre esses soldados prepotentes...

— Não será preciso atacar coisa nenhuma. Tenho uma ideia que me parece viável. Escuta. Na primavera passada, salvei da morte certa um velho andaluz que estava sendo moído a pancadas por um grupo de salteadores. Ele se chama Quevedo e é armeiro do Governador. Sua oficina e alojamento ficam dentro do Forte, estás compreendendo? Se conseguirmos convencê-lo a ser nosso Cavalo de Troia, tiraremos Tiaraju da masmorra sem disparar um só tiro. Espera aqui. Vou ver se algum dos meus marujos está sóbrio para mandá-lo chamar Quevedo em meu nome. Se ele vier, é porque não esqueceu o favor que me deve.

Ben Ami saiu para o salão da taverna e voltou poucos minutos depois:

— Bem — disse ele esfregando as mãos. — Já mandei Jacques procurar o armeiro. Agora só nos resta esperar.

Um raio de esperança filtrava-se no meu coração. Durante a próxima hora fiquei a escutar as histórias de Ben Ami sobre as viagens que fizera desde o dia em que nos separamos no porto de Callao. Deu-me também notícias de meus pais e minha irmã Heidi, que visitara há dois anos em Amsterdã. Minha mãe me escrevia de vez em quando e eu sabia que Heidi casara e tinha um filho, a quem dera o meu nome. Muito diferente era conhecer os detalhes que nenhuma carta poderia dar. O passado enterrado no fundo da minha alma foi emergindo nas palavras coloridas do velho timoneiro. Tão absortos estávamos a conversar, que mal nos demos conta quando dois homens entraram no reservado.

— *Mui buenas noches, Señor Ben Ami* — disse o mais velho deles, estendendo a mão e sorrindo.

— Mestre Quevedo, que prazer encontrá-lo com saúde! Deixe-me apresentar-lhe o Padre Michael. Venha sentar-se conosco — e virando-se para o marinheiro que trouxera o espanhol: — Podes voltar para teu rum, meu bravo Jacques. Mas não bebas demasiado, que ainda esta noite vamos exercitar os músculos.

— Vamos quebrar outra vez a taverna?

— Não. Não. Desta vez a coisa vai ser muito mais perigosa e divertida.

Apertei a mão do armeiro, que era um homem retaco, aparentando sesssenta anos bem-vividos. Seus cabelos, grisalhos e crespos, uniam-se a uma barba ainda quase negra aparada a três dedos do queixo. Dois olhos castanhos de esclerótica amarelada e um grande nariz meio achatado davam-lhe um aspecto severo que somente o sorriso atenuava.

– Recebi seu recado e tratei de vir imediatamente – disse ele, recusando com um gesto o caneco de rum que lhe oferecia o timoneiro. – Não, obrigado. Não posso beber. Abusei demais na juventude.

– Pois eu vou aproveitando o fim da juventude – retrucou-lhe Ben Ami com uma gargalhada.

Por momentos, conversamos banalidades. Notando que eu me mexia nervosamente na cadeira, Ben Ami entrou no assunto, relatando os fatos ao armeiro e perguntando-lhe, diretamente, se poderíamos contar com seu auxílio para libertar Sepé.

Quevedo coçou a barba e pensou um pouco antes de responder:

– Nunca esquecerei que lhe devo a vida, senhor Ben Ami. Já por essa razão estaria pronto a morrer a seu lado. Acontece que tenho também contas particulares a ajustar com o Capitão Gutierrez. Ainda trago nas costas as marcas das chicotadas que mandou me aplicar por ter-lhe dito uma vez a verdade sobre suas arbitrariedades. Já sabia da história do índio e devo-lhe minha simpatia pelo ridículo que fez passar a Gutierrez. Diga-me quais são seus planos, e veremos o que posso fazer.

Ben Ami apertou a mão do armeiro e logo lhe perguntou:

– Sabe onde é a masmorra onde está preso o guarani?

– Claro. Fica à direita da entrada principal do Forte, entre a capela e a sala da guarda.

– Capela... Entre sua oficina e a capela, qual é mais ou menos a distância?

– Teremos de atravessar um grande pátio interno, limitado ao sul pelo prédio da tesouraria e ao norte pelos aposentos do Governador. Diretamente até a capela não deve ter mais de duzentos passos.

– É bem guardado esse pátio?

– Não habitualmente. A ronda principal se faz do outro lado, da tesouraria, e sobre as muralhas que dão para o rio. Ninguém espera que o inimigo chegue por dentro do Forte...

– Evidente. Foi essa a perdição dos troianos...

– De quem?

— Nada. Nada. Estava só pensando. Bem, agora só me resta fazer-lhe a pergunta principal: pode fazer-nos entrar e sair do Forte sem que sejamos percebidos pela Guarda?

— Até minha oficina posso levá-los, passando por uma pequena porta dos fundos dos armazéns subterrâneos. Trago a chave sempre comigo para alguma emergência. Mas como pensa tirar o índio da masmorra?

— Levando-lhe o padre para confessá-lo. Se conseguirmos dominar o carcereiro sem fazer ruído, com um pouco de sorte sairemos sem ser percebidos.

O plano era arriscado demais, mas não nos restava outra alternativa. Saindo, novamente, ao salão da taverna, Ben Ami chamou quatro marujos e trouxe-os para junto de nós, expondo-lhes a situação em poucas palavras. Eram todos homens de sua inteira confiança e aceitaram, de imediato, participar da aventura.

— Jacques — disse Ben Ami ao jovem francês que trouxera Quevedo. — Tu virás conosco, pois és o que melhor maneja a faca. Armas de fogo só usaremos em caso de absoluto desespero. Os demais ficarão no porto com um dos escaleres prontos para levar-nos até o navio. Se o rio estiver calmo, iremos no próprio escaler até a foz do Uruguai. Não esqueçam, por isso, de pôr uma vela e um mastro no escaler e também água e provisões para dois dias. Se o tempo piorar, roubarei o navio por algumas horas.

— Não gostaria que te metesses numa encrenca com teu capitão por nossa causa. Eu e Sepé poderemos levar sozinhos o escaler até o outro lado do rio.

— Bravo, Michael! Nem saímos desta taverna imunda e já estás com o teu guarani no meio do rio. E se caírem numa calmaria? Olha aqui, meu querido amigo, estamos todos sentados no mesmo barril de pólvora. Ou salvamos Sepé Tiaraju ou seremos todos enforcados com ele ao amanhecer... Agora chega de conversa. Já está ficando tarde e precisamos agir com presteza.

CAPÍTULO V

Saindo da taverna de *Los Marinos*, caminhamos até o ângulo sul do Forte, onde nos separamos em dois grupos. Quevedo, Ben Ami, Jacques e eu seguimos colados à muralha em direção à porta de acesso aos armazéns subterrâneos. Os outros três marujos desceram a colina até o porto para cumprirem as instruções do timoneiro.

A noite estava muito fria e uma densa neblina começava a embaciar as poucas luzes que restavam acesas nas casas e tavernas. Quevedo liderava o nosso grupo, procurando fazer-nos passar despercebidos pelos guardas que caminhavam sobre as muralhas. O Forte era cercado por um fosso que servia de esgoto e depósito de lixo. Caminhávamos com água cloacal até os joelhos, procurando fazer o menor ruído possível. A cada passo, um odor pestilento de fezes humanas emanava do lodo remexido.

Chegados à face da muralha que confrontava o rio, nosso caminho foi facilitado por estar desse lado o fosso quase seco. Poucos passos adiante, Quevedo estacou em frente de um copado arbusto atrás do qual estava oculta uma portinhola de ferro. Com uma chave que trazia presa a um cordel em volta do pescoço, abriu a portinhola, que gemeu nos gonzos enferrujados. Um cheiro de mofo entrou-nos pelas narinas. No interior do subterrâneo a escuridão era completa.

— Vamos entrar de mãos dadas — sussurrou-nos o armeiro antes de passar pela porta. — O depósito está abandonado há muito tempo, mas algum de vocês poderá tropeçar nos baús jogados por aí.

Passamos para o interior do subterrâneo e Quevedo fechou a portinhola às nossas costas. Depois tomou a dianteira, puxando a corrente humana no meio da escuridão.

Eu seguia entre Ben Ami e Jacques, segurando a mão calosa do timoneiro e a mão ossuda e úmida do francês. Meus pés estavam gelados e o coração batia como se fosse saltar do peito. O subterrâneo estava infestado de ratazanas, que chiavam e corriam para todos os lados, como podíamos perceber pelo brilho dos olhinhos que nos fitavam e desapareciam como pequenos vaga-lumes.

Depois de alguns minutos intermináveis, subimos uma escada de pedra e saímos por um alçapão ao piso superior. O armeiro mandou-nos esperar um pouco e ouvimos seus passos, que se afastavam. Por um momento, a dúvida sobre a fidelidade de Quevedo fez-me gelar o sangue nas veias. E se ele tivesse ido prevenir a Guarda? Afinal de contas, ele era também espanhol e nós outros estrangeiros.

Envergonhei-me logo de tais pensamentos, ao ver a luz que surgia no extremo do corredor onde nos encontrávamos.

– Venham comigo – disse-nos Quevedo em voz baixa. – Não há ninguém por perto.

Guiados pela luz, que me reacendera a coragem, passamos por uma grande porta de batentes de ferro e entramos na oficina do armeiro. No meio da sala de altas paredes, a grande forja ainda exibia um braseiro morrente. Por todos os lados, uma profusão de ferraria, armas desmontadas, espadas e pontas de lança.

– Muito bem – disse Ben Ami, caminhando até a forja para aquecer as mãos. – Agora vamos tratar de chegar ao calabouço. De que lado ele fica?

Quevedo abriu uma janela e mostrou-nos um edifício baixo do outro lado do pátio deserto.

– O calabouço fica lá, ao lado da capela. Está vendo a pequena torre um pouco à esquerda?

– Sim. Percebo muito bem, mas gostaria que a neblina estivesse mais forte. Fica algum guarda diante do calabouço?

– Hoje certamente sim. Mas não podemos vê-lo, porque a porta de entrada está do outro lado do pátio, no corredor de acesso à ponte levadiça.

Ben Ami colocou a mão no ombro do armeiro e disse-lhe:

– Mestre Quevedo, por aqui fica encerrada sua missão. Vou amarrá-lo para que não seja preso como nosso cúmplice. Nunca esquecerei sua coragem e dedicação.

– Mas... E se forem surpreendidos? Se tiverem que correr? Com essa perna o senhor não poderá... Deixe-me ajudá-lo até o fim.

Ben Ami sorriu e bateu na perna de pau com a mão espalmada:

– Minha perna adotiva pode correr tão bem quanto a outra. E ademais, nossa única esperança é conseguir sair do mesmo modo que entramos. Pegue aquela corda, Jacques, e amarre o nosso amigo na bigorna grande. Amordace-o depois com um lenço e rasgue-lhe um pouco as roupas, para dar a impressão de que foi dominado à força.

Poucos minutos depois, atravessávamos o pátio interno do Forte em direção ao calabouço. A neblina deixava perceber apenas uma ou outra luz nos aposentos do Governador. Chegados ao ângulo da capela, espiamos pela estreita passagem e recuamos ao ver um guarda apoiado à parede fronteira à masmorra.

– Agora é contigo – sussurrou-me Ben Ami. – Deves dar um jeito para que ele fique um momento de costas para nós.

Meus pés se recusavam a sair do lugar. Quase empurrado por Ben Ami, o coração aos pulos dentro do peito, enveredei pelo corredor lajeado em direção à sentinela:

– Quem vem lá? – Perguntou o guarda endireitando o corpo e segurando a lança apontada para mim.

– Calma, meu filho – Respondi-lhe, procurando dar um acento natural à voz que tremia. – Venho trazer consolo ao prisioneiro que será enforcado ao amanhecer.

– Tenho ordens do capitão para não deixar ninguém chegar perto do calabouço – retrucou-me o espanhol, dando um passo em minha direção.

– O Capitão Gutierrez estará aqui dentro de alguns minutos. Queira abrir-me a porta da capela, que necessito paramentar-me para dar os santos óleos ao condenado.

Resmungando qualquer coisa ininteligível, o guarda encostou a lança na parede e acompanhou-me até a porta da capela. Quando estava a procurar a chave para abri-la, Ben Ami esgueirou-se às suas costas e deu-lhe um tremendo murro no lado da cabeça.

– *Que pasó, hombre?* – Escutamos dizer uma voz do alto da muralha.

– *Nada. Nada. Maté un ratón* – Respondeu Ben Ami, protegido pela sombra que nos ocultava.

– *Bichos de mierda...* – Resmungou o soldado, afastando-se para os lados da tesouraria.

O timoneiro respirou fundo e todos ficamos estáticos por alguns momentos. Quando não se percebeu mais o ruído dos passos do ronda, Ben Ami abriu a porta da capela, e com a ajuda de Jacques arrastou o guarda para dentro.

– Rápido – disse ele ao francês. – Amarre e amordace o soldado e depois vista sua capa e seu elmo. Ficará de guarda enquanto vamos buscar o índio.

— Não será melhor calá-lo de uma vez? — Perguntou o francês levando a mão à faca.

— Não. Nada de mortes inúteis. Vamos logo, Michael.

Depois de algumas tentativas, achamos a chave certa e entramos pelo corredor da masmorra. Graças a uma lamparina presa à parede, localizamos Sepé logo na primeira cela. O pobre rapaz jazia a um canto sobre um monte de palha apodrecida. Suas costas nuas estavam lanhadas de estrias de sangue coagulado. Tivemos que sacudi-lo várias vezes até que abrisse os olhos.

— Padre Miguel — balbuciou o infeliz, tentando erguer-se. — O que está fazendo aqui? Como conseguiu...

— Vamos rápido — disse Ben Ami, tirando sua capa e cobrindo os ombros de Sepé. — Não temos tempo para explicações. Pode ficar de pé?

— Creio que sim. Quem é o senhor?

— O anjo bom. Agora vamos logo. Sustente-o de um lado, Michael. Assim. Faça força para caminhar. Se não puder, teremos de carregá-lo.

Com grande dificuldade, arrastamos o pobre Sepé até a porta da masmorra. Meus olhos se enchiam de lágrimas ao ver o estado lastimável em que o deixaram. Chegados ao lado de fora, ele se encostou à parede e disse num sussurro:

— Deixem-me respirar um pouco e logo poderei caminhar.

— Não há tempo a perder — retrucou Ben Ami, fazendo sinal a Jacques para tomar a dianteira. — Apoie-se em nós e vamos dar o fora.

Atravessamos o pátio protegidos pela neblina, que se fizera completamente densa, e ganhamos a sala do armeiro, que nos olhava por sobre a mordaça que lhe cobria o rosto.

— Adeus, Mestre Quevedo — disse-lhe Ben Ami, tomando da lamparina e abrindo a porta para o corredor. — Até aqui tudo bem. Que Jeová lhe dê longa vida.

Descemos ao subterrâneo, já com Sepé caminhando quase sem apoio. A luz da lamparina revelou-nos as enormes ratazanas que fugiam e a pequena porta de ferro que se abria para o fosso. Lá chegados, Ben Ami apagou a lâmpada, abriu a portinhola e saímos pela noite nevoenta em direção ao porto.

Os três marinheiros esperavam no local combinado, com o escaler já pronto para a partida. Jacques jogou o elmo e a lança dentro d'água e acomodou a capa no fundo do barco, num leito improvisado para Sepé. Logo depois, remando com pouco ruído, saímos do Riachuelo em direção aos navios ancorados a seis milhas da costa. Quando deixamos de avistar as luzes de Buenos Aires, Ben Ami deu uma gargalhada que soou estranhamente no silêncio da noite:

— Conseguimos, Michael! Pelas tripas de todos os demônios, conseguimos roubar o teu índio das barbas do Capitão Gutierrez. Agora chega de remar! Vamos içar a vela e embicar diretamente para o outro lado do rio. Alguém teve a ideia de trazer um pouco de rum? Tenho mais sede do que um camelo.

— Quem é esse homem? — Perguntou Sepé, tentando erguer-se. — Por que se arriscou tanto para salvar-me?

— Fique quieto e descanse. Ele se chama Ben Ami e é o melhor homem do mundo.

Sepé acomodou-se outra vez no fundo do barco, e eu fiquei a acariciar-lhe os cabelos até que ele caísse no sono. Impulsionado por uma brisa leve, mas constante, o escaler ganhava impulso em direção ao rio Uruguai e à liberdade.

Quando eu estava também quase a dormir, ouvi nitidamente um tiro de canhão que me fez estremecer e colocou os marujos em alvoroço.

— Acharam a sentinela — disse Ben Ami com naturalidade. — Agora vão farejar por toda parte como lobos famintos. Mas fiquem tranquilos. O guarda só viu o padre, e padres em geral são procurados nas igrejas e não no meio do rio.

— *Le soldat n'ouvrira pas la bouche* — rosnou o francês lá do seu canto.

— O quê? Mataste aquele infeliz? — Berrou-lhe Ben Ami com cólera na voz.

— Abri-lhe a garganta de orelha a orelha. Ele acordou quando lhe tirava o elmo...

— Mas para que, Jacques? Para quê? Bastava dar-lhe outra pancada na cabeça.

— Ele acordaria de novo. Esses espanhóis têm a cabeça dura demais.

Uma horrível ânsia de vômito subiu-me pela garganta. Senti a cabeça latejar, sabendo ser eu o culpado daquele assassinato brutal dentro de uma igreja. Ben Ami não podia ver o meu rosto, mas adivinhando os sentimentos que me assaltavam, chegou-se a mim e disse-me com bondade:

— Sei o que deves estar sentindo, meu bom Michael. Um plano corajoso e bem executado ficará para sempre manchado de sangue. Mas lembra-

-te que eles iam enforcar o guarani e de como o torturaram. Como se lê no Velho Testamento: olho por olho, dent...

— A culpa é toda minha — interrompi-o. — Foi pela minha mão que Jacques matou o homem. Se eu soubesse disso, teria ficado lá para ser enforcado no lugar de Sepé.

— E Sepé teria ficado contigo e eu também... Tenho de voltar ao leme. Numa noite como esta só meu nariz de sabujo nos levará à terra. Tenta dormir e não absorvas os pecados do mundo.

Esmagado ao peso de tantas emoções, deixei-me ficar remoendo o remorso até que perdi a noção das coisas. Não recordo mais nada daquela noite terrível até o momento em que Ben Ami me despertou. Ainda estava escuro, mas um leve clarão iluminava o nascente.

— O que houve? — Perguntei num sobressalto.

— Já estou a ver as luzes da Colônia do Sacramento. Despertam cedo esses portugueses... Onde está a jangada que vos trouxe até a foz do Uruguai?

— A mais ou menos meia milha rio acima — respondi, sentindo a cabeça pesada e um gosto amargo na boca.

— Como está Tiaraju?

— Estou bem — respondeu Sepé. — Já venho desperto há algum tempo.

— Então vamos deixá-los perto da barra e voltar logo ao navio. Quando o dia clarear, os espanhóis vão dar busca por toda parte. Não quero arriscar mais a vida desses marujos.

Molhei a cabeça e o rosto com água do rio e senti-me melhor. Sepé não tirava os olhos das luzes da colônia portuguesa, talvez pensando estar ali a causa de todas as nossas vicissitudes. Já estava dia claro quando o escaler encalhou na areia da praia.

Enquanto os marujos nos acenavam em despedida, saltamos em terra acompanhados apenas de Ben Ami. O timoneiro estendeu a Sepé uma malha de lã e uma pistola que tirara da cinta:

— Vista isto, que está muito frio. A pistola está carregada, mas, infelizmente, meu polvorinho está encharcado.

— Não sei como lhe agradecer e a todos os seus homens pelo que fizeram — disse-lhe Sepé, apertando-lhe a mão.

— Não agradeça. Cuide bem desse padre e leve-o são e salvo até as Missões.

— Assim o farei.

Ben Ami abraçou-me e beijou-me na testa, enquanto as lágrimas ardiam nos meus olhos cansados.

— Eu gostaria... Eu teria ainda tantas coisas para...

— Adeus, Michael. Devem ganhar terreno enquanto é tempo. Detesto despedidas. Ainda vamos nos encontrar em algum outro porto deste mundo doido.

E voltando-nos as costas, caminhou até o escaler, gritando para os marujos:

— Todos apostos! Agora vamos dar força aos remos como se o garfo do demônio nos espetasse o rabo!

Não iria vê-lo nunca mais. Meses mais tarde, contou-me o Padre Bernardo a tragédia que ocorrera a Ben Ami e seus homens ainda naquela manhã. Quevedo, torturado por Gutierrez, fora obrigado a delatar os autores do rapto de Sepé. Quando o timoneiro e seus marujos chegaram ao navio, tudo lhes parecia calmo. Ao subirem ao tombadilho deserto, surgiram soldados de todas as direções, e o próprio Capitão Gutierrez deu-lhes voz de prisão. Recusando entregar-se, lutaram como tigres e foram mortos um a um a tiros de mosquete.

Não, meu bom Padre Bernardo! Não acredito numa só de suas palavras. Eu sei que o senhor é um santo homem. Sei que nunca mentiu. Mas não acredito que Ben Ami esteja morto. O que me ligava a ele? O cordão umbilical do amor que Jesus Cristo pregou entre os homens. Foi ele que me ensinou a ser justo e honesto e abriu-me os olhos para as belezas da vida. Até hoje, quando olho para um céu estrelado, recordo das noites no Gravenhagen, quando Ben Ami me contava histórias de reis, filósofos e piratas. Quando a lua tirava reflexos de prata das águas tranquilas e o velho marujo segurava o timão como se embalasse uma criança. Não, Padre Bernardo! Não me conte mais nada, que meus ouvidos estão surdos à morte e à desgraça. Não quero imaginar o sangue saindo em golfadas por aquela boca que só sabia rir e pilheriar para os homens e suas misérias. Deixe-me só, meu bom amigo. Enquanto Deus Todo-Poderoso mantiver acesa a chama da minha vida, Ben Ami também não morrerá.

CAPÍTULO VI

Estava sem comer há mais de vinte e quatro horas. Minha batina imunda e rasgada em vários pontos. As botinas em petição de miséria. Mas era um homem feliz. Olhava Sepé caminhando à minha frente, estranhamente vestido com um calção esfarrapado e uma malha de marinheiro e pensava que a estas horas ele deveria estar balançando na forca do Forte de Buenos Aires. Algumas vezes, meu pensamento se fixava no soldado degolado pelo francês e sentia opressão no peito. Mas tão egoísta é a natureza humana, que procurava iludir-me pensando que talvez ele não estivesse morto.

A realidade do momento era a balsa ancorada à margem do rio, o alvoroço dos guaranis com a nossa chegada, as ervas que colhi para preparar um emplastro para as feridas de Sepé e a missa que rezei em plena jangada, agradecendo a Deus pela reconquista da liberdade.

A balsa vencia caminho rio acima, impulsionada pelas pagaias, que fendiam a água em ritmo lento e firme. Sepé dormia de bruços sob o abrigo de folhas de palmeira, e eu olhava a natureza selvagem à nossa volta como um pássaro que retornasse ao ninho.

Durante quatro semanas subimos o curso do Uruguai, maravilhoso caudal de águas barrentas que nos levava de volta às Missões Orientais. As feridas de Sepé cicatrizavam, mas não o seu coração envenenado pelo ódio a todo homem branco que não fosse jesuíta. Procurava acalmá-lo de todas as maneiras e acabamos concordando em seguir diretamente para Conceição, a fim de prevenir Nhenguiru e buscar seu conselho.

Chegados próximos ao embarcadouro que servia ao Povo de Conceição, entramos com a jangada pela foz de um pequeno arroio e enviamos um emissário a buscar o Corregedor. A noite já estava cerrada quando ele apeou do cavalo suado e veio a nosso encontro com um sorriso nos lábios. Estava bem mais velho o nosso amigo. Rugas profundas lhe sulcavam o rosto de maçãs salientes, onde os olhos pequenos e móveis denotavam inteligência e personalidade.

Fiquei a admirá-lo sentado junto ao fogo, a cuia de *caami* na mão calosa, a expressão do rosto tranquila ante as notícias terríveis que Sepé lhe transmitia.

— Não entregaremos nenhum palmo de nossa terra aos portugueses — disse ele após ouvir o relato. — Se os espanhóis vierem até aqui para buscar-te, serão recebidos como meu avô recebeu os mamelucos. Concordo que esta é uma luta de toda a Confederação, mas devemos começar por prevenir os demais Corregedores dos Sete Povos e dos outros quatro que têm estâncias na margem esquerda do rio. Qualquer atitude isolada deve ser evitada agora para não enfraquecer a nossa resistência. Tu foste educado para a liderança e deves assumir logo essa responsabilidade.

— E se os espanhóis já estiverem subindo o rio à nossa procura?

Nicolau meneou a cabeça e passou a mão pelos cabelos grisalhos:

— Não acredito que os espanhóis se arrisquem a entrar nas Missões sem contar com forças suficientes para nos dar combate. Em todo caso, manterei batedores em estado de alerta, para que sejamos prevenidos em tempo. Qual acha que será a atitude dos Curas, Padre Miguel?

Olhei seu rosto iluminado pelas chamas e baixei a cabeça:

— Não sei. Devemos obediência aos nossos Superiores e caberá agora ao Padre Altamirano orientar a nossa conduta. Pessoalmente sou contrário à mudança, mas farei tudo para impedir uma luta que pode levar-nos à destruição.

— Só lutaremos se for absolutamente necessário — contestou Sepé, com a aprovação de Nhenguiru. — Talvez nossa posição intransigente leve os Comissários a tentar uma outra solução. A covardia nunca ajudou nenhum povo a sobreviver...

No outro dia, Nicolau providenciou cavalos para nós e os remadores e ajudou-nos a transportá-los na balsa para o outro lado do rio. Despedimo-nos de nosso bom amigo e partimos em marcha batida para São Miguel. Três dias depois, quando lá chegamos, a notícia do Tratado de Madrid já era do conhecimento geral.

Um índio chamado Cristóvão Paicá, sobrinho do antigo Corregedor de São Miguel e que fora feito prisioneiro há alguns anos pelos portugueses, voltara da costa com a notícia de que as tropas do General Gomes Freire marchavam do Forte Jesus Maria José para o monte de Castilhos Grande, ao encontro dos espanhóis. Lá seria plantado o primeiro marco dos novos limites e reunidos os dois exércitos para invadir as Missões.

Iniciaram-se os preparativos para a guerra iminente. Sob nossos olhos atemorizados e malgrado as prédicas do Padre Balda, que vociferava de seu púlpito pedindo obediência e calma aos guaranis, todos os homens válidos de São Miguel limpavam velhos mosquetes, afiavam pontas de lanças e flechas e ajudavam a montar canhões de taquaruçu. Emissários de Sepé chegavam e partiam, levando e trazendo mensagens entre as reduções. Já ao clarear do dia, ouviam-se toques de corneta e os lanceiros montavam a cavalo para os exercícios da manhã. Na colina fronteira ao pomar da redução, um pouco adiante da pedra que servira tantas vezes de confessionário a Sepé quando menino, uma fileira de espantalhos vestidos com velhos uniformes amarelo-escarlate servia de alvo para as cargas de cavalaria, que faziam o solo tremer.

Nos primeiros dias de outubro, recebemos uma carta de Japeju avisando-nos da chegada do Padre Altamirano àquela redução. O Superior nos prevenia de que, por ordem do Marquês de Valdelírios, nenhum guarani deveria permanecer após o fim de novembro na margem esquerda do Uruguai. Somente dois meses de prazo para uma mudança que nem em dois anos seria feita sem perdas incalculáveis.

Sepé decidiu marchar sobre Japeju e expulsar Altamirano das Missões. Corria de boca em boca que o Visitador Real era um português disfarçado de padre. A muito custo, conseguimos convencê-lo a esperar a resposta das cartas que, por iniciativa do Padre Tadeu Enis, da Redução de São Lourenço, todos os Curas dos Sete Povos escreveriam a Altamirano, protestando contra a medida.

Numa madrugada de fins de outubro, algumas horas após receber o aviso de que os índios de São Borja, atemorizados por Altamirano, já começavam a mudança para as novas terras, Sepé reuniu duzentos lanceiros e partiu a toda brida para Japeju. Fiquei a olhar a poeira vermelha que sumia no horizonte, com o coração oprimido e a certeza de que nada mais poderia evitar a guerra que começava.

Altamirano foi prevenido em tempo e fugiu às pressas para Buenos Aires, deixando o Padre Bernardo como responsável pela missão que lhe competia. Sepé Tiaraju fez retornar os borjistas à sua redução e mandou tocar fogo às cinquenta carretas enviadas de São Tomé para ajudar na mudança.

Três meses após esses acontecimentos, em fevereiro de 1753, os soldados da demarcação já estavam às margens do rio Camaquã, no limite sudeste da estância de São Miguel. Sepé reuniu seus lanceiros, incorporou voluntários chegados de São Luís e Santo Ângelo e marchou ao encontro dos demarcadores. Contou-me Miguel Javat, o Corregedor de São Luís Gonzaga, as peripécias daquele primeiro confronto.

"O Capitão Tiaraju ordenou-me ficar com o grosso das tropas nas matas vizinhas ao posto de Santa Tecla, onde o inimigo já procurara contato com os nossos. Deixaram presentes, na maioria quinquilharias inúteis, na margem do rio. Ninguém tocou naquelas coisas e ficamos de atalaia até o começo da tarde, quando um oficial espanhol surgiu na beira da clareira, seguido de muitos soldados armados de mosquetes. Ao vê-los chegar, o Capitão Tiaraju avançou à testa de oitenta de nossos lanceiros e barrou-lhes o caminho.

– Sou o Capitão Francisco de Zavala – gritou-lhe o espanhol. – Eu e meus homens estamos aqui sob a proteção dos Reis de Espanha e Portugal. Deixem o caminho livre e não sofrerão nenhum dano.

– *Co yvy oguereco yara*! Esta terra tem dono! – respondeu-lhe nosso capitão, caracolando em seu cavalo tordilho. – Estamos aqui sob a proteção de Cristo e São Miguel Arcanjo. Recuem para a outra margem do rio e voltem a dizer a seus senhores que ninguém pisará sem luta em nosso território.

Ao sinal combinado, fiz avançar nossos homens ocultos na mata e os artilheiros, com os archotes acesos, tomaram posição junto aos três canhões de taquaruçu. Tinham ordem de atirar somente se necessário. Os espanhóis sentiram que seriam esmagados e resolveram recuar, sob a gritaria infernal da nossa gente, que festejava a vitória sem sangue. Ainda ficamos uns dias por lá, até termos certeza que eles partiam de volta ao forte que construíram no *Yobi*, o Rio Pardo."

Durou pouco, porém, a euforia desse primeiro sucesso. Andonaegui mandou prevenir o Padre Strobel que viria pessoalmente às Missões, chefiando um exército capaz de dobrar qualquer resistência. Altamirano exigia obediência dos padres dos Sete Povos, estranhando nossa posição em defesa dos índios. Todos os Corregedores da margem esquerda e mais Nicolau Nhenguiru escreveram cartas ao Governador, lembrando-o de que os guaranis eram cristãos e não causaram nunca mal nem aos espanhóis nem aos portugueses sem serem provocados. Lembraram-no de que nunca tinham sido submetidos ao Rei de Espanha pelas armas e somente pelo amor ao Evangelho. Mas se a Providência dispunha que eles caíssem na luta em defesa de suas terras e igrejas, eles morreriam de bom grado junto aos seus missionários.

A resposta de Andonaegui só serviu para exaltar ainda mais os ânimos. Prometia ele uma indenização ridícula de quatro mil pesos para cada redução atingida pelo tratado. Somente a Catedral de São Miguel Arcanjo já fora avaliada em mais de um milhão de pesos...

Num domingo de julho de 1753, o Padre Balda mandou-me chamar a seu escritório e estendeu-me uma carta que acabava de receber. Diogo Palácios já ali se encontrava e notei pela palidez de seu rosto que o assunto era da maior gravidade. Tomei das laudas de papel e quase não acreditei no que lia.

– Não é possível – balbuciei. – O que ele quer de nós é por demais desumano...

– As ordens do Padre Altamirano são claras e não admitem discussão – retrucou-me o Padre Balda, cuja fisionomia pareceu-me envelhecida e doente. – Todos os padres dos Sete Povos devem fugir das reduções até o dia 15 de agosto. Sem missa, sem apoio espiritual de nossa parte, o Visitador acredita que os guaranis cederão. Leia a última página da carta.

Com as mãos tremendo, retomei a leitura e detive-me no parágrafo que nos coagia a obedecer àquela ordem absurda:

"Para este efeito, passo toda autoridade ao Padre Alonzo Fernandez, Reitor do Colégio de Buenos Aires como Vice-Comissário. O Padre Fernandez terá a faculdade de expulsar da Companhia de Jesus ou suspender das Ordens Sacras o missionário que, de qualquer forma, se opuser às instruções desta carta."

Incapaz de raciocinar ante um fato que aviltava todos os meus princípios, deixei-me ficar com a cabeça apoiada nas mãos, imaginando-me a cavalgar noite adentro, deixando para trás Sepé Tiaraju e os guaranis entregues à própria sorte. Como num sonho, ouvi as palavras do Padre Balda que me arrancaram de imediato do torpor que me invadia:

– Que Deus me perdoe, mas não vou obedecer a Altamirano. Mesmo que seja excomungado, ficarei aqui até o fim. Abandonar os guaranis neste momento será retirar-lhes o pouco de confiança que lhes resta na Justiça e na Fé.

– Não ficarás sozinho – disse-lhe Diogo Palácios, consultando-me com um olhar. – Também eu não aceitarei esta imposição insensata. E tenho certeza que é a mesma a opinião do Padre Miguel.

Balda meditou por alguns momentos e depois olhou-nos com lágrimas nos olhos:

– Não desejava arrastá-los comigo à desobediência, mas vosso apoio me fortalece a alma. Alerto-vos, porém, que de hoje em diante estamos à mercê de nossos próprios julgamentos. Vivemos toda a vida em disciplina cega e agora ficaremos ilhados dos Superiores a quem juraram obedecer. Espero que o caminho que escolhemos seja o do verdadeiro amor cristão. Que Deus tenha piedade de nós.

Uma das cartas de Altamirano foi interceptada pelos guaranis e outra arrancada das mãos do Padre Tux e rasgada pelo Corregedor de São Nicolau diante do povo aglomerado na praça da redução. Piquetes de lanceiros foram enviados a guardar as margens do rio Uruguai para impedir a fuga de qualquer de nós. Felizmente, havíamos prevenido Sepé de nossa decisão de permanecer em São Miguel e não houve nenhum abalo na Fé dos miguelistas.

Em poucos dias, o Padre Fernandez era obrigado também a fugir para Buenos Aires. Os poucos índios até ali indecisos aderiram à causa comum. A manobra infeliz de Altamirano havia destruído a última esperança de uma solução pacífica para o conflito.

CAPÍTULO VII

A notícia da morte de Ben Ami deixou-me arrasado por muitos dias. Não tinha com quem desabafar. São Miguel, vazia de seus homens válidos, que partiram com Sepé para atacar o Forte do Rio Pardo, era uma cidade sem vida. A seca se prolongava por quatro meses e o milharal apendoado torrava ao sol causticante. Viúvas choravam a morte de seus maridos, que tombaram na luta contra as tropas espanholas, retidas por Nhenguiru junto ao salto do rio Uruguai. Nenhum emissário chegara à redução depois de duas semanas, e temíamos pela sorte dos guerreiros que haviam partido para enfrentar os portugueses.

Numa manhã de fins de março, logo após a missa e a visita ao hospital, estava eu a fitar os campos amarelados que se perdiam em direção ao nascente, quando uma jovem veio ao meu encontro. Seu longo vestido de algodão branco estava impecavelmente limpo e nos cabelos trazia uma flor amarela presa por um grampo de cobre. Seu andar era leve como o das gazelas e um sorriso lhe iluminava o rosto de criança. Chegada à minha frente, beijou-me a mão e estendeu-me um belo melão maduro que trazia sob o braço.

— Bom dia, Padre Miguel. Meu pai mandou trazer-lhe este melão. É um dos poucos que resistiu à seca.

— Seu pai?

— O cacique Tujá. Eu sou Juçara. Lembra-se de mim? Tratou-me uma vez em minha casa quando fui picada por uma aranha.

— Lembro-me perfeitamente. Ainda há pouco tempo eras uma menina magrinha. Agradeça em meu nome ao cacique pelo presente.

Juçara sorriu novamente, exibindo dentes pequenos e perfeitos. Seus olhos negros fitavam-me com ansiedade quando me perguntou com voz um pouco trêmula:

— Recebeu alguma notícia dele, Padre Miguel?

— De quem, minha filha?

— Do cacique Tiaraju... e de seus guerreiros.
— Não. Nada. Nenhuma notícia depois de duas semanas.

Fitei-a com mais atenção e lembrei-me de que a vira no dia da partida de Sepé a entregar-lhe um ramo de flores do campo. Depois da morte de Marina, Sepé não procurara nenhuma outra mulher, embora a cada ano as donzelas em idade de casamento sonhassem com um olhar, com o mínimo sinal de interesse por parte do taciturno Corregedor. Muitas vezes lhe dissera o quanto me faria feliz se voltasse a casar, mas ele se mantinha alheio e frio a qualquer tentativa de prolongar o assunto.

Nas reduções não se impunham casamentos por interesse econômico ou político. Não existindo heranças a receber e sendo os dirigentes eleitos pelo povo, somente o amor reunia os jovens que se ajoelhavam à nossa frente pedindo a bênção de Deus para sua união. A tirania paterna, orientada na maioria dos países, mesmo cristãos, para transformar o casamento numa união de riquezas, era desconhecida entre os guaranis. Não existindo herança de bens materiais, base da injustiça social, os arranjos matrimoniais se faziam entre os moços, ignorantes da frieza e da avarice reinante nas famílias coloniais e europeias pelas questões de partilha.

— Gostas muito dele, minha filha? — Perguntei a Juçara, que se mantinha calada à minha frente, sem se decidir a partir.

A moça ruborizou-se de imediato, mas não afastou os olhos dos meus.

— Muito. Meu amor por ele traz meu coração em desespero, mas é doce e puro como o mel.

— Achas que ele te corresponde?

— Quando partiu pela última vez... Quero dizer, quando partiu para lutar contra os portugueses, seu olhar de despedida encheu-me de esperanças.

— Queres que eu lhe fale a teu respeito?

— Uma palavra sua seria a bênção para o meu amor. Mas tenho um medo horrível que ele não volte nunca mais. Pensei até em fugir e ir a seu encontro para vê-lo ainda uma vez. Parte amanhã uma caravana a levar mantimentos e armas aos seus guerreiros. Pedi a meu pai para levar-me, mas ele se negou. Acredita que ele voltará, padre?

— Todos nós estamos nas mãos de Deus. Também eu sofro com essa espera, mas creio que nada me impede de juntar-me à caravana do cacique Tujá. Falarei com o Padre Balda imediatamente.

Os olhos de Juçara brilhavam quando me perguntou:

— Levaria uma carta minha? Sinto-me com coragem agora de dizer-lhe o quanto espero pelo seu retorno.

— Escreva a carta, minha filha. Com a ajuda de Deus ainda os verei juntos diante de um altar.

Juçara beijou-me a mão e saiu a correr em direção a sua casa, enquanto eu a contemplava com ternura. Sem perda de tempo, procurei Balda e expliquei-lhe meu desejo de reunir-me à caravana. Sendo médico, nada mais natural minha presença junto às tropas para tratar dos feridos e também levar o Viático aos moribundos. O amor de Juçara por Sepé mostrara-me o caminho para fugir daquela espera que me esfriava a alma.

No dia seguinte, iniciamos a viagem atravessando os campos torrados pelo estio em direção ao *Jacuí,* o rio dos jacus. A caravana era composta por cinco carretas, cada uma puxada por quatro juntas de bois. Sob os toldos de couro cru, larga provisão de charque, farinha de milho, armas e munições. Vinte cavaleiros formavam a escolta do cacique Tujá, que comandava a expedição. As tropas haviam espantado o gado para o sul e, afora as emas e outros poucos animais silvestres, nada se movia pelas coxilhas a perder de vista.

No décimo sexto dia de marcha, já quase ao entardecer, um grupo de batedores da retaguarda veio ao nosso encontro. O acampamento guarani estava armado um pouco para o sul, a cerca de uma légua do Forte do Rio Pardo. Dois homens foram despachados para levar a notícia da nossa chegada. Quando Sepé soube que me encontrava na caravana, cavalgou até nós, liderando um grupo de lanceiros. De longe reconheci seu cavalo branco e fiquei feliz ao vê-lo esbarrar a montaria junto das carretas.

— Que loucura, Padre Miguel! — Disse-me ele, procurando esconder a alegria que brilhava em seus olhos. — Vou mandá-lo de volta a São Miguel amanhã bem cedo. Está vendo aquela fumaça no horizonte? É o resultado da nossa última visita aos portugueses.

— Eles ainda estão no Forte? — Perguntou Tujá.

— Já atacamos o Forte duas vezes. Os que saíram foram aniquilados. Mas lá dentro eles resistem como feras e estão muito bem armados. Mas amanhã vamos atraí-los para fora e liquidar com eles.

— Temos muitos feridos?

— Perdemos alguns homens e devemos ter uns vinte feridos. Poderá vê-los logo que chegarmos ao acampamento.

Sacolejando na carreta ao lado de Tujá, fiquei a olhar Sepé enquanto descíamos a última coxilha em direção ao mato. Seus cabelos crescidos presos à testa pela vincha de couro. O torso nu, que revelava o tórax e os braços musculosos. O suor que lhe corria pelo rosto. Falava da guerra como de uma caçada aos cervos ou cavalos selvagens. Perguntava por São Miguel e quase não me ouvia as respostas. Estava embriagado pelas derrotas que infringira aos portugueses e pela coragem de seus comandados.

Quando chegamos ao acampamento, uma multidão de guerreiros veio a nosso encontro e senti como era amado por aquele povo de gente simples e crente. Tujá encarregou-se das carretas, e eu acompanhei Sepé por entre as tendas de couro até o abrigo junto ao rio, onde estavam os feridos. Por duas horas fiquei a tratar daqueles corpos rasgados pelas armas dos europeus. Ninguém se queixava. Não se ouvia um único gemido, mesmo dos que deveriam estar sofrendo dores atrozes.

Quando me reuni a Sepé em frente à sua tenda, um quarto de veado estava sendo assado para nosso jantar. O cheiro da carne dourando nas brasas abriu-me o apetite. Por todos os lados brilhavam pequenos fogos entre as árvores. Sepé levantou-se e apresentou-me seu lugar-tenente, um índio retaco chamado Alexandre, que vivia em São Nicolau.

– Como estão os feridos? Tem algum em estado grave?

– Não. Graças a Deus estão todos bem. Retirei vários pedaços de chumbo do ombro de André, o que estava pior. Rapaz de coragem. Não deu um só gemido.

Estávamos a terminar o jantar quando chegou Miguel Javat ao acampamento. Trazia notícias que nos deixaram a todos perturbados. O comandante português, General Gomes Freire, enviara emissários para parlamentar. Queria ele receber Sepé no outro dia pela manhã, para tratarem de um armistício.

– Só pode ser uma cilada – disse Alexandre, após ouvirmos o relato do Corregedor de São Luís. – Se aceitares penetrar no Forte, sozinho e desarmado, não sairás de lá com vida.

Sepé baixou a cabeça e ficou a pensar por alguns momentos.

– O que acha o senhor, Padre Miguel?

– Temo que Alexandre tenha razão. Por outro lado, uma recusa de tua parte eliminará qualquer possibilidade de paz. Gomes Freire é um nobre português. Em princípio, deve respeitar as normas de conduta que impedem uma traição tão baixa e suja. É nossa única esperança.

– Vamos então reunir os caciques e expor-lhes a situação. Não sou o dono desta guerra. Farei o que o Conselho decidir.

Meia hora depois, um grande fogo iluminava os participantes da assembleia. Uma massa compacta de guerreiros cercava o grupo de líderes, mantendo-se em completo silêncio. Javat transmitiu a proposta de Gomes Freire e um murmúrio de desaprovação percorreu a assembleia. Consultados um a um, todos concordaram que seria uma loucura deixar o Capitão Tiaraju penetrar no Forte para parlamentar.

Após ouvir calmamente as ponderações dos caciques, Sepé levantou-se e tomou a palavra. De costas para o fogo, o lunar brilhando em sua testa lhe dava uma aparência mística e algo assustadora.

– Por duas vezes tentamos destruir o Forte e fomos rechaçados. Acredito que a vitória final será nossa, porque lutamos para defender nossa terra e nossos lares, e eles lutam somente por ambição ou medo de seus superiores. Sei, porém, que muitos dos nossos morrerão antes que o último europeu seja expulso das Missões. Prefiro, assim, arriscar minha vida para tentar a paz. Com todo respeito às palavras que acabo de ouvir, peço vossa permissão para ir sozinho ao Forte. Irei ter com Gomes Freire com as mãos vazias e o coração despido de ódio. Se não voltar, minha morte dobrará vossa coragem para destruir o inimigo. Se voltar, pouparei a vida de muitos cristãos. Deixai-me, pois, dispor de meu próprio destino.

Profundo silêncio dominou a assembleia após essas palavras. Todos sabiam que o Corregedor tinha razão e que seria inútil tentar demovê-lo de seu intento. Sob o céu estrelado, ouvindo-se apenas o ruído dos grilos e o crepitar da fogueira, aqueles homens rudes mantinham-se estáticos como os velhos totens de seus antepassados. Um calafrio percorreu-me a espinha quando Javat levantou-se e deu um passo na direção de Sepé.

– Eu irei contigo. Se fores morrer, morreremos juntos.

Murmúrios de aprovação surgiram da assembleia e dos guerreiros que cercavam a fogueira. Todos queriam acompanhar Sepé. Morrer com ele. O Corregedor levantou a mão, e fez-se novamente silêncio:

– Irei sozinho. De nada adiantará arriscar a vida de qualquer de vós. Deus sabe, porém, o quanto reconheço a vossa coragem e dedicação. Devemos confiar que é por sua inspiração que os portugueses buscam a paz.

Dissolvida a assembleia, saí com Sepé a caminhar em direção ao abrigo dos feridos. A noite era estrelada, e a lua começava a nascer do outro lado do rio. Entramos na tenda iluminada por uma lamparina de azeite e percorremos os leitos improvisados. O cheiro de suor azedo era difícil de suportar. Ao reconhecerem seu capitão, os guaranis o saudaram com entusiasmo e alguns tentaram pôr-se de pé.

— Descansem agora, meus irmãos. Talvez amanhã mesmo estejam de volta a seus lares.

— Os portugueses fugiram? — Perguntou um jovem, ferido nas duas pernas.

— Ainda não. Mas amanhã vamos negociar a paz.

— Deus seja louvado, meu capitão.

Saindo do abrigo, caminhamos até a beira do rio e sentamo-nos numa pedra. O luar prateava as águas fugidias. Um coro de sapos quebrava o silêncio da noite. Sepé apertou-me o braço e disse-me num sussurro:

— Padre Miguel, tenho medo. Um medo que me devora as entranhas. Somente ao senhor posso dizer o que sinto. Preciso receber a comunhão amanhã bem cedo para ter coragem de seguir em frente.

Para mim seria sempre um menino. Um menino órfão marcado pelo destino para sofrer. O grande líder dos guaranis, que há pouco impressionara seus homens pela bravura e determinação, tinha agora a coragem maior de abrir sua alma. De reconhecer que era um simples ser humano. De curvar a cabeça diante de Deus.

— Queres confessar-te agora, meu filho? — Perguntei-lhe com a voz embargada de emoção.

— Sim. Mas primeiro responda-me uma pergunta. Nos dois combates contra os portugueses, matei alguns homens. Quatro ou cinco, pelo menos. Acha que poderei obter a absolvição?

— Matou-os com ódio? Teve prazer em matar?

— Durante a luta não há tempo para pensar nessas coisas. Matei-os como quem mata uma cobra venenosa... Não. Não sinto prazer em matar. Mas que penitência será suficiente para permitir-me receber o Corpo de Cristo?

— O medo que sentes é tua maior penitência. Ajoelha-te diante de Deus e rezemos juntos pedindo teu perdão.

Ao chegarmos de volta a nossa tenda, lembrei-me da carta que trazia no bolso e dei-a a Sepé.

— De quem é essa carta? — Perguntou ele, sentando-se junto à lamparina.

— De Juçara, a filha de Tujá.

Um brilho rápido passou por seu olhar enquanto desdobrava as folhas e iniciava a leitura. Afastei-me para o interior da tenda e improvisei meu leito com alguns pelegos. Quando voltei para junto de Sepé, vi que seus olhos estavam marejados de lágrimas.

– Se voltar algum dia a São Miguel, erguerei com minhas mãos uma casa para a filha de Tujá. É pena que o amor desabroche no meu peito no momento em que só posso regá-lo com lágrimas e sangue.

– Deus te levará de volta, meu filho. Agora deves tentar dormir um pouco. Amanhã precisarás de todas as tuas forças.

Quase não dormi naquela noite. Toda a minha vida desfilava num galope louco, embaralhando-me a mente. Revi Sepé menino a arder em febre enquanto lhe dava de beber. O leite escorria pela comissura de seus lábios amolecidos. Não. Não era leite. Era sangue. Marina se esvaía em sangue entre meus braços. Ben Ami recolhia a criança morta e jogava-a pela amurada do navio. Um grupo de ibirajaras com seus grandes tacapes nas mãos cercava o leito e fitava em mim seus olhos ferozes. Meu pai apertava com seus dedos de unhas sujas o pescoço de Sepé. Aí deves enfiar tua faca. Esses bastardos berram muito antes de morrer. Apertei os olhos e senti que a lâmina da faca penetrava na carne. Numa golfada de sangue caía sobre mim o gigante tatuado. O garanhão negro empinava-se sobre nós. A flor amarela de Juçara. O sangue. O medo. Sepé lutando com o gigante tatuado. Alguém me sacode os ombros. Não quero ver mais nada! Não me levem para o Forte! A luz. Apaguem a luz...

– Acorde, Padre Miguel. O dia está clareando.

A luz da lamparina me feria os olhos. Levantei-me com a cabeça latejando e saí da tenda. Sepé reavivava o fogo, auxiliado por um rapazote de sorriso simpático. Caminhei até o rio e lavei o rosto na água fria. Uma névoa tênue se despregava da corrente e os pássaros começavam a cantar.

Retornei à tenda, sentindo-me um pouco melhor e busquei na sacola os paramentos para a missa. Sepé tomava mate com Alexandre e Javat, instruindo-os para cercarem o Forte antes que ele lá penetrasse. Seu rosto era tranquilo. A voz firme e calma. Somente eu sabia que ele tinha medo.

CAPÍTULO VIII

Sozinho e desarmado, Sepé Tiaraju atravessou a galope o descampado em direção ao Forte português. Os portões de madeira tosca abriram-se e fecharam-se atrás de seu cavalo tordilho. Bandeiras ornavam as guaritas da paliçada e o sol tirava reflexos dos capacetes dos soldados em vigília. Alexandre respirava com dificuldade, pedindo-me que lhe passasse a luneta. Entreguei-lhe o óculo de alcance e coloquei a mão em pala sobre os olhos para tentar divisar o que se passava.

Estávamos abrigados nas matas da orla do *Yobi*, o Rio Pardo dos portugueses. Cinco pobres canhões de taquaraçu retovado de couro apontavam para o inimigo. Mais de duzentos lanceiros com os cavalos pela brida aguardavam as ordens de Alexandre. Javat levara seus melhores arqueiros e alguns poucos homens armados de mosquetes para dois capões de mato mais próximos ao Forte. No céu azul, deserto de nuvens, um bando de marrecos selvagens voava em formação cerrada em direção ao sul.

Do Forte nos chegava nítido o toque de cornetas e o rufar de tambores. O que estaria acontecendo lá dentro? O suor escorria-me pela testa e entrava-me nos olhos. O cavalo baio de Alexandre escarvava o solo como também impaciente pela espera.

De repente, ouviu-se um tiro de canhão. E outro. E mais outro. Alexandre levantou o braço e os lanceiros saltaram para suas montarias. Pequenos rolos de fumaça surgiam contra o céu azul. Segurei o braço de Alexandre, que já se preparava para montar.

– São salvas de artilharia. Ouça. Oito. Nove. Dez. Devem dar treze tiros.
– Para quê?
– Onze. Doze. Treze. Acabou. É um bom sinal. Gomes Freire recebe Sepé com as honras de estilo. Faça os homens desmontarem. Por enquanto, o perigo passou.

Retomei o óculo de alcance e fixei-o nos portões do Forte. Ainda deveríamos esperar muito até que ele se abrisse. No interior daquelas toscas muralhas de pau a pique, jogava-se o destino de muitos homens. Se Sepé não retornasse até o meio da tarde, os guaranis atacariam o reduto português. O ódio lhes dobraria a coragem para rebentar com seus corpos aquelas muralhas.

Meu Deus, a que ponto o instinto animal transforma em feras os seres mais mansos! Em defesa de seu ninho, o menor dos pássaros enfrenta o bico assassino do gavião. Como oferecer a face aos que nos ofendem e aceitar sem reação o jugo dos poderosos? Poderia eu impedir que Alexandre lançasse seus homens a uma morte certa? Não seria mais nobre cair em defesa de sua terra do que vir a apodrecer na escravidão? Com que direito as Cortes Europeias dispunham da vida e da propriedade daqueles índios que temiam a Deus?

— Beba um pouco d'água, Padre Miguel. Ainda temos uma longa espera.

Tomei da botija que me oferecia Alexandre e bebi alguns goles da água morna. Depois molhei meu lenço e passei-o pela testa e pelas têmporas. Mesmo à sombra das árvores o calor era insuportável. Um bando de gralhas azuis quebrava o silêncio com seu grasnar aflito. Ajoelhei-me na terra crestada pela seca e fiquei a rezar por algum tempo.

De súbito, um grande clamor surgiu das gargantas dos guerreiros. Pus-me de pé e divisei o descampado. O cavalo branco saía a passo pelos portões do Forte. Sepé fez sua montaria empinar-se por duas vezes e soltou-a ao galope pela várzea amarelada. Alexandre saltou no lombo de seu baio e fez sinal aos lanceiros para avançarem até a orla do mato. Meu coração exultava de alegria. Sepé já estava longe demais para ser atingido. Estava salvo.

Um piquete de lanceiros escoltou-o até junto de mim sob a ovação ensurdecedora dos guaranis. Seu rosto estava sombrio quando apeou do cavalo.

— A entrevista foi um fracasso. Não existe a mínima possibilidade de paz.

— Mas então por que ele te convocou? Para que corresse todo esse perigo? — Perguntou Alexandre com um traço de ódio na voz.

— O general é astuto como uma raposa. Tentou comprar-me com presentes e promessas de honrarias. Oferece a paz em troca da nossa rendição.

— O que vais fazer agora?

— Vamos voltar ao acampamento e reunir o Conselho. Farei o relato uma única vez. Estou exausto.

Noite fechada, chegamos ao acampamento. Toda a alegria pela volta de Sepé se esvaíra naqueles homens cansados e famintos. A esperança de voltar aos lares se desvanecera. Sepé marchava com fisionomia carrancuda e sem dizer palavra. Respondera com monossílabos as perguntas de Javat quando este nos alcançou a meio caminho. Depois calou-se e só voltou a falar quando se reuniu o Conselho no mesmo local do dia anterior.

Sepé adiantou-se para o meio do círculo e postou-se junto à grande fogueira que iluminava os rostos preocupados dos caciques e guerreiros.

– Meus irmãos, acabo de confirmar pela experiência de hoje que teremos de lutar até o último homem. Os portugueses estão decididos a invadir nosso território custe o que custar. Esquecendo que temos mais de cem anos de civilização, confundem-nos com os tupis ingênuos que encontraram no litoral do Brasil. Querem comprar nossa liberdade com presentes e promessas que nunca cumprirão. Gomes Freire é um pavão vestido com belas plumas, mas seus pés estão atolados no lodo da mentira. Propõe que fiquemos em nosso território desde que juremos obediência ao Rei de Portugal.

– Não queremos nenhum Rei! – Gritou Tiago Pindo, o Corregedor de Santo Ângelo.

Exclamações de apoio surgiram de todos os lados. Sepé sorriu tristemente e levantou o braço, pedindo silêncio.

– Sábias são as palavras de Tiago. Disse eu também aos portugueses que nunca mais aceitaremos nenhum Rei. Nem de Portugal, nem de Espanha. Fecharemos as fronteiras das Missões a todos os europeus. Não nos deixaremos transformar em sombras de homens, bêbados e submissos como o são os índios das colônias. Se preciso, armaremos as mulheres e crianças. Cristo também empunhou o chicote contra os vendilhões!

– Proponho que ataquemos amanhã mesmo os portugueses – disse Javat. – Tuas palavras nos reacendem a coragem. Rebentaremos as muralhas do Forte e...

– Não! De nada adiantará sacrificar nossos homens num combate em campo aberto. Vamos atraí-los para fora do Forte com o mais simples dos ardis. Descobri, no meio da pompa em que me receberam, que seus víveres já devem estar no fim. Começaram a abater seus próprios cavalos. Se arrebanharmos um lote de gado para as proximidades das muralhas, eles serão tentados a sair.

A previsão de Sepé era correta. Isolados do exército espanhol e carentes de novos suprimentos, os portugueses teriam de sair a campo dentro de pouco tempo. Desde o amanhecer, foram enviados grupos de índios a reunir o pouco gado que ainda havia na região. Apesar de meus protestos em contrário, Sepé mandou preparar as carretas e obrigou-me a retornar a São Miguel, levando os feridos.

Durante seis meses perdurou o cerco ao Forte do Rio Pardo. Os soldados de Gomes Freire caíram na armadilha dos guaranis e muitos foram mortos ao tentar levar o gado que os atraíra. Poucos dias depois da minha partida, um grande combate feriu-se nas proximidades do Jacuí. Sepé foi feito prisioneiro. Evadiu-se dois dias depois e retomou o comando de suas forças. Seus feitos corriam os Sete Povos. Cada emissário que chegava a São Miguel trazia notícias de novas façanhas.

Os meses se passavam e Andonaegui continuava retido com suas tropas ao sul de Japeju. Trezentos índios da margem direita do Uruguai, a mando do cacique Rafael Paracatu, foram dizimados pelos espanhóis. Mas retiveram seu avanço. Andonaegui compreendeu a gravidade da situação e resolveu recuar. Gomes Freire, assediado continuamente pelas tropas de Sepé e impossibilitado de reunir-se aos espanhóis, procurou entrar em entendimento com os guaranis para assinatura de um armistício.

Em 18 de novembro de 1754 foi assinado o tratado que constava de dois únicos itens:

1 – que nenhuma parte faria dano a outra enquanto o exército português não voltasse à campanha;

2 – que ambas as partes voltariam a ocupar suas terras e nem uma nem outra passaria o rio Jacuí, que seria o limite natural entre as Missões e o território português.

Os dois primeiros batedores chegaram a São Miguel cobertos de poeira vermelha. A notícia do tratado foi recebida com sabor de vitória. Os seis sinos da Catedral badalavam, atraindo o povo para a praça. Os guerreiros de Sepé retornavam aos lares. Dentro de uma hora, no máximo duas, chegariam à redução. Crianças corriam de todas as partes como uma revoada de passarinhos. O sorriso brotava fácil nos rostos marcados pelo sofrimento. A alegria contagiava o povo, que parecia emergir de úmidas masmorras. A cidade renascia em música e colorido. Dos campos onde os verdes talos do milharal começavam a brotar, surgiam os lavradores trazendo aos ombros seus instrumentos de trabalho.

O Padre Balda rezava diante do altar de talha dourada, enquanto os sacristãos acendiam os círios e espalhavam flores na entrada da nave. Um *Te*

Deum seria cantado em ação de graças tão logo os guerreiros chegassem à redução. Diogo Palácios arrebanhava os músicos da orquestra no pórtico de entrada da Catedral. O céu estava toldado de nuvens escuras e ao longe se ouvia o som oco dos trovões. O povo dançaria na chuva. Os cabelos molhados. As vestes coladas aos corpos. Nada impediria a explosão de felicidade que vibrava em todos os corações.

Juçara veio ter comigo diante da Catedral. Sobre o vestido branco, colocara um tipoí bordado de vermelho e ouro. Nos cabelos negros trazia uma flor amarela e seu sorriso de criança escondia as fundas olheiras sulcadas pela espera.

– Vou encontrá-lo na entrada da cidade. Jogar flores sob as patas de seu cavalo. Colher o seu primeiro olhar antes que o povo o arrebate de mim.

– Irei contigo.

Atravessamos a praça quando as primeiras gotas de chuva começaram a cair. O vento sacudia as bandeirolas coloridas. O povo formava alas nos dois lados da avenida principal. No topo da coxilha de onde um dia contemplara pela primeira vez a Catedral, surgiu a vanguarda da coluna. Uma ovação percorreu a praça e as ruas. Calaram-se os sinos e os tambores. Todos os olhos buscavam descobrir seus entes amados entre os cavaleiros que desciam a colina em formação marcial. Vindo a galope da retaguarda, surgiu o cavalo branco de Sepé a colocar-se à testa de seus homens.

– É ele – balbuciou Juçara, desatando num choro convulsivo. Ele voltou, Padre Miguel. Ele voltou...

A chuva caía mansa sobre a estrada vermelha, os tetos das casas, as cabeças de homens e mulheres. Um perfume de terra molhada embalsamava a brisa do entardecer. Cornetas e tambores romperam novamente o silêncio. Os sinos voltaram a repicar. Mulheres corriam a abraçar seus maridos, que rompiam a formação e vinham apear dos cavalos diante de suas próprias casas. Fundiu-se a coluna de lanceiros com a multidão arrebatada, bem antes que chegasse à praça.

Sepé mantinha-se no lombo de seu cavalo, cercado pelo povo em delírio. Todos queriam tocá-lo. Beijar suas mãos. Era ele o símbolo vivo da vitória.

Juçara precipitou-se em sua direção, os cabelos gotejando chuva, as mãos trêmulas espalhando flores pelo chão. O cacique ergueu-a nos braços e colocou-a na garupa do cavalo. A menina colou seu rosto na espádua do guerreiro e a multidão rompeu numa ovação ensurdecedora.

Dentro em pouco, o povo lotava a Catedral engalanada e os cânticos em louvor a Deus perdiam-se pelos campos dourados de pôr de sol. O Padre Balda subiu ao púlpito e sua voz sonora percorreu o silêncio da nave:
– As trombetas de Josué derrubaram os muros de Jericó. Abençoado seja o nome do Senhor.

O ruído dos trovões que morria ao longe devia lembrar a muitos o troar da artilharia portuguesa. Mas naquele momento de fé e de alegria, já começavam a cicatrizar-se as feridas da guerra.

Sepé e Juçara casaram-se na primeira semana de janeiro de 1755. O Corregedor construíra sua casa com as próprias mãos, como havia prometido. Delegações de todas as reduções vizinhas armaram suas tendas nos arredores de São Miguel, que mais parecia um acampamento guerreiro. Durante três dias, sucederam-se festas e torneios. Nicolau Nhenguiru liderou os mouros e Sepé os cristãos na corrida de Cavalhadas, que simbolizava as antigas lutas dos cruzados contra os sarracenos.

Somente as viúvas, ainda de luto fechado, lembravam a morte que arrebatara seus maridos nos campos do Jacuí. São Miguel renascia para um ano de paz.

CAPÍTULO IX

Três dias depois do Natal de 1755, chegou-nos a notícia há tanto tempo temida. Mais de um ano de paz transcorrera. Todos sabíamos que os exércitos de Portugal e Espanha voltariam a invadir as Missões, mas a esperança é o Forte mais inexpugnável da natureza humana. Confiávamos que a resistência oposta pelos guaranis esfriaria os ânimos dos demarcadores. Não contávamos com o ódio do Marquês de Pombal, cujo objetivo maior era a destruição da Companhia de Jesus. O destino das Missões Orientais era jogado nos salões da Europa. Gomes Freire, Valdelírios, Sepé, Nhenguiru e todos nós missionários nada mais éramos do que peças manipuladas no tabuleiro das Cortes.

Estava eu no hospital, terminando a visita da manhã, quando o irmão mais novo de Juçara trouxe-me o recado de Sepé. Pedia-me para ir imediatamente ao Cabildo. Atravessei a praça inundada de sol e entrei na sala do Conselho junto com Diogo Palácios, que também fora convocado. Sepé e Balda nos aguardavam com as fisionomias preocupadas. O navarrês foi o primeiro a falar, depois que fechamos a porta às nossas costas.

— Gomes Freire deixou o Forte do Rio Grande à frente de dois mil homens. Dirigem-se para as cabeceiras do rio Negro para reunirem-se com o exército espanhol, que também já saiu de Montevidéu. Desta vez, não há maneira de impedirmos a junção das tropas. Devemos decidir imediatamente qual o caminho a seguir.

Meus olhos cruzaram-se com os de Sepé e senti que ele já escolhera o caminho. Não recuaria diante de nenhum obstáculo. O sangue voltaria a manchar os campos das Missões.

— Proponho mandarmos emissários a Nicolau Nhenguiru e a todos os Corregedores dos Sete Povos — disse Sepé com voz tranquila. — Com tão grandes efetivos, os dois exércitos deverão marchar com lentidão. Temos um mês para organizar nossa defesa. Talvez um pouco mais. Dentro de duas semanas podemos reunir-nos em São Lourenço, que é a mais central das reduções. Enviarei batedores para manter-nos a par de todos os movimentos do inimigo.

Balda enfiou os dedos pela cabeleira branca e apoiou a cabeça nas mãos. Diogo Palácios respirava com dificuldade. Pela janela aberta para a praça chegava-nos nítido o riso das crianças.

— Como pretende enfrentar os dois exércitos reunidos? — Perguntou o Padre Balda com desânimo.

— Queimaremos os campos e afugentaremos o gado. Montaremos emboscadas em todos os passos, em todos os pontos favoráveis para uma tocaia. Temos a vantagem da mobilidade e do conhecimento do terreno. Atacar e recuar. Atraí-los aos caminhos mais difíceis e vencê-los pelo terror e pelo cansaço. De Santa Tecla a São Miguel, deverão percorrer mais de sessenta léguas. Detrás de cada árvore haverá um arqueiro pronto a disparar sua flecha. Marcharão por cima de seus próprios cadáveres.

A fisionomia de Sepé resplandescia na antevisão da luta. Parecia já estar à frente de seus guerreiros a animá-los para o combate. Um raio de esperança filtrou-se em meu coração. Quase seis anos depois da assinatura do Tratado de Madrid, a tenacidade de Sepé mantivera incólume o território das Missões. Sua palavra e seu exemplo faziam dos guaranis os mais temíveis soldados. Sua tática de guerrilhas atordoaria novamente os europeus, habituados a combater em campo aberto. Deixei-me levar, mais uma vez, pela força de sua Fé. Acreditei na vitória.

No dia 14 de janeiro de 1756, dois dias antes da reunião das tropas inimigas em Aceguá, Nicolau Nhenguiru foi aclamado Comandante em Chefe das forças guaranis. Dez reduções fizeram-se representar em São Lourenço e juraram obediência ao velho cacique. Mil e quinhentos homens foram recrutados para formar o primeiro contingente. Sepé comandaria a vanguarda, composta de quatrocentos lanceiros de São Miguel.

Uma semana depois da reunião de São Lourenço, rezamos missa na Catedral para a despedida dos guerreiros. Juçara, grávida de seis meses, saiu da igreja apoiada ao braço do marido. Seus olhos estavam inchados de tanto chorar. Relinchos de cavalos misturavam-se ao rufar dos tambores ordenando a formatura das tropas. Com os corcéis pela brida, os guaranis despediam-se de suas mulheres e filhos.

Sepé beijou a testa de Juçara e colocou a mão espalmada sobre seu ventre:

— Antes de o menino nascer estarei de volta. Ele viverá livre na terra de seus avós.

Despediu-se de Balda e Diogo Palácios e pediu-me:
— Dê-me sua bênção, Padre Miguel.
Coloquei minha mão direita sobre a cabeça do cacique ajoelhado:
— Senhor, tende piedade de nós. Jesus Cristo, tende piedade de nós.
Sepé montou seu cavalo tordilho e partiu à frente dos lanceiros. Os sinos badalavam sem cessar. Por entre os algodoeiros em flor, sumia-se a tropa em direção ao nascente.

Por algum tempo ainda ficamos a contemplar a poeira vermelha que se destacava contra o céu azul.

— Ele não voltará nunca mais — balbuciou Juçara, rompendo em soluços.

Não encontrei palavras para consolá-la. Uma sensação de angústia me invadira, também, ao vê-lo partir. Foi Balda quem tomou Juçara pelo braço e disse-lhe com sua voz musical:

— Não vos inquieteis pelo dia de amanhã, porque o dia de amanhã cuidará de si mesmo. Basta a cada dia o seu mal.

Diogo Palácios sacudia uma sineta, convocando as crianças para a aula de catecismo. Grupos de mulheres dirigiam-se aos teares para os trabalhos da manhã. Da ferraria começava o ruído sincopado dos martelos a bater sobre o metal. Diogo pregaria a mensagem de paz aos pequeninos, enquanto os adultos forjariam armas para semear a morte.

O grande relógio da torre marcava as nove horas. Entrei na Catedral vazia e respirei o ar embalsamado de incenso. Uma profusão de círios ardia nos altares e a luz filtrada pelos vitrais desenhava colunas de poeira fina sobre o largo corredor da nave.

Ajoelhei-me e tentei concentrar o pensamento numa oração. As palavras me passavam pela mente, vazias de qualquer sentido. Parecia-me que Deus não estava mais ali para escutar minha prece. A Catedral nada mais era do que um monte de pedras pintadas de branco e ouro. As imagens dos santos eram simples bonecos de madeira talhados pela mão do homem. O verdadeiro Arcanjo Miguel já estava bem longe, cavalgando um cavalo tordilho à frente de seus lanceiros.

Uma semana depois da partida de Sepé, segui com Balda ao encontro de Nhenguiru, cujas tropas demandavam a frente de luta. Alcançamos o acampamento da coluna no quinto dia de marcha, já nas cabeceiras do rio Ibicuí. Centenas de tendas de couro cru erguiam seus colmos pontiagudos junto à orla do mato. Um formigueiro de homens caminhava entre as barracas e levava os cavalos a beber na margem do rio. A fumaça das fogueiras subia tênue no ar parado do entardecer.

Nicolau vestia o uniforme amarelo e escarlate do exército de Espanha, contra o qual iria combater. Uma longa espada lhe pendia do cinturão de couro negro. Seus olhos pequenos e irrequietos davam vida à face sulcada de rugas profundas. Beijou a mão do Padre Balda e, passando familiarmente um braço pelo meu ombro, levou-nos até sua tenda de campanha.

– Vossas presenças ajudarão a levantar o ânimo dos guerreiros. Acabamos de receber péssimas notícias de Sepé.

– Como está ele?

– Está bem, mas a visão das tropas inimigas gelou-lhe o sangue nas veias. Enviou Alexandre a pedir-nos para recrutar todos os homens válidos dos Sete Povos. Aconselha-me a não entrar em combate sem contar, pelo menos, com o dobro dos efetivos de que disponho. Miguel Javat partiu hoje à tarde para reunir as tropas de reserva.

– O que vais fazer? Esperar pelos reforços? – Perguntou Balda ao chegarmos junto à tenda do cacique.

– Não temos tempo a perder. Sepé acredita que hoje ou amanhã o inimigo já estará às margens do *Vacacaí*. Devemos cortar-lhes o passo, custe o que custar.

Foi uma longa noite. Uma noite prateada de estrelas e estridente de grilos. Depois que todos dormiram, com exceção das sentinelas que vigiavam a cavalhada inquieta, fiquei a conversar com Alexandre junto às brasas morrentes da fogueira. Ele me contava como rogara a Nicolau para que esperasse os reforços antes de se pôr em movimento. De nada adiantaram suas descrições da marcha avassaladora do exército hispano-português. Nhenguiru teimava em avançar. Queria repetir a façanha de seu avô em Mbororé. Uma batalha peito a peito. Lanças e flechas contra arcabuzes e canhões.

– Sabe qual é a diferença entre os dois caciques? – Perguntou-me Alexandre com um acento de tristeza na voz. – Dom Nicolau é uma lança de *urudey*, dura e rígida como todo pau-ferro. O Capitão Tiaraju é como uma vara de cambuim, que dobra mas não quebra. Vi com meus próprios olhos os dois exércitos reunidos, cobrindo as coxilhas de Santo Agostinho a perder de vista. Queimamos os campos e as aldeias antes de sua chegada. Atacamos grupos isolados em investidas rápidas e fulminantes. Eles prosseguem a marcha como uma praga de gafanhotos. Ninguém os deterá num combate em campo aberto. Dom Nicolau vai levar todos estes homens a uma morte certa.

— Vais voltar para junto de Sepé?
— Amanhã ao nascer do dia.
— Irei contigo. Sepé deve vir pessoalmente convencer Nhenguiru a esperar os reforços de Javat.
— Não gostaria de levá-lo. Sua vida correrá perigo. Os homens estão exaustos e começam a perder a coragem. Alguns até já fugiram e se embrenharam nas matas. Caçamos dois deles e os chicoteamos diante de todos os lanceiros.

A lua nascia num clarão amarelado por detrás das tendas esguias. O uivo prolongado de um guará cortou o silêncio da noite. Alexandre espreguiçou-se e abafou um bocejo.

— Boa noite, Padre Miguel. Virei buscá-lo bem cedo. Isso se ainda quiser me acompanhar.
— Boa noite. Estarei pronto ao amanhecer.

Apesar da desaprovação de Nhenguiru e do Padre Balda, parti com Alexandre ao encontro de Sepé. Um horrível pressentimento me roía as entranhas. Durante todo o dia galopamos quase sem dar descanso aos cavalos. Começara a chover no meio da manhã, e a água encharcava-me os cabelos e a batina colada ao corpo. Rápido! Mais rápido! Descíamos pelas canhadas e embrenhávamo-nos nas matas. Minhas esporas riscavam os flancos da montaria. A galope outra vez. Alexandre olhava-me de relance pronto a parar se eu lhe pedisse. Não. Eu não estava cansado. Queria encontrar Sepé ainda naquela noite.

A chuva batia-me no rosto. Meus músculos doíam, mas eu não sentia a dor. Avante! Ele precisa de mim. Jurei ao cacique Tiaraju que nunca o abandonaria. Seus homens começam a desertar. Tenho de tirá-lo de lá. Iremos viver ao norte do Queguai. Em qualquer lugar. A Catedral nada mais é do que um monte de pedras. Talharemos pedras de outros montes e construiremos novas igrejas. Juçara vai dar à luz um filho teu. Quebra tua lança antes que seja tarde. Não! Não posso deixá-lo morrer!

Passamos ainda parte da noite à procura de Sepé e seus homens. A chuva parara e a lua clareava a grande várzea do Vacacaí. Caminhávamos agora puxando os cavalos pela brida. Do outro lado do rio, percebia-se o clarão das fogueiras do acampamento inimigo.

— Agora falta pouco, Padre Miguel. Sepé deve estar acampado junto da antiga capela, a meia légua do rio. Acho melhor descansarmos um pouco.
— Siga em frente. Descansaremos no acampamento.

Um pouco adiante, ouvimos três longos pios de coruja. Alexandre estacou e respondeu ao sinal. Duas sentinelas surgiram por detrás de uma moita e nos indicaram o caminho. Junto a um riacho de águas prateadas pela lua, distinguimos algumas palhoças e a pequena capela cuja cruz de madeira se recortava contra o céu. André, o filho do cacique Ibirajara, ali estava com um grupo de lanceiros.

– Onde está Sepé? Precisamos vê-lo imediatamente.

– O capitão não está conosco. Saiu hoje ao entardecer com metade dos lanceiros em direção ao sul. Talvez ainda voltem esta noite.

Nada mais havia a fazer senão aguardar a sua volta. Mastiguei um naco de charque, sentado junto ao pequeno fogo escondido entre a capela e uma das palhoças. As horas se passavam. Alexandre dormia encostado contra a parede da capela. André saíra com dois homens à procura de Sepé. Meu Deus, fazei com que o encontre logo. Vamos voltar juntos para São Miguel. Ainda há tempo de reunir as gentes e partir para a outra margem do Uruguai. Cochilava um pouco e despertava em sobressalto. As estrelas começavam a empalidecer do lado do nascente.

André despertou-me já dia claro. Não encontrara Sepé. Precisávamos abandonar imediatamente o acampamento. Dentro de poucas horas, a vanguarda do exército inimigo estaria sobre nós. Supliquei a Alexandre que saísse comigo para uma última busca. Marcamos um ponto de encontro com André e partimos novamente.

Durante toda a manhã e parte da tarde cavalgamos desviando-nos das patrulhas inimigas. O sol já estava a dois palmos do horizonte quando saímos para um descampado e percebemos grandes rolos de fumaça dos lados do Vacacaí-Iguá. Sepé deveria estar queimando os campos à montante do rio. Nossos cavalos exaustos recusavam-se a galopar. Subimos com dificuldade uma coxilha semeada de afloramentos de granito e detivemos as montarias. No amplo vale que se estendia em suave declive até um grande capão de mato, a coluna de lanceiros guaranis avançava em nossa direção. Reconheci o cavalo de Sepé no justo momento em que se iniciou a fuzilaria.

– Os espanhóis! Centenas deles! – Berrou Alexandre, apontando para o lado direito da coluna.

A cavalaria inimiga derramava-se pelo vale, procurando cortar o caminho dos guaranis. As espadas desembainhadas brilhavam ao sol. O som rouco dos tiros de mosquete misturava-se ao troar das patas dos cavalos, levantando nuvens de poeira negra dos campos queimados. Do lado oposto do vale, uma centena de dragões portugueses abria-se em leque, impedindo a passagem para o sul. Nosso próprio caminho estava cortado.

– Não têm como escapar. Estão cercados! Esconda-se em qualquer lugar, Padre Miguel. Irei morrer com eles.

Meu cavalo, assustado com o tiroteio, empinou-se e quase me jogou ao chão. Alexandre apeou-se e segurou-o pela brida. Desmontei também e peguei-o pelo braço:

– Talvez André ouça o tiroteio e venha em nosso auxílio. Poderá então atacá-los pela retaguarda. Vamos esperar por um milagre.

Sepé reunira seus homens na orla do capão de mato. A primeira nuvem de flechas atinge a vanguarda da cavalaria inimiga. Uma gritaria infernal parte das hostes guaranis. O cavalo tordilho destaca-se na vanguarda dos lanceiros, que partem a toda brida para o ataque. A lança de Sepé atinge o primeiro soldado espanhol. Cavalos se chocam peito a peito e estrebucham pelo chão. O combate é uma loucura de sangue. Gritos e imprecações cortam os ares. Meus olhos esbugalhados procuram localizar o cavalo branco de Sepé. Os dragões portugueses atacam os índios pela retaguarda. Vão morrer todos, meu Deus! A fuzilaria redobra de intensidade. Já poucos guaranis restam de pé no campo de batalha.

Sepé reúne os remanescentes e parte para uma nova carga. Sua lança levanta da sela um dragão português. Três, quatro soldados inimigos o cercam. Uma lança o atinge pelas costas. Seu corpo tomba sobre o pescoço do cavalo. Alexandre dá um berro de dor e desespero e despenca-se a galope coxilha abaixo. A poucos passos do corpo inanimado de Sepé, um tiro de mosquete o atinge em pleno peito. Onde está meu cavalo? Minhas pernas se recusam a caminhar. Não lembro de mais nada, meu Deus. Por que não fui morrer com Sepé e Alexandre? Ele precisa de mim. É um pobre menino marcado pelo destino. Seu corpo tomba sobre o pescoço do cavalo. Ele vai morrer. Tenho de tirá-lo de lá. Não consigo ver mais nada. Minha boca está cheia de sangue.

Abro os olhos e vejo André curvado sobre mim. Dá-me de beber numa botija de couro. Obrigado, meu Deus. Foi tudo um pesadelo. Sepé não morreu. Vamos reconstruir São Miguel ao norte do Queguai.

– Onde está ele, André? Conseguiu encontrá-lo?

– Ele está morto. Todos estão mortos. Chegamos tarde demais.

EPÍLOGO

Estou muito velho. A morte já me ronda a cada noite, esfriando meus ossos e gelando-me o sangue. Mais de trinta anos se passaram desde aquele 7 de fevereiro de 1756, em que caiu o maior de todos os guaranis. Deus vem mantendo-me vivo como derradeira testemunha de fatos que o tempo já começa a cobrir com a poeira do esquecimento. Pouco me resta a contar para cumprir a missão a que me propus de revelar toda a verdade sobre a vida e a morte de Sepé Tiaraju. Muitos deles já estão misturados com a lenda que tomou conta da alma do grande cacique ainda quando seu corpo jazia insepulto nos campos de *Batovi,* a anta azulada.

Passamos toda aquela noite a enterrar os mortos. Uma grande vala foi cavada na terra fofa da margem do rio. Os cadáveres, já meio enrijecidos, eram colocados lado a lado no túmulo comum, enquanto os índios entoavam cânticos em voz trêmula e abafada. O corpo de Sepé, banhado pela luz da lua, jazia no centro da clareira, enquadrado por muitos lanceiros. Os guaranis mais jovens soluçavam sem conseguir esconder a dor.

André chegou-se a mim e colocou-me um braço protetor pelos ombros:

— Acho melhor irmos embora. Não tarda em amanhecer. Vou enviar todos os homens ao encontro de Nicolau Nhenguiru. Deve seguir com eles. Enterrarei o Capitão Tiaraju bem longe daqui. Onde nunca irão encontrar seu corpo e conspurcá-lo.

— Ficarei com ele até o fim. Agora nada mais me importa.

Uma padiola de taquara e galhos flexíveis foi atada entre dois cavalos. Ajudei a envolver o corpo de Sepé num poncho, e braços surgiram de todos os lados para colocá-lo sobre o leito de folhas. Quatro lanceiros seguiriam conosco em direção ao sul. André ajudou-me a montar e tomou a frente do grupo. Saímos a passo por entre os índios ajoelhados e desaparecemos na curva do rio.

Meus olhos estavam secos. Minha alma parecia também ter abandonado o corpo para sempre. Mil vezes vinha-me à mente a mesma cena. Uma horda de dragões portugueses cercando o cavalo branco de Sepé. Seu corpo tomba sobre o pescoço da montaria. Alexandre corre em seu auxílio. Onde está meu cavalo? Por que minhas pernas não querem obedecer? Por que não fui morrer com Sepé e Alexandre? Meu Deus Todo-Poderoso, por que o abandonaste? Seu rosto estava irreconhecível. Arranquei a lança de suas costas com minhas próprias mãos. Crivaram-no de balas mesmo depois de morto. E novamente a horda de dragões envolvia Sepé, que lutava pela vida.

Dia já claro, desembocamos numa pradaria inundada de sol. Um bando de inhandus corria à nossa passagem, as asas abertas a proteger os filhotes, que piavam de medo. Ouvi o canto dos pássaros. Segurei mais firme as rédeas quando meu cavalo tropeçou. Dos horrores daquela noite restava apenas o cadáver de Sepé amarrado sobre a padiola entre os dois cavalos suarentos. A razão foi voltando aos poucos à minha mente. Comecei a sentir os músculos doloridos, a garganta ardendo em sede. A cabeça latejando nas têmporas. Estava voltando a viver.

– Para onde vamos? – Perguntei a André, que cavalgava a meu lado.

O jovem índio tornou para mim seus olhos injetados de sangue. A voz saiu rouca pela boca contraída, num ríctus de desespero:

– Para onde ele queria ser enterrado. Disse-o ainda há dois dias para mim e Miguel Mairá. Alexandre também sabia desse lugar.

Sepé previra sua morte próxima. Na mente dos índios sobreviventes começava a nascer a lenda que o iria santificar. Três dias depois de sua morte, as tropas de Nhenguiru foram massacradas nas coxilhas do Caiboaté. Lanças e flechas contra arcabuzes e canhões. Os índios jogavam-se contra a metralha gritando o nome de Sepé Tiaraju. Os poucos que sobraram da carnificina juraram tê-lo visto a ordenar a carga, surgindo entre as nuvens de pólvora em seu cavalo branco, uma lança de fogo nas mãos, o lunar a brilhar-lhe na testa em pleno dia. Levávamos para o túmulo um pobre corpo rasgado pelas lanças, esburacado de balas. A alma do grande cacique já ganhava forma divina na imaginação dos guaranis.

– Onde fica esse lugar?

– A poucas léguas daqui. Sempre para sudoeste. Uma grande rocha isolada no meio do campo. Uma de suas faces está cercada pela mataria. A outra é formada por imensos degraus de pedra.

Paramos junto a um riacho para beber água e descansar um pouco. André obrigou-me a comer um pedaço de charque chamuscado num fogo de gravetos. Estava sem comer há mais de vinte e quatro horas, O alimento deu-me novas forças. Comecei a pensar em Juçara e no filho de Sepé. Precisava retornar a São Miguel e levá-la para um lugar seguro. Poderíamos viver em Conceição. Nhenguiru educaria a criança. Não. Nicolau também vai morrer. Tentará vingar a morte de Sepé. Preciso encontrá-lo e suplicar-lhe para recuar. Ninguém conseguirá deter o exército inimigo.

– Quantas horas ainda de marcha?
– Devemos chegar ao cair da noite.
– Vamos o mais rápido possível. Preciso voltar ao encontro de Nhenguiru.

O velho cacique não quis escutar as minhas súplicas. Mais de mil cadáveres juncaram as coxilhas de Caiboaté. Depois do massacre, nada mais deteria o exército aliado. Javat tentou ainda resistir às portas de São Miguel. Os índios enlouquecidos queimavam tudo a sua passagem. Caiu a última trincheira. Rolos de fumaça negra subiam da Catedral incendiada. Não havia tempo de levar nada conosco. Enterramos os objetos de valor e abandonamos a cidade em chamas. Os sinos tocavam pela última vez. Juçara levava às costas a menina recém-nascida. O Padre Balda abriu os braços num gesto de desespero e impotência. As missões jesuíticas começavam a agonizar.

– Mais depressa, André. Preciso retornar ao encontro de Nhenguiru.

Cavalgamos sem parar durante o resto da tarde. A noite caiu ao penetrarmos num vale onde pastava uma grande manada de gado xucro. Quando a lua surgiu no horizonte, André apontou para uma montanha isolada a meia légua de distância.

– Lá está a pedra. Na face por onde sobe a mataria existem várias furnas. O capitão queria ser enterrado numa delas.

Chegados à base da enorme pedra, desmontamos e retiramos o cadáver da padiola. Por entre as árvores prateadas pelo luar, fomos subindo com o corpo de Sepé apoiado aos ombros até a entrada de uma furna meio escondida entre uma touceira de arbustos. O paredão abrupto parecia inclinar-se sobre nós.

André penetrou na gruta seguido pelos quatro guaranis. Ajoelhei-me junto ao corpo de Sepé e senti brotarem dos olhos as primeiras lágrimas. Recordei-o nos braços de seu pai, ardendo em febre, seus olhos de criança descobrindo a existência da dor e do sofrimento. Seus olhos de pássaro ferido. Suas mãos fazendo o sinal da cruz antes de confessar seus pecados na coxilha nua varrida pelo vento sul. As costas lanhadas pelo chicote do Capitão Gutierrez. Seu cavalo branco desaparecendo entre os portões do Forte do Rio Pardo.

Sepé morrera aos trinta e quatro anos de idade pelas mãos de homens que nunca o conheceram. Com ele morria também a grande nação guarani. A própria Companhia de Jesus foi proscrita em todo o mundo. Expulsos de Portugal, de Espanha, de todas as colônias, os jesuítas pagaram pelo crime de não ter abandonado os guaranis. Glória ao Pai, ao Filho e ao Espírito Santo. Não. Ninguém me convencerá jamais que os homens foram feitos à semelhança de Deus.

Colocamos Sepé junto à parede dos fundos da gruta e cobrimos seu corpo com vários blocos de pedra. Um grande fogo fazia dançar as sombras no interior da caverna. Morcegos voavam sobre nossas cabeças, atemorizados pela luz. Minha voz soava estranha aos meus próprios ouvidos:

— Bem-aventurados os que têm fome e sede de Justiça, porque eles serão saciados.

— Bem-aventurados os que sofrem perseguição por causa da Justiça, porque deles é o reino dos céus.

— Bem-aventurados sois vós quando vos injuriarem e perseguirem e mentindo disserem todo o mal de vós por minha causa.

— Nínguém pode servir a dois Senhores. Teu exemplo despertará as consciências de muitas gerações. Descansa em paz, meu filho; cumpriste a promessa de defender a terra de teus avós. Tudo o que fizeste foi pela vontade de Deus Todo-Poderoso. Pai Nosso que estais no Céu, santificado seja vosso Nome. Ele foi apenas um homem. Deixai que repouse em paz...

O sol dourava os campos a perder de vista. Nossos cavalos galopavam em direção às tropas de Nhenguiru. Na saída do vale, detivemos as montarias e contemplamos a imensa pedra que guardava os despojos de Sepé Tiaraju. André sorriu e apontou-me a montanha inundada de luz:

— Antes de partir, tive o cuidado de apagar todos os traços de nossa passagem. A pedra guardará para sempre o seu segredo.

POSFÁCIO

Ainda sob o impacto da morte de Sepé Tiaraju, Nicolau Nhenguiru e sua força de mil e quinhentos guaranis foram trucidados pelas tropas espanholas e portuguesas na Batalha de Caiboaté. Se batalha se pode chamar um combate em que lanças e flechas enfrentavam mosquetes e canhões...

Os índios sobreviventes do massacre reuniram suas famílias e atravessaram o rio Uruguai. Mas, antes disso, atearam fogo à Catedral de São Miguel, como até hoje o atestam as pedras enegrecidas nos fundos da nave.

Os padres missioneiros seguiram os guaranis para a margem direita do rio. Mas logo uma sentença real selou seu destino. Como castigo por haverem resistido às injunções do absurdo Tratado de Madrid, todos os jesuítas foram expulsos do Brasil e da América Espanhola.

Amontoados num veleiro, os padres que serviram nas Missões foram levados para o alto-mar. Dali o barco saiu à cata de um porto que os recebesse e de uma nação que os abrigasse. O diário de bordo desse veleiro, documento histórico de grande valor, tem anotados os nomes dos padres Miguel, Palácios e Balda entre os passageiros. Ao lado do nome do Padre Lourenço Balda, consegue-se decifrar a seguinte anotação: *morto a bordo e lançado ao mar.*

Sepé Tiaraju, mais de duzentos e cinquenta anos depois de sua morte, é reconhecido pela História Universal como símbolo da resistência guarani, não menos importante que Cuautemoc, o índio que comandou a resistência dos astecas.

Incorporado também à lenda e ao folclore do Sul do Brasil, Sepé Tiaraju é constantemente lembrado como exemplo de amor à terra em que nasceu.

Alcy Cheuiche

23°
24°
25°
26°
27°
28°
29°
30°
31°
32°
33°
59°
58°
57°
56°
55°
54°
53°
PARAGUAI
ARGENTINA
URUGUAI
BRAS
Guayra
Bélen
San Estanislao
Asuncion
San Joaquin
Villa Rica
Paraguay
Monday
Iguazu
Tebiquari
Paraná
Sta. Maria da Fé
Sta. Rosa
S. Ignacio Guazu
Jesus
Trinidad
Corpus
S. Ignacio
Santiago
S. Cosme
Itapua
Loreto
Sta. Ana
Corientês
S. Carlos
Martires
S. José
S. Javier
Apostoles
Sta. Maria
Concepcion
Aguapey
S. Nicolas
S. Angel
S. Juan
S. Thomé
S. Luis
S. Lorenzo
S. Miguel
S. Borja
La Cruz
Yapeyu
Est. de La Cruz
Est. de S. Thomé
Est. de S. Angel
Est. de Concepcion
Estância de S. Luis
Est. de S. Juan
Est. de S. Lorenzo
Estância de S. Miguel
Est. de S. Borja
Est. de S. Nicolas
Estância de Yapeyu
Uruguay
Rio Oreguay
Paysandu
Rio Yú
Rio Negro

EPÚBLICA GUARANI

Vaqueria

Porto Alegre

OBRA DE ALCY CHEUICHE

Romance

A Guerra dos Farrapos – 1.ª edição – AGE/Habitasul – 1984 (Prêmio Literário "Ilha de Laytano" – 1985); 10.ª edição – Martins Livreiro Editor – 2010.

A Mulher do Espelho – 1.ª edição – AGE – 1994; 3.ª edição – AGE – 2008.

Ana Sem Terra – 1.ª edição na Alemanha sob a denominação: *Warum auf Morgen Warten?* (Por que esperar pelo amanhã?) – Ev.-Luth. Mission Erlangen – Lançado na Feira do Livro de Frankfurt – 1994. Lançado em Berlim e mais quatorze cidades da Alemanha em 1997.

Ana Sem Terra – 1.ª edição no Brasil – Sulina – 1990; 9.ª edição no Brasil – L&PM – Coleção Pocket – 2007.

Jabal Lubnàn – As Aventuras de um Mascate Libanês – 1.ª edição – Sulina – 2003.

João Cândido – O Almirante Negro – 1.ª edição – L&PM – 2010.

Lord Baccarat – 1.ª edição – AGE – 1992; 3.ª edição – AGE – 2001.

Nos Céus de Paris – Romance da Vida de Santos Dumont – 1.ª edição – L&PM – 1998 (Destaque Literário CBN 1120 – RBS; Prêmio "Laçador" da Associação de Jornalistas; Medalha Mérito Santos Dumont) – Edição em formato de bolso (Coleção Pocket), L&PM, 2001. Reedições: 2002/2011. Versões em alemão (Helmut Burger) e francês (Eric Chartiot) em negociação editorial.

O Farol da Solidão – 1.ª edição – AGE – 2015.

O Gato e a Revolução: 1.ª edição – Sulina – 1967 (cassado pela ditadura); 2.ª edição – AGE – 1993.

O Velho Marinheiro – A História da Vida do Almirante Tamandaré; 1.ª edição – L&PM – 2018.

O Mestiço de São Borja – 1.ª edição – Sulina – 1980; 6.ª edição – Sulina – 2012.

Sepé Tiaraju – Romance dos Sete Povos das Missões: 1.ª edição no Brasil – Bels – 1975; 2.ª edição no Brasil – Sulina – 1978 (Prêmio Melhor Livro do Ano – Faculdade de Letras de Santa Rosa); 9.ª edição e subsequentes no Brasil – AGE – 2011 a 2019.

Sepé Tiaraju – Edição ilustrada por José Carlos Melgar – 1.ª edição – Instituto Estadual do Livro (IEL), publicada para comemorar os 60 anos do Banrisul – 1988; 3.ª edição – Martins Livreiro Editor – 2001.

Sepé Tiaraju – Der Lezte Häuptling – 1.ª edição na Alemanha – bkv Mettingen Verlag/Ev.-Luth. Mission Erlangen – Lançado em Berlim e mais quatorze cidades da Alemanha em 1997.

Sepé Tiarayú – Novela de los Siete Pueblos de Misiones – 1ª edição no Uruguai – Banda Oriental – 1995; 2.ª edição no Uruguai – Banda Oriental – 2012.

Sepé Tiaraju – Romance dos Sete Povos das Missões / Sepé Tiaraju – Roman der Sieben Missions-Völker (livro bilíngue português/alemão, com fotografias de Leonid Streliav, editado dentro das comemorações dos 190 anos da imigração alemã) – AGE/MINC/BANRISUL – 2015.

Sepé Tiaraju – Romance dos Sete Povos das Missões – edição em braille, Biblioteca Pública do Estado do Rio Grande do Sul, 2005.

Crônica

Com Sabor de Terra – 1.ª edição – L&PM – 2011.

Na Garupa de Chronos – 1.ª edição – Uniprom – 2000; 2.ª edição – Sulina – 2001 (Prêmio Açorianos).

O Planeta Azul – 1.ª edição – Sulina – 1981 (esgotado).

Infantojuvenil

A Caturrita Americana – 1.ª edição – Libretos – 2010; 2.ª edição – Libretos – 2014.

O Ventríloquo – 1.ª edição – Libretos – 2011.

Teatro

O Pecado Original – 1.ª edição – Mercado Aberto – 1985 (esgotado).

Poesia

Antologia Poética – 1.ª edição – Martins Livreiro – 2006.

Entre o Sena e o Guaíba – 1.ª edição (trilíngue português/espanhol/francês) – Sulina – 1968 (esgotado).

Meditações de um Poeta de Gravata – 1.ª edição – Bels – 1974; 2ª edição – Bels – 1978 (esgotado).

Versos do Extremo Sul – 1.ª edição – CTG Farroupilha – 1966 (esgotado)

Biografia

Alcy Cheuiche – Coleção Autores Gaúchos, fascículo n.º 8, IEL – Instituto Estadual do Livro – 2002.

Santos Dumont – L&PM Pocket Encyclopaedia – 2009.

Alcy Cheuiche – Escritores gaúchos – Série Digital, Instituto Estadual do Livro – 2018.

História

Agropecuária – Vocação Rio-Grandense de Todos os Tempos (bilíngue português/espanhol), Senar-RS, 2018.

Livros publicados pela Oficina de Criação Literária Alcy Cheuiche
75 livros – 2002/2019 – alcycheuiche@farrapo.com.br

1. *Estórias e Lendas de Caçapava do Sul* (2002)
2. *Estórias e Lendas de Bagé* (2002)
3. *Chananeco – A História de um Carreteiro* (2003)
4. *Entre o Real e o Imaginário* (2003)
5. *Seis Contistas de Bagé* (2004)
6. *Caçapava do Sul Contando Histórias* (2004)
7. *Honório Lemes – O Tropeiro da Liberdade* (2005)
8. *Os Charruas* (2005)
9. *As Ruas Enluaradas* (2005)
10. *A Saga dos Povoadores* (2005)
11. *Histórias Populares* (2006)
12. *Baby Pignatari – O Centauro de Bronze* (2006)
13. *Luigi Rossetti – O Jornalista Farroupilha* (2007)
14. *Ituzaingô – A Saga das Lutas da Fronteira Sul* (2008)
15. *Na Trilha dos Ancestrais* (2008)
16. *Nos Caminhos da Rainha* (2009)
17. *Banco não dá Bom-Dia* (2008)
18. *Ditadura, Anistia e Greve Geral* (2009)
19. *O Palco Histórico da Feira do Livro* (2009)
20. *Nos Caminhos do Banrisul* (2010)
21. *Porto Alegre dos Casais* (2010)
22. *Legalidade – 50 Anos Depois* (2011)
23. *Contos Contemporâneos* (2011)
24. *Entre o Sena e o Guaíba / Entre la Seine et le Guaíba* (2011)
25. *Aos Ventos do Mar e da Lagoa* (2011)
26. *Contos Contemporâneos* (2012)
27. *Esta Terra Tem Dono / Esta Tierra Tiene Dueño / Co Yvy Oguereco Yara* (2012)

28. *A Casa do João-de-Barro – APCEF/RS: 60 anos de história* (2013)
29. *A Saúde do Trabalhador Brasileiro: Uma Saga de 500 Anos / La Salud del Trabajador Brasileño: Una Saga de 500 Años* (2013)
30. *Contos Contemporâneos* (2013)
31. *Fundação Banrisul 50 Anos: Uma História para Contar* (2013)
32. *Histórias do Vinho / Histoires du Vin* (2014)
33. *Contos Contemporâneos* (2014)
34. *A Arte da Palavra* (com Paulo Flávio Ledur) (2014)
35. *50 Anos do Golpe de 1964 / 50 Años del Golpe de 1964* (2014)
36. *Água: Elemento Essencial da Vida* (2015)
37. *Contos Contemporâneos* (2015)
38. *Nos Caminhos da Imprensa Rio-Grandense e Brasileira / En los Caminos de la Prensa Riograndense y Brasileña* (2015)
39. *A Arte da Palavra* (com Paulo Flávio Ledur) (2015)
40. *Poesia & Declamação* (2016)
41. *O BB de Bombachas / El BB de Bombachas* (2016)
42. *Mulheres Extraordinárias* (2016)
43. *Contos Contemporâneos* (2016)
44. *A Arte da Palavra* (com Paulo Flávio Ledur) (2016)
45. *As Viagens de Helena*, de Marlene Canarim Danesi (2016)
46. *Cadeira de Balanço*, de Maria de Jesus Monteiro (2016)
47. *Capuccino*, de Ariane Severo (2016)
48. *E se não For Amor...*, de Simone Oliveira (2016)
49. *Feminino, Plural / Femenino, Plural*, de Neiva Santos Silva (2016)
50. *Estórias de Boteco* et alii, de Valmor Braga Simonetti (2016)
51. *Nos Caminhos de Santo Cristo / Auf Spuren in Santo Cristo*, de Eloi Wilges (2016)
52. *Palavra, Imagens, Frases*, de Bolívar Almeida (2016)
53. *Raízes da Timbaúva*, de Danci Caetano Ramos (2016)
54. *A Arte da Palavra* (com Paulo Flávio Ledur) (2017)
55. *Contos Contemporâneos* (2017)

56. *A Casa Abandonada*, de Lucio Feliciate (2017)
57. *Alethéia: Através dos Tempos*, de Ligia Messina (2017)
58. *Alma de Oceano*, de Alda Paulina Borges (2017)
59. *A Sombrinha Branca*, de Luciana Zart (2017)
60. *Gaudério Laudelino*, de Roque Palermo (2017)
61. *Nina: Desvendando Chernobyl*, de Ariane Severo (2017)
62. *A Arte nos Caminhos do Sul* (2017)
63. *Gaia – A Mãe Terra* (2017)
64. *Contos Contemporâneos* (2018)
65. *A Caixa é do Povo!* (2018)
66. *A Casa Restaurada*, de Lucio Feliciate (2018)
67. *Contos ao Vento*, de Maria Inês Dallegrave Barros (2018)
68. *Mosaico de Reflexos*, de Renata Machado (2018)
69. *Simplesmente Lucélia*, de Odone Antônio Silveira Neves (2018)
70. *Ao Menos um Descanso / Al Menos un Descanso*, de Andrea Barrios (2018)
71. *O Soldado João*, de Amauri A. Confortin (2018)
72. *As Aventuras de Georgina*, de Ligia Messina (2018)
73. *Retalhos de Vida*, de Bernadete Kurtz (2018)
74. *Luto em Carne Viva*, de Ione Russo (2018)
75. *Poesia & Declamação* (2018)